奇世界大縱走

救援者尤里的迷界手帳

2

封面、彩頁、內文插圖
大熊まい

序章 ——前往惡夢的盡頭——

少年在那片漆黑的森林中，一心一意不停奔跑。

同伴的背影就在自己追趕的前方。

可不知為何，不管怎麼跑都追不上他們。想發出「不要走」的叫聲卻無法形成詞語，伸出去的手臂也只能劃過空虛。

不管追了多遠，不管叫了多久，他們依舊不斷遠去。

遺留在少年手掌上的，只有染血的筆記本——

——……

——……

「——唔……！」

從床上彈跳起身的少年，緊緊抱住顫抖的身體。剛才作過的惡夢影像，還緊緊依附在眼皮的內側。

不過，少年對那夢境並不感到恐懼，因為這樣的惡夢，他早就已經作過幾萬遍了。

因此——少年將手往惡夢的延續之處伸去，並如此說：

「這一次，我一定會……！」

第一章 ——嬌貴千金，前往迷界——

料理店學徒，奧拉·斯坦普魯格的早晨總是來得很晚。

晴朗清爽的日出……之後要等到早上10點，奧拉才從柔軟的床鋪上醒來，半睡半醒的走到客廳。在慢吞吞地吃完有人事先準備好的早餐之後，她悠閒的在梳妝台前梳理頭髮，用蓬鬆的毛巾擦拭洗淨的臉龐，然後才將折疊得整整齊齊的衣服穿在身上。

就這樣，在她打扮完畢離開家門時，已經是太陽高掛天空的12點了。從玄關出發徒步五分鐘便可抵達的大眾食堂「雙葉亭」，正是她的工作職場。奧拉精神飽滿的道了聲「早安您好！」面帶微笑迎接她的人則是雙葉亭的店長，艾伊達。

雖然在烹調、接待、上菜各方面有很多地方需要學習，不過老闆娘和常客都是和藹可親的人，奧拉在大家的關照下不斷處理一件又一件的工作。當時鐘指向20點的時候，今天的工作也就此結束。一回到家，熱騰騰的晚餐已經有人準備妥當。在飽餐一頓之後，奧拉泡在浴缸中呼了一口氣。洗完澡後，她在不知何時已經有人事先準備的甜點上面舔了一口，這是對自己的努力所做的犒賞。

在順勢鑽進某人曬好的被窩當中之後，奧拉在舒適的陽光香氛環繞下打了一個大哈欠。

「果然還是自己的家最好了～」她不禁如此自言自語，感覺已然飄進夢鄉。「明天也要加油啊」，她如此下定決心，就這麼迎向夢的世界——

「——喂。」

一道不悅的聲音響起，粉碎了她幸福的美夢心境。

奧拉茫然地睜開眼睛……看到一名揚起八字眉的少年站在那裡。

「嗯？有什麼事嗎？」

「還『有什麼事嗎』咧！什麼叫『自己的家最好』啊！」

好像在生氣些什麼的少年，接著憤怒的大叫起來：

「妳可能已經忘了，所以我要鄭重告訴妳……這．裡．是，我家!!」

沒錯，這個奧拉當成自己家完全放鬆的地方，正是位於第七門之城．廢鐵街一角的「救援者萊因霍爾特」宅邸——也就是說，這裡是尤里的家。

事情要追溯到一個月以前開始說起。在經歷了那一段「羅格斯尼亞」的冒險之後，奧拉與斯坦普魯格家訣別，然而她還有許多極端現實的問題，那就是沒有住處、沒有錢、沒有熟人……儘管成功獨立是件好事，可是無依無靠的她，連明天的生計都沒有著落。

結果，在「在找到住處以前，只住幾天就好」的約定下，奧拉暫時借住在尤里的家中……

但一個月過去了，至今她還是像這樣賴在這裡沒走。

「妳差不多該搬走了吧！約定的期限早就已經過了喔！」

「可是，住旅館要花很多錢，再說我也找不到好的房子租……」

奧拉嘟起嘴，反過來發動攻勢：

「說到底，尤里你也有錯啦！」

「啥？」

「你每天都把我伺候得舒舒服服的！這樣子我當然會失去搬走的動力呀！」

沒錯，這段寄居生活的好處不光只有金錢層面而已。棉被總是曬得既蓬鬆又柔軟，一下班回家就有熱騰騰的洗澡水可以泡，每日三餐都是精心烹調且媲美頂級餐廳美味的健康飲食，當然餐後配上極品甜點也就不用特別去說了。從煮飯、洗衣、打掃、採買日用品，到疲勞時刻的按摩服務，身為房東的少年無微不至的照顧奧拉，她感覺自己簡直就像個大國的公主。如果有人在這個宛如天堂的環境之下還不墮落的話，她還真想會一會對方。

結果，奧拉如今已經完全成了一個好吃懶作的的寄居人了。

「沒錯，我會墮落都是尤里不好！請負起責任！」

「唔……這、這個是，因為……我心想妳突然要一個人處理各種事情應該會很辛苦……所以就想幫妳一點點小忙……」

少年結結巴巴地反駁，不過他的語調沒有什麼氣勢。就連他這個好到有點傻的人，似乎也覺得自己真的把人家寵過頭了。

這就是個好機會——奧拉趁此良機繼續嘴砲：

「尤里你聽好，有句俗話說『對妳好不是為妳好』。我會變成這個樣子都是你不對！你有義務繼續寵著我！」

「唔！的確……這我很抱歉……呃，喂不對，妳這理論也太奇怪了吧！總而言之請妳立刻搬出去！」

「嘖！被發現不對勁了嗎？」

平常的話這點程度的話術就可以糊弄他了，不過今天他卻一直沒有讓步。

既然這樣，奧拉決定使出最後的手段。

「嗚嗚……好過分……不需要說成這樣嘛……明明我、其實只是想幫上尤里的忙……所以才希望可以待在你身邊的呀……」

她嬌滴滴的噙著淚水，僅以眼珠微微向上仰望。雖然這副神態假過了頭，非常明顯就是在演……。

「啊、呃、不是……原、原來是這樣……我、我、我不知道，還有這樣的事……」

不過少年輕易就受騙了，他的眼珠慌亂的四處打轉。——這樣一來，優勢便已經在她這邊了。

「我明白了，我還是、給你添麻煩了對不對……我現在、就馬上離開。」

「現、現在!?可是，妳有地方去嗎……」

「沒有，我哪有那種地方……不過沒關係。我會找個地方露宿的。啊啊……說不定會有壞人對我做糟糕的事呢……不過，這也是沒有辦法的事情對吧？畢竟我不能繼續給尤里添麻煩了……尤里，謝謝你一直以來的照顧。請多保重……」

奧拉就這麼作勢要走出去，果然少年開口阻止了她。

「唔唔……啊~真是的，妳等一下啦！要、要是把妳這種無家可歸的人趕走，可是會打壞我的名聲的。算啦，反正家事之類我也都是順手做一做而已。而且妳也沒有給我添什麼麻煩……

就是說，如果妳真的有意要搬出去的話，我是可以再等一段時間……」

在少年說出這段話的那個瞬間，奧拉就俐落轉身開口：

「真的嗎？我好高興……還可以待在你身邊……！」

「啊，是啊……」

奧拉假裝在擦眼淚，同時在心裡暗自竊喜。『困難的時候只要哭哭搏同情萬事都能解決』——涅茲米教給她的尤里攻略方法，效果十分顯著。

口頭承諾就這麼到手了，這下子明天過後的寄居生活也有了保障。奧拉躺在床上嘻笑出聲。

每天她都可以學習自己最喜歡的料理，同時跟少年住在一個屋簷下，歌頌著自由且和平的生活，過得非常美滿。想必這就是所謂的「幸福」了吧？奧拉在鬆軟的被窩中細細品嘗幸福的滋味。

……然而到底是為什麼呢？在已然安穩下來的日常生活中，她有時候會不自覺的突然回想。

想起自己跟少年共同走過的那段前往「羅格斯尼亞」的旅程……那是一段充滿未知與危機的冒險時光。

在那段旅程中，他們穿越密林，渡過冰河，甚至飛越了無重力的世界。

伴隨著高亢到幾乎快要爆裂的心跳聲，奧拉也實際體驗到那份令人癡狂的生命感觸……。

（開～玩笑的啦。）

奧拉翻了個身，彷彿要甩開那樣的妄想。

那段迷界冒險其實是出了一步差錯就會死掉的恐怖經歷。會覺得「令人懷念」，這種想法本身才是糊塗到家了。既然自己如今已經得到了平穩的生活，總有一天那些記憶也會逐漸褪色，而且這才是正確的。因為平凡少女過著平凡的地上生活，當然是再好也不過了。

所以，奧拉想著明天的早餐並閉上了眼睛。

——她一點也沒有懷疑，這份幸福會一直持續下去。

※※※※※

數日過後。

「——呼哇～今天早上真不錯呢～」

奧拉把窗簾打開，伸了一個大大的懶腰。難得一大早就有陽光從窗外灑進來。今天是艾伊達交代她去採購的日子，所以她比平常早起。

「很好，今天一整天也要好好加油！」

她精神抖擻的走下樓來到客廳，而少年已經在那個地方了。

「啊，尤里早安！」

「唷，今天妳起得真早啊。」

少年雖然也回聲招呼，但卻好像有點心不在焉。仔細一看，他把裝備都擺在地板上並進行檢查作業，看來是在為下一個工作做準備。
尤里就這麼用手指一件一件清點確認，忽然他停下手來。
「啊，對了對了，我說奧拉……」
少年開口說話，不過奧拉多少猜得到他想說什麼，於是搶先回答：
「真是的～我知道了啦尤里。你想叫我趕快搬出去對吧？請再等我一下下，等我存夠錢就會好好……」
「嗯？啊啊，那件事啊。呃，那個沒關係。」
「咦……？」
尤里手上整理著工具，嘴巴則漫不經心的回答。
「請、請等一下，你剛才說……？」
「我說那個沒關係啦。話說回來，下一個工作應該會久一點，就拜託妳看家嘍。」
「啊，好的……」
明明最近他三不五時就催促自己搬走，怎麼又變卦了呢？正當奧拉歪著頭表達不解的時候，少年又隨口補充了一句：
「對了對了，另外……如果我沒回來的話，這個家，就隨妳處置。」
在這個瞬間，奧拉的心臟傳出了不祥的嘎吱聲響。
『如果沒回來的話』……？儘管以前少年也會外出執行救援工作，可他應該從來沒說過這種台詞才對——

「等、等一下，尤里，你這是什麼意思!?什麼叫如果沒回來的話——」

「喂喂，妳的表情幹嘛那麼嚴肅？我只是在假設，假設而已，妳太誇張了啦。話說回來，妳今天要去採購對吧？不快去準備就來不及了喔。」

尤里若無其事的把話題岔開。雖然奧拉想繼續問清楚，不過8點的鐘聲也正好響起，再繼續磨蹭下去就來不及出門採購了。

無法釋懷的奧拉只好離開了家門。

——……

——……

第七門之城東部．拉斯卡爾大道——又稱為「利伯塔斯的廚房」，全城最大的生鮮露天市場匯聚於此地，也是利伯塔斯最大的商業地區。

奧拉的身影出現在這條拉斯卡爾大道上，她是來幫艾伊達採購的。周圍擠滿了和她一樣尋求食材的顧客，各個攤位則不斷傳出賣家的響亮吆喝聲。這種熱鬧的景象簡直讓人以為自己就在戰場上。奧拉第一次來的時候甚至差點腿軟。

今天「利伯塔斯的廚房」依舊生意興隆。

……然而，來往人群的喧鬧聲響並沒有傳入奧拉的耳中。

「唔唔唔……絕對有問題！」

奧拉今天已經不知道第幾次把自言自語這樣喊出來了。驚訝的行人紛紛回頭，但她完全沒去在意那些視線。

「尤里真是的，為什麼突然說那種話……」

明明一直急著催她搬出去要她獨立，卻又突然說這個家隨她處置，什麼嘛。不管是誰聽到這種話都會很在意吧？

嗯，果然回去以後一定要好好問個徹底。奧拉下了這樣的決心，為此得趕快把交辦的事情完成……不過，這個時機到的比她預期的還要早。

「——雙頭豬的腿肉五公斤、月見蔥三把、食火鶉蛋兩打……嗯，這樣就行了！」

奧拉以手指來回清點已經購買的食材和清單內容，並用力點了點頭。手指清點確認完成，在拉斯卡爾大道上該買的東西已經全部湊齊了。接下來只要往最後一個進貨點走一趟，然後回到店裡就行了。

正當她向後轉身的時候。

（呃~記得走這條路應該比較近才對……奇怪？）

奧拉為了抄近路拐進了一條稍微有點偏僻的小巷，卻又突然停下腳步……她感覺自己看到了那個少年的身影，就在暗巷的深處。

不對不對，尤里不可能會出現在這種地方。都怪自己一直在想著他的事情，所以才眼花了吧……雖然奧拉這麼想，不過只要一在意就很難直接走掉。於是她對自己如此勸說：「為了以防萬一，為了以防萬一」，並悄悄往巷子裡窺探。

——探頭一望，少年確實就在那裡，她果然沒有看錯……只不過，在那裡的並不只有他一個人而已。

「——想不到你會特地把人叫到這種地方來。你是故意要找碴的嗎？」

發出冷酷聲音的人，是站在尤里面前的一名男子。他的年齡大概在三十五歲到四十歲之間，雖然相貌剛毅，不過因為表情冷漠像是戴上了面具一般，給人一種難以親近的印象。有六名男子環繞在那位人物四周，並將尤里團團圍住。不管怎麼看都不像是朋友之間的閒聊……然而，尤里面對這名男子卻依然一如往常般嘻皮笑臉。

「哎呀哎呀，我完全沒有找碴的意思，只是想跟你們介紹一下我們利伯塔斯的觀光景點而已。」

少年厚著臉皮說完一眼就能看穿的謊言之後，便將銳利的視線投向眼前的男子，繼續說：

「……那麼，你在百忙之中來這裡有何貴幹呢——巴倫茨隊長？」

「別裝傻了。你應該知道我的來意才對。」

這名叫巴倫茨的男子完全沒有理會少年的輕佻言語，直截了當說道：

「——把『葉卡報告』交出來。」

這個奧拉從未聽過的詞彙一從男子口中說出來，氣氛瞬間緊張到連她的皮膚都可以感受到一陣刺痛……不過，這只持續了一瞬間。尤里立刻誇張地聳了聳肩，如此說道。

「喂喂巴倫茨先生，你才這個年紀就失智了嗎？那東西早在四年前就交給你們了呀。」

「我應該跟你說過，別裝傻了。我早就知道那只是一部分而已。把你所回收的葉卡報告原件……全部交出來。那份文件的正當所有權在我們手上。」

「哈哈，你這口氣還是很大嘛。不過很遺憾，說到底那本來就沒有完成，更何況……即使我都交出去了，你們這些人也還是沒辦法解讀啊。」

「別得意忘形了，小子。巴爾卡斯大人寬大為懷赦免你洩漏情報的罪行，你難道已經忘了嗎？」

「怎麼說，我可不知道呢。再說啦，赦免這種話我可聽不下去，先違反契約的人可是你們。那頭肥豬連這種事情都忘了嗎？」

「這樣啊，你的意思是不論如何你都不會遵從就是了。」

雙方都一步不讓，僅讓彼此的視線交錯出四散的火花，緊張的氣氛一觸即發，連在一旁偷聽的奧拉都感到害怕。雖然她完全不知道狀況為何，不過這樣下去確定很快就會血流成河，得要去找人過來才行。

為了守護少年，奧拉正打算衝出去；然而，就在這個時候——

「哎呀哎呀，小姐，偷聽可不是一件好事喔？」

「——!?」

有第三者的聲音在她的耳邊低聲響起，她在轉頭的瞬間嘴巴就被人摀住，全身都被壓在牆上。在衝擊之下內心大受動搖的奧拉張大眼睛，映入她眼中的是一張俊俏的笑臉。然而，奧拉卻對那張柔和的笑臉感受到一種無法言喻的恐懼。

這個青年的氣息，也未免稀薄得太離譜了。當然，奧拉並不是什麼武術高手。她很清楚自己的等級還不足以談論氣息之類的概念，不過即使是這樣，只要身為人類，就應該能在一定程度上知悉與他人的存在感有關的東西。包括腳步聲和呼吸聲、體溫跟空氣的流動、甚至衣服的摩擦聲在內，只要人類還是生物就一定會發送這些情報。而將這些情報不自覺的感知為氣息，應該就是人類與生俱來的自然感覺。

然而，這個青年的身上完全沒有這些情報。明明他已經逼近到可以感受到呼氣的極近距離了，在他開口說話的那個瞬間以前……不對，在他像這樣碰到身體以前，奧拉完全沒有感受到他的任何一點存在，這個青年簡直就像沒有實體的幽靈一樣。

這名幽靈般的青年摀著奧拉的嘴，就這麼把她拉到了小巷來。

「喂～你們兩位，不好意思在談話當中打斷你們～不過這個女孩一直在偷看，好像很有興趣的樣子……該不會，是你們認識的人？」

被推到眾人面前的奧拉連忙辯解起來：

「噗哈！……不、不是的，我、我只是剛好路過而已……」

要是被知道自己跟尤里有關係的話，一定不會有什麼好事吧……不過，打斷她辯解的卻是尤里本人。

「沒關係，奧拉。這幫傢伙已經全都知道了。畢竟早在一個禮拜以前他們就在我們周圍四處打探。沒差，所以……你們也知道這個女的和我的本業沒有關係吧？」

看樣子尤里說的沒錯，巴倫茨只說了句：「哼，把你的女人管好」，便打算回歸正題。

然而，剛才那個青年卻在這個時候插話進來：

「不對不對不對，這是什麼情況啊，不是這樣的吧？萊因霍爾特的女人不就在這裡嗎？那麼交易就很簡單啦，『拿原件換女人』，對吧？」

「你這傢伙……」

面對這個提出下流提議的青年，尤里的面容忍不住扭曲起來。

不過，巴倫茨打斷了尤里的話語。

「住手，修拉姆。我們不是強盜。我們終究只是正正當當的來回收被偷走的東西。請慎重發言，避免讓人懷疑你的品性。」

巴倫茨加重語氣對青年——修拉姆如此說完，又在最後補充一句——

「……重點是，別在第七門之城惹出問題來。」

「咦～要講究這種形式不會覺得很麻煩嗎？問題只是何時要惹而已吧？」

「別讓我講第二遍，修拉姆——不要插嘴。雇用你只是來當戰鬥員，請搞清楚自己的本分。還是說，你也想讓巴爾卡斯大人丟臉？」

「好怪喔，你這～是什麼說話方式。你該不會……是在命令我吧？」

應該是同夥的二人惡狠狠的互相瞪著對方，雙方瀰漫著隨時都會殺成一團的氣氛。……不過，先屈服的人是修拉姆。

「開～玩笑的啦，好啦好啦，我知道了。來吧，小姐，妳就去王子殿下那邊吧。」

修拉姆很乾脆的將奧拉放開，只留下一句：「再來就隨你們便啦～」便離去了。獲得釋放的奧拉立刻跑到尤里身邊。

「尤、尤里……！」

「有話晚點說，待在我後面。」

尤里說完這句話便讓奧拉躲在自己背後，然後才回頭望向巴倫茨，說：

「好啦隊長先生，既然有人來攪局了，你們要不要也跟著離開呢？再談下去也只是雞同鴨講。我們都不想浪費時間吧？」

面對這個提議，巴倫茨依然面無表情也不打算回答，看樣子是沒有退走的意思……正當奧拉這麼想的時候，他突然對部下使了個眼色，而那群男子就開始集體撤退了。

「我很謝謝你這麼上道……不過隊長先生啊，你也找了相當差勁的傢伙組隊呢。剛才那傢伙……是『修拉姆．胡』吧？我就算是死了也都不會想跟那種亡靈組成一隊喔。」

「……雇用那傢伙是巴爾卡斯大人的判斷，我沒有權限過問其中的對錯……不過，請你牢記在心，不惜動用『幽靈』代表我們是認真的。如果你有意前來『克雷提西亞』……請先做好相當的覺悟。」

「哎呀，你這句話是恐嚇嗎？」

「不，是建議。」

巴倫茨只留下這句話，就消失在人群中。而在他的背影完全看不見之後，尤里才「呼～」了一聲，輕輕嘆了口氣。

「不好意思啦，奧拉，讓妳受驚了。有沒有受傷？」

「咦，啊，是的，我沒事……」

奧拉先點了點頭，然後才戰戰兢兢的開口說道：

「抱、抱歉，我、沒有要偷看的意思……」

雖然總算是平安收場了，不過剛才那一幕的氣氛很明顯不是自己可以涉入的。她覺得自己會因為偷聽的事情被罵吧。

不過，尤里卻出乎意外的笑著把這件事情帶過去了。

「啊啊，我明白，妳反倒幫了我一個忙。多虧有妳才能讓對話早一點收場。應該說，不小心的人是我，沒想到妳會到這邊來採購。」

「這個……因為這邊比附近的商店便宜……」

「哈哈，原來如此啊，這點確實很重要。」

少年嘻嘻笑了起來，剛才的緊張氣氛似乎已經完全消失……不過即使如此，也不代表這一切就可以遺忘。

「但話又說回來……那些人，到底要做什麼……？」

「喂喂，我真是要敗給妳了。都遇到那麼恐怖的事情了，妳還這麼有興趣啊？」

「因、因為，我就是很在意呀！」

如果在這裡退縮的話晚上絕對會失眠，這種事情能不要就不要。

「他們說你背叛是什麼意思？是你以前認識的人嗎？他曾經提到：如果你有意前來『克雷提西亞』，這是界相的名字嗎？啊！該不會你就是為了要去那裡才做準備的？是這樣對不對!?」

奧拉接連不斷的快速追問。

少年只好苦笑著說了一句「暫停暫停」安撫奧拉，並繼續說道：

「好啦妳冷靜一下。這麼說吧，如果是這樣的話，妳打算怎麼辦？」

「什麼怎麼辦，就請你不要去呀!!」

「啥？為什麼？」

「因為很危險啊！你跟巴倫茨隊的那些人起了衝突，而且你的樣子也跟平常不一樣！再說尤里只要遇到跟救援有關的事，就會馬上亂來不是嗎！」

「呃其實也沒有……」

「就・是・有！我、可是非～常清楚的唷！」

奧拉斬釘截鐵的如此斷言。不說別的，她也是尤里救過的人，這種事她再清楚不過了。

「嘖！……算了沒差，就算我退一百步同意妳說的好了，也不會有問題啦。巴倫茨隊也不是什麼壞人，那只是他們慣例的牽制動作而已。再說，這次我不是去工作，而是基於私人目的。」

「咦……？」

這個老是只想著要幫助他人的少年，會為了私人理由去迷界？奧拉將她的眼睛睜圓了。

「你說私人，是什麼意思……？」

「喂喂，如果我告訴他人就談不上『私人』了吧？總之妳就給我乖乖看家。」

「唔～！」

少年把奧拉當蟲子一樣驅趕，被這麼粗暴對待的奧拉則氣憤的將臉頰鼓起來……事到如今就是最終手段登場的時候了。

「嗚嗚……要我一個人看家，我、會怕的……半夜的時候會有壞人來……」

奧拉噙著淚水貼近少年身邊，抬起一雙眼仰望著他。這正是她的看家本領，「哭哭搏同情」。一般情況下用這招就應該能讓他爽快聽話了——。

「喔~這樣啊。那妳要注意把門鎖好喔，加油嘍。」

「好、好過分!!」

竟然連哭哭搏同情都沒用，這下真的更可疑了。

「總而言之，你絕對不可以去啦！」

奧拉語氣強烈的如此叮嚀，大有少年點頭以前自己的立場絕對屹立不搖的架勢。

……然而，少年回應她的並不是「好」——而是一聲厭煩的嘆息。

「哎……我說奧拉，妳可以告訴我嗎？為什麼我非得要聽妳的話不可？」

「咦……？」

面對這個唐突的問題，奧拉瞬間有些失措。

少年冷冷的繼續說下去：

「妳是我的什麼人？家人？好友？同伴？——都不是吧？妳不過是我救過的『前』委託人，是跟現在的我沒有任何關係的陌生人。我為什麼要聽妳的指揮呢？」

「什、什麼陌生人，幹嘛說成那樣……」

「這是事實。」

尤里冷酷開口。他的聲音當中完全感受不到平常的溫和，簡直就像是整個人都變了一樣。

少年就這麼面無表情的告訴答不上話的奧拉。

「就像妳有妳自己的人生一樣，我也有我自己的人生。所以……別再多管閒事給別人帶來困擾，妳只要走好自己的路就行了。我們已經、沒有任何關係了。」

面對這句殘酷的話，奧拉完全無法回嘴。

「好啦，妳還在採購途中對吧？就快點去買吧。拜啦。」

少年在說完這句彷彿是要斷絕往來的話語後，就消失在人群中了。

——……

——……

謎樣生物漂浮在瓶中，牆邊整齊排列著乾掉的昆蟲。在天花板上垂下來的帶鉤繩索旁邊，不知道為什麼還陳列著乾癟的蔬菜。這裡是塞滿了各種異物的小商店——「穴倉」。

在這間雜亂的店內一角，少女軟綿綿的跌坐了下去。

「嗚嗚嗚嗚……」

奧拉整個人倒臥在地板上，發出「嗚~嗚~」的呻吟聲。如今在她耳朵深處迴盪的，還是少年問她的那一句話——「妳是我的什麼人？」。

「這種事，我才不知道啦……」

就在她又呻吟又喃喃自語的時候。

「——喂～奧拉小姐～妳聽得到嗎～？」

「哇啊啊!?」

突然有人在她的耳邊低聲說話。奧拉跳起來一看，店長涅茲米就站在那裡。

「我從剛才就一直在叫妳了～妳都心不在焉哦。總之商品，我已經準備好了。」

涅茲米說完，便晃了晃自己手上拿著的「莽原竹筍乾」……沒錯，奧拉的最後一個進貨點就是這間「穴倉」。

「然後，到底發生什麼事了？」

「嗚嗚……其實是……」

奧拉在結帳時被這麼一問，神情沮喪的把剛才的一切經過都招了出來。而涅茲米則先是點頭表示「原來如此原來如此」，然後就這麼說：

「哦，跟巴倫茨隊起衝突了啊。尤里也真忙呢。」

「那些人的事情，妳知道嗎？」

「這個嘛他們是很有名啦。畢竟是第四門保有國——迦太基自治領國的國有公會嘛。」

奧拉聽到這裡不禁張大了眼睛。所謂「國有公會」照字面意義就是國家所擁有的冒險者部隊，畢竟迷界是珍貴天然資源的寶庫，許多國家都持續推動迷界的開拓與探索並將其列為國策。這麼說來，那些受徵召進入國有公會的人毫無疑問的是具有國內最頂尖實力的菁英冒險者。也就是說，巴倫茨隊本身就是一支相當於軍隊的國家戰力。

「為、為什麼他會跟那些人有糾紛……!?」

「誰知道?這種事就請妳去問本人吧。不過嘛，十有八九跟『克雷提西亞』有關連就是了。」

「啊，這個名字他們也有說！」

奧拉不由自主追問下去，涅茲米則娓娓對她說明。

「界相『克雷提西亞』……在冒險者之間是超有名的界相。雖然只能通過不定期開闢的『艾爾多比亞』之門前往，不過那道門最近出現了開啟的徵兆，整個圈子可說是興奮到不行。尤其這還是迦太基將『巴爾卡斯報告』的內容不小心洩漏……不對，是公開發表以來第一次開放，這一次的『克雷提西亞』遠征想必會有將近一萬人參加吧。」

「一、一萬人!?這簡直就跟神明遶境一樣呀……」

奧拉真心感到驚訝，不過她在聽到涅茲米的補充說明之後，臉色也立刻變了。

「畢竟那裡是被冒險者們稱呼為夢幻舞台的界相，有那麼多人也很合理……只不過，這種神明遶境規模的遠征也只能熱鬧到半路上了。畢竟『克雷提西亞』是被列為『迷界三大迷宮』之一的最高難度界相……即使到目前為止已經舉行過五次遠征，可是還沒有任何人能夠攻略成功，是一處人類尚未攻克的界相。」

「也就是說，這不就表示那裡非常危險嗎！」

果然和奧拉想的一樣。雖然無法確定理由，不過少年一定是要去挑戰那個超危險的界相。

而且，他還同時跟國家所屬的正規部隊，也就是巴倫茨隊起了衝突。

「果然還是不可以讓他去……!!」

正當奧拉將精神振作起來的時候，旁邊冒出了冷靜的吐槽：

「但是，妳不就是因為沒辦法說服他不去才心情低落的嗎？」

「嗚！妳說得對……」

剛才涅茲米跟自己說的這些事實，少年應該從一開始就全都知道了。即使這樣他還是要去挑戰。自己連「我對他來說是什麼人」這個問題都無法回答，講什麼話他都不可能會聽進去。可是，就算這樣自己也無法眼睜睜的任由少年去以身犯險。怎麼辦，該怎麼做才好？奧拉陷入沉思，發出「唔唔唔」的低吟聲——僅僅過了三秒，她就做出了某個結論。

「決定了。我、不再說服他了……不過相對的，我要跟他一起去『克雷提西亞』！然後呢，如果尤里要做危險的事情，我就硬把他帶回來！」

沒錯，結論很簡單。講不聽就用實力說話，也只有這樣了……當然，如果這樣子就能搞定的話，自己一開始也不用這麼辛苦。

「原來如此，比起光出一張嘴說服，我自己也偏好這麼做啦……可是，根本性的問題還是沒變啊？——妳連自己對尤里來說是什麼人都不知道了，有什麼權利去干涉那個人的選擇呢？」

涅茲米投向奧拉的目光，簡直就像是在試探些什麼一樣。

於是，奧拉直盯著涅茲米的眼睛如此回答：

「這個——我還不知道！」

「……什麼？」

「不知道」……這就是她的誠實回答。一個人悶著頭思考，當然不可能會想得到正確答案。

不過，正因為這樣——

「正因為我不知道，我才要用自己的腳去尋找答案！」

一個月前，她曾經與少年一同踏上那段旅程。她在那段前往「羅格斯尼亞」的旅途中學到的事情，並不是因為自己不知道就畏首畏尾退縮在家，而是面對未知依然不會止步的勇氣——那就是活下去。

自己對少年來說是什麼人呢？

少年想要做什麼呢？

自己能為少年做些什麼呢？

還有……少年對自己來說是什麼人呢？

現在的奧拉對這些問題都還一無所知。對於直到最近還一直封閉內心活下去的她來說，這些都是非常不得了的難題。不過，正因為這樣她才要去。為了知道所有問題的答案，而且……也為了再一次，與他一起回到地上來。

親眼目睹少女下定如此決心的涅茲米——有些錯愕的嘆了口氣。

「呃，從一般社會的角度來看，妳這樣不就叫放棄思考了嗎？」

「嗚！」

「到頭來妳就只是自己一頭熱而已，總之便是妳想去所以就去嘍？」

「這個……可能是吧……」

「話又說回來，如果這一趟旅行對尤里來說很危險的話，有妳在不是會更危險嗎？妳多少明白自己是會礙手礙腳的吧？」

「所、所以，我會偷偷跟著尤里，不會讓他發現！因此我要把裝備和情報整理好……」

「這樣啊，然後妳可以跟到最後嗎？就憑妳這個超級外行人？再說妳也只是模糊知道尤里的目的而已吧？要是搞錯的話妳打算怎麼辦？」

「啊嗚啊嗚啊嗚……」

奧拉面對怒濤一般接連而來的質問，慌慌張張的說不出話。畢竟她的問話每一句都超級有道理，連奧拉自己都有在亂來的自覺，所以根本沒辦法反駁。……不過，就在奧拉垂頭喪氣的時候，涅茲米開口說出了意料之外的結論。

「算了算了，果然是沒有計畫吧，真是亂來啊。……這樣吧，我來協助妳。」

「…………咦？妳這麼說，是什麼意思……」

「我是說，妳的作戰我就來幫一下吧。」

「真、真的嗎!?可、可是，為什麼……？」

明明奧拉對每個問題都無法提出讓人滿意的回答，到底她為什麼還會有這個心要幫忙呢？

然而涅茲米對這個疑問，回答得卻很乾脆：

「即使這麼做就是在亂來，也要不惜任何代價去尋找自己追求的東西……真要說的話，現

在的妳就是名副其實的冒險者，而『穴倉』則是為這樣的冒險者提供服務的商店，協助妳也是理所當然的嘍？……啊，當然錢還是要收的。」

「涅、涅茲米……！」

奧拉對這番可靠的話語心懷感激……儘管還是忍不住覺得最後那一句才是她的真心話，但總而言之有涅茲米協助的話，等於就有了一百人的力量。

只不過，奧拉有一個大問題。

「啊，可是要怎麼去迷界……」

不是冒險者的奧拉無法通過主門的守衛詢問。而上回自己也已經痛苦的知道要找一支願意帶超級外行人的冒險隊的難度有多高了。就算裝備和情報可以請涅茲米幫忙準備，但不解決這個問題就沒辦法開始。

……不過，這份擔憂最終成了杞人憂天。

「嘻嘻嘻，請妳放心吧。其實呢，本店、也有提供這樣的服務……」

在涅茲米伸手所指的牆壁上，貼著一張可疑的紙，上面寫著「安心可靠！迷界貴重財貨運送服務！」。

……怎麼說呢，有一種非常不祥的預感。

「怎麼樣，不覺得這方法很適合妳嗎？畢竟，妳原本就是『嬌貴千金』呀。」

涅茲米說了一句無聊的冷笑話後就笑了起來。這是奧拉到目前為止所見識到的、最開心的笑容。

——……

——……

「埃留歐斯系．基里索．第1界相」——別名「瑪烏納」。這個界相可說是出了第七門之後的迷界玄關，不論往哪裡去都只有一整片單調乏味的荒野……然而，這一天有點不一樣。在本來很殺風景的荒地上，擺放了一個非常不得了的異物——那是一口巨大的箱子。一個大小足以把一個人類舒舒服服裝在裡面的木箱，大剌剌的擺在荒野的正中央。就連徘徊在荒野中的蜥蜴們，也用好奇的眼睛望著這件珍奇物品。

就在這個時候，原本沉默的箱子突然發出嘎吱聲響並開始顫動，接著原本封閉的箱蓋在「砰」一聲之後被打開了——

「呼哈！」

從箱子裡探出頭來的人，是全身上下都穿上迷界裝備的奧拉。

在那場於「穴倉」的對話之後又過了三天。她用自己儲蓄下來的全部財產把裝備買齊，跟雙葉亭正式請了休假，然後就自己把自己運送到迷界來……雖然這就是所謂的偷渡，不過這個時候就別去計較那種事了。

沒錯，自己到這裡來是為了幫助尤里，而現在也只是站到了起跑線上而已。目前不是在意無謂瑣事的時候，要偷偷的監視少年，弄清楚他的目的，如果他想做危險的事就要全力阻止。而這一次……就換自己把他帶回來，為此也已經準備好祕密武器了。

「很好，要上嘍～!!」

幹勁十足、氣宇軒昂的奧拉，一面氣勢高亢的發出叫嚷，一面得意洋洋的從箱子裡頭鑽出來——而在奧拉背後等待她的人，則是以傻眼的表情一直看著這口箱子的尤里。

「…………啊。」

第二章 ——棺材裡頭——

「——嗚嗚，為什麼你會在這裡……」

數秒鐘以前的氣勢不知道飄散到哪邊去了。奧拉像隻膽小的小貓躲在箱子裡，戰戰兢兢的發問。

以金剛力士的姿態直挺挺站在她眼前的人，不用說，正是一臉傻眼的尤里。

「有什麼好為什麼的，出發前沒有看到妳的人影，我就在猜該不會有什麼內情吧。於是我給了涅茲米一點錢，她馬上就告訴我了。說是把妳『運送』到這個地方來耶。」

「唔！……涅茲米這個叛徒……！」

雖然她低聲抱怨，不過對方是商人。畢竟是那樣的生物，也拿人家沒辦法。

「真是的，妳這傢伙讓人傷腦筋到極點了。想不到妳竟然寧願用偷渡的也要跟過來。」

尤里如此說著，同時發自內心露出傻眼到極點的表情低頭看著奧拉。

奧拉已經無法辯解，整個人縮成一團，不過……她隨即扔出一句「可惡，既然被發現了也沒辦法！」態度也強硬起來：

「不、不過我、可是不會回去的！不管尤里說什麼，我是絕對絕對絕～對不會回去的!!」

奧拉改變態度轉守為攻，用強硬的口氣大聲開嗆。

沒錯，她從一開始就知道自己在做蠢事，也已經做好被責難跟批判的覺悟了。不管尤里怎麼責備，自己也不能就此退讓。

……然而，尤里的回應出乎她的意料之外：

「啊啊？我只是說妳很『讓人傻眼』而已。我完全沒有叫妳要『回去』喔。」

「咦？」

「跟妳說什麼都沒有用，這點事看妳的眼神就知道了。妳沒發覺嗎？現在妳的眼神，就跟冒險者完全一樣喔？就是那種不管多亂來多勉強都要硬幹到底的笨蛋的眼神……哎呀哎呀，這麼說來妳確實流著妳母親的血呢。」

雖然他說著說著還嘆了口氣，不過這也代表……。

「難道說，你有意思要一起回去了……!!」

剛才那番話在某種意義上也可以理解為投降宣言，說不定會演變成「看在妳做好了覺悟來到這個地方的份上，這次我就乖乖回到地上去吧」之類的發展……奧拉抱著這樣的期待，不過事情沒有這麼簡單。

「——妳～到底是在說什麼傻話啊？妳聽好，妳的冒險的確是妳自己的，我完全沒有權利過問……不過呢，我的冒險也是屬於我自己的，就算是妳也沒有權利指揮我。」

尤里淡淡的說完這句話，並在最後以明確的態度做了結論：

「所以，事到如今妳要做的事情很簡單——想帶我回去的話就用盡妳的全力試試看吧。我也會用盡我的全力向前進。」

「不接受說服」——這項宣言無疑是表達訣別的意思。他告訴自己，不管再說多少話都沒有意義。

這對一個不惜偷渡到危險的迷界也要追過來的少女而言，似乎是非常殘酷的行為……不過不知道為什麼，奧拉對這樣的行為感到有些高興。

因為這證明了……他頭一次以對等的立場看待自己。

不過，這份喜悅終究只有在一開始時出現一下。

「雖然話是這麼說啦，如果是我跟妳的話結果也很明顯了。沒差，總之妳多加油吧。」

「唔唔！」

少年臉上浮現輕鬆自在的表情，奧拉彷彿可以聽得見他的心聲是「反正妳也辦不到」。

看到那張討厭的臉，剛才那份喜悅瞬間煙消雲散。被人講成這樣如果還默不作聲的話，她這個女人也就不用混了。

「很好，我接受挑戰！——為了把你帶回去，我可是帶了祕密武器過來的！我這就公開宣戰！」

沒錯，正如尤里所言，從現在開始就要認真決勝負，看哪一個人的亂來才是行得通的。

奧拉會緊跟著少年並找機會把他扔到返回的路線。

尤里則要為了達成自己的目的克服阻礙繼續前進。

簡單說，這就是二人之間的戰爭。

於是這段二人前往「克雷提西亞」的旅程拉開了序幕。然而……這段旅程卻朝著意料之外的方向發展了。

※※※※※

《尤里觀察日誌　第一天　筆記者：奧拉》

今天起旅行正式開始。所以，我也想試著寫寫看那些冒險者都會寫的冒險日誌。簡單說，目的就是觀察尤里！雖然我還不知道他想幹什麼，不過總而言之我預計要去監視他，不會放過任何細微的變化。我要振作起來才行！

因為他叫我吃飯所以今天的日記到此結束！

《尤里觀察日誌　第二天》

今天前進到了山岳地帶。途中，尤里幫另一個扭到腳的冒險者療傷。雖然感覺上好像稍微走慢了一點，不過看到了尤里溫柔的一面總覺得很開心……如果最後他沒有講什麼治療費跟人家敲詐的話就會更好了呀。

本日，沒有異常！

《尤里觀察日誌　第三天》

今天他跟我們遇到的新手部隊傳授了正確的看地圖方法，果然很溫柔……只不過，都怪他一路講到那些無謂的深奧知識的關係，讓大家覺得他好煩。都煩成那樣了，他自己沒有察覺到嗎？

本日也沒有異常。

《尤里觀察日誌　第四天》

今天尤里背著一位在穿越河谷時閃到腰的冒險者爺爺。他從矯正骨盆做到按摩，弄到太陽都下山了。雖然說很親切，可是會不會有點做過頭了？

而本日果然還是沒異常……應該這麼說，沒有什麼好寫的。總覺得和想像中不太一樣。在冒險日誌裡寫午餐感想應該沒關係吧？

《尤里觀察日誌　第五天》

尤里今天也很有精神。

《尤里觀察日誌　第六天》

尤里今天也很有精神。

《尤里觀察日誌　第七天》

尤里今天也很有精神。

《奧拉的迷界午餐大快朵頤報告　第一天》

今天的午餐是香噴噴的黑麵包和香腸三明治！稍微用火烤過的豬肉香腸超級多汁！這樣的香腸夾上厚切的黑麥麵包，風味很搭！其他配菜有切片起司跟煙燻鮭魚、口感清脆的萵苣，還有甜甜的番茄！思考自己喜愛的配菜組合不但有趣也很讚！最後把鷹嘴豆濃湯喝乾淨就算吃完了！多謝款待！這一餐無庸置疑的有三星水準!!

※※※※

從二人出發之後已經就這樣那樣的過了兩個禮拜——奧拉的忍耐終於到了極限。

「——尤里等一下，到底是怎麼回事呀!!」

「哇！妳突然叫起來是怎樣啊？」

「每天每天都過得這麼悠閒！賭命的冒險呢？亂來的救援咧？當初那些意義深遠的話語又怎麼樣了呢!?」

奧拉用力來回揮動著觀察日誌並對少年步步逼近。

到目前為止這二個禮拜，旅程可以說一整個平穩。別說少年亂來了，他甚至有餘裕到了可以一次又一次的四處幫助路上遇到的冒險者。這樣一來觀察日記的題材也等於枯竭，都不知道自己是為什麼才不惜偷渡也要追過來了……雖然總覺得目的和手段好像也本末倒置，不過對現在氣血正往頭上衝的奧拉來說，這樣的小事已經無所謂了。

面對這個進逼而來的少女，尤里以半無奈的表情如此答道：

「呃，所以我一開始就說過不會亂來了吧。話說回來，這趟旅程說白了像是會發生危險的樣子嗎？」

「嗚！這、這個……」

奧拉一被反問就支支吾吾說不出話來。

就跟不知道在藏什麼的尤里所說的一樣，雖然無論如何這種說法很不莊重……不過坦白講，這趟旅程到目前為止一點難度也沒有。其理由很簡單——他們四周有高達一萬名的同行者存在。

沒錯，這次以克雷提西亞為目標的人並不只有奧拉和尤里而已。超過一萬名冒險者都在相同的時期基於完全相同的目的群聚而來，這群人走的路線當然也完全一樣。即使是現在二人如此對話的時候，不管是向右看還是向左看都是擠到水洩不通的其他冒險部隊。也就是說，奧拉他們現在的狀況等同於跟隨著一支一萬人編制的超大規模部隊進行冒險。

這樣一來後面的事情也就可以料想得到。在先行部隊的巧手下，險峻的斷崖已經架好了結實的繩索，茂密的森林已經開闢出好走的道路，就連兇猛的野獸在見到以數千人為單位的人類之後也害怕到不敢靠近過來。只要跟在前人的背後走也就不可能會走錯路，甚至肚子餓了賣便當的商人還會主動靠過來。要是出了生病或受傷等意外，鄰近的冒險者也會立刻伸出援手。

充足的人力和物資所帶來的，是壓倒性的數量暴力。這使得冒險的難度大幅降低。

「說極端點，部隊這種東西是越大越強，只要能夠解決維持成本和利益分配的問題就行。就算在自然界，每一種生物也都是成群結隊沒錯吧？正因為這樣，前往『克雷提西亞』的旅途是很安全的。」

「證據就是……」少年接著說道：

「到目前為止我們遇到的人，大多都是新手部隊，不然就是商人吧？」

「的確是、這樣……」

經他這麼一說自己就想起來了。明明是要挑戰最難的界相，卻有特別多不熟練的部隊，所以奧拉一直很在意。

「扣掉像巴倫茨隊那樣的國家公會，參加遠征的一般冒險者有一大半都不是真心想要攻略克雷提西亞的。有些人的目的是要在安全的旅程中累積經驗，有些人是為了做生意，也有些人只是湊熱鬧享受一下遠征的氣氛。反過來說，也代表這趟旅程安全到能讓這樣的傢伙們來參加。就這樣，如果妳想享受刺激的話就請等待下一個機會吧，大小姐。」

「唔唔唔……」

就算被少年用諷刺的口吻取笑，奧拉也只能低聲呻吟。既然已經實際體驗過了，遠征的安全性也就沒有置疑的餘地……只不過，奧拉總覺得這趟旅行，在跟這檔事完全無關的地方不太對勁。

安全是好事，而且連新手都能享受更是一件美事。這點自己十分清楚也無意去否定。不過……總覺得所謂的迷界探索，應該更像是，赤裸裸的面對大自然。像是裸露的生命與生命之間互相衝撞的戰鬥，但在另外一方面，又像是為了更深入理解彼此而進行的對話……所以，這次的遠征旅程，總覺得未免也太舒服了，有一點——

「——『不夠讓妳滿意』，妳該不會在想這個吧？」

「咦!?沒、沒有沒有沒有！怎麼可能會這麼想呢！」

奧拉被突然這麼一問，連忙搖頭否認。

自己不可能會有這種想法。在前往「羅格斯尼亞」的旅行中，她已經遇過了非常可怕的事情。如果有人問她想不想再走一次那樣的旅程，答案當然是不想。她跟血氣方剛的冒險者不一樣，不是那種會去主動找刺激享受的亡命之徒。

沒錯，所以這個不太對勁的感覺，想必是另外一種不明的東西。

「哈哈哈，這麼拚命否定，表示我說中了嗎？果然妳流著冒險者的血呢。」

「所以說不是這樣了呀！我是普通的女孩子！」

「妳~是在說什麼啊，『普通的女孩子』呢，才不會偷渡到迷界咧。」

「唔，這個……」

「這種想都不想就隨處亂衝的性格，正是冒險者的本質啊。」

少年擺出一副不知道在臭屁什麼的表情向下望著奧拉。這讓奧拉覺得有點火大，她也臭著一張臉反擊回去。

「哼！說得那麼好聽，你明明也是因為喜歡冒險才去當救援者的！」

「哈哈！妳在說什麼啊，沒有那回事喔。我完全只是因為想變得跟師父一樣所以才當救援者，可沒什麼興趣當冒險者。不對，應該說……我個人很討厭冒險者啊。尤其是那些追逐夢想或是浪漫之類的傢伙，我很懷疑他們的精神狀態是不是根本不正常。為那些無形的東西去賭命，這是白癡才會做的事。我從以前就非～常～討厭這種白癡。」

奧拉將錯愕的視線，投向這個笑得很邪惡的少年。光從這段旅程看來，他到目前為止就已經照顧冒險者到了像是在愛管閒事的程度，事到如今講這種話的說服力等於是零。男孩子為什麼總是以為擺出一副壞壞的模樣就會很帥呢？

「真是的，你真像個小孩子……」

奧拉無奈的發出了嘆息。

不過無論如何，奧拉也發自內心鬆了口氣。

雖然她不否認有一種失落的感覺，不過自己是因為擔心尤里才會跟到這個地方來的。冷靜想想，知道自己很安全就感到沮喪跟不滿，這根本是在耍白癡。沒錯，所以這樣子就好了。只要繼續這樣平穩的完成遠征，這就是最好的結果。

所以，明天以後請一定也要讓這段無聊的旅程繼續下去——奧拉向迷界的女神大人如此祈禱。

※※※※※

這趟悠閒的旅程就這麼一路不變的持續下去，他們慢吞吞的走了差不多三天。

「——那麼，為了慶祝突破『黑牙之谷』～乾杯——!!」

夜空中響起乾杯的聲音。

冒險者們熱鬧地談笑著。

在他們的正中央，營火正熊熊燃燒，四處都瀰漫著刺激食慾的美酒佳餚香味。

——在穿過被稱為「黑牙之谷」的險峻地帶之後，會來到一處森林。如今，冒險者們正在這個地方舉辦宴會慶祝彼此平安無事。雖然話是這麼說，但在這次遠征中也不是什麼稀奇的事。畢竟，不管是「迷惑之丘登頂紀念會」、「不歸洞窟突破祝賀會」、還是「橫渡無底之川成功慰勞會」，大家總是會找個理由，就這麼跟附近的冒險者聚在一起，享受慶典般的熱鬧氣氛。

在這場盛大的宴會當中，也能看到奧拉和尤里的身影。

「真是的，就是因為那麼吵我才沒有去。大家還真喜歡那種無聊的慶祝活動啊。」

尤里一面散發著「真是夠了，我跟那些人可不一樣」的氣場一面低聲碎念。確實他並沒有參加慶祝。……不過，他正熱心的埋頭烹調宴會用的料理。而且，他還貼心到會配合其他冒險者的國籍提供各種不同的鄉土料理。

「抱歉，尤里，你說的話跟做的事好像不太一致……」

「不、不是啦，我是要做這些料理先讓他們吃飽以後再去收錢啦！」

雖然話是這麼說，反正到時候他一定會裝傻糊弄過去。明明一開始坦率點就很好了。

正當奧拉還在傻眼的時候，營火那邊發生了一點騷動。是出了什麼問題了嗎？奧拉如此心想並望向營火，看起來似乎不是那麼回事。

「那東西，是什麼呢……？」

成為騷動中心的事物，是由一個冒險者所舉起來的舊木箱。大家在看到那個木箱之後似乎都很興奮。當奧拉還在觀望的時候，大家開始把箱蓋打開，幾瓶酒從箱子裡頭出現在眾人眼前。

「哦，那不就是『藏酒』嗎。」

「？這句話，是什麼意思？」

少年口中說出陌生的詞彙，讓奧拉歪頭表達不解。

「是冒險者的文化之一。冒險者在通過危險的界相時，習慣上會把旅途中沒喝完的酒或沒吃完的保久食糧藏在某個地方，其中隱含了有朝一日別的部隊到來時可以幫到那些人的心意。當然對藏酒的當事人來說並沒有什麼好處，不過有句話說『種樹是為了讓後人乘涼』，這種跨越時間以及所屬隊伍的互助關係，對冒險者而言是很普遍的美德。」

「哦～總覺得很美好呢！」

「種樹是為了讓後人乘涼」——奧拉覺得自己非常喜歡這句話。這是一種共同向嚴酷的大自然對抗的同伴意識。許多冒險隊之所以會留下手記可能也是基於這個原因吧。這次能夠平安通過像「黑牙之谷」這樣的危險地帶，一定也是拜先人們傳承下來的情報所賜。

「不過，這樣的習慣終究也已經過時了。最近這種文化變成了一種小遊戲。發現藏酒的人，會一邊想像這酒是哪個國家的哪個冒險者藏起來的一邊把酒喝掉。接著，這個人會在喝完之後再把自己手上的酒也一樣藏起來。而下一個來的人也一樣邊喝邊想像……就這麼進行下去。算了，雖說目的有點偏差，還是一樣能當緊急食糧用。這也算行得通吧。」

少年說完這段話後便聳了聳肩。確實這一點奧拉是同意的……但她還有另一個疑問。

「可是，既然這樣不是可以擺在更顯眼的地方嗎？不需要特地藏起來……」

明明是以讓後人發現為前提的遊戲，卻要特地藏起來。會不會很矛盾？

奧拉問了這句話之後，少年嘻嘻笑了起來。

「什麼嘛，原來妳也這麼想？其實我以前也問過隊長同樣的問題。我問為什麼要特地藏起來呢？而隊長是這麼說的：『這種東西不就是因為要靠自己找到才有趣嗎？』。哈哈，冒險者真的都是些笨蛋啊，當他們還是個在沙坑裡尋寶的小屁孩的時候就完全不成長了，那些人喔。」

這段話彷彿就是在把冒險者當白癡看待。不過少年靜觀那些冒險者的眼神，卻跟他的話語完全相反，非常溫柔。

就這樣，由於「藏酒」的意外登場，宴會也越來越熱鬧起來。肚子也飽到剛剛好，酒意也上來了，營火的火焰也恰到好處的穩定燃燒著，正所謂宴會也來到了最高潮。就在這個時候，不知從什麼地方突然傳出了歌聲。慶祝活動就是要有音樂，歌聲也像漣漪一樣持續向四周擴散。有人拍起手來，有人踏腳發出聲響，甚至還有人狂到開始演奏著特別為了這種時刻攜帶過來的樂器，大家都照各自的想法發出樂聲。當然，這是一群臨時聚集的醉鬼集團，他們發表的也就是一場完全沒有協調，根本都在走音的悲慘演奏會。因為每個人演奏樂曲時都是隨自己高興的關係，已經到了將其稱呼為噪音會更貼近實情的程度。不過，這些演奏者本人似乎都覺得這樣子就很開心，不管走音有多嚴重依然在大聲歡唱。也好，有酒喝的宴會大概都是這個樣子吧。

然而就在這個時候，整個氣氛突然有了變化。

原本隨自己高興吵鬧成那個樣子的醉鬼們，開始一個、又一個安靜下來。他們安靜的原因是……來自宴席一角的一縷旋律。

這是一縷如迴流般行進的笛聲——其音色跟粗獷的冒險者音樂不同，是靜謐且優雅，如同流水一般的旋律。

纖細，卻又強韌。

虛幻，卻又鮮明。

沒有華麗的曲調，也沒有力量。不過就算這樣，這道旋律也如同靈巧生活在大自然中的蝴蝶，在各種樂器齊聚的喧鬧聲中依然清澈舞動。這音色實在是太過美麗，連那些醉醺醺的人都把酒瓶放下並聽到入神。每個人都渾然忘我的將視線轉向音色的主人。

而位於這些冒險者視線終點的人……不是別人，就是坐在奧拉身旁的少年。

少年閉著眼睛如同沉睡一般，靜靜演奏音樂旋律。他所吹奏的東西竟然只是個草笛。僅用兩片葉子重疊出來的草笛就能演奏美妙的曲調，到底他是練了多久才培養出這麼精湛的技巧呢？這光景簡直就像圖畫風景一般，極具象徵性。

持續幾分鐘的曲子就這麼迎來了尾聲，在少年的嘴唇離開草笛的一瞬間，盛大的掌聲熱烈響起，所有人都因這美妙的音色而感動不已……然而，沐浴在掌聲當中的少年卻是一臉茫然。看來他似乎專注在演奏上，難得沒注意周圍的情況，好像沒發現大家都已經聽到入神了。

如今才理解狀況的少年，連忙羞紅著臉頰不停揮著手說「別鬧了別鬧了」。不過即便如此掌聲依然沒有停下來，少年只好再度拿起草笛。只不過，他演奏的跟前一曲截然不同，是一首節奏輕快活潑的曲子。少年揮了揮手引導眾人，大家也立刻配合開始演奏，全場就這樣再度熱鬧起來。少年用這一招總算讓自己從眾目睽睽之下解放，並在嘆了一口氣之後這麼說：

「哎，真慘啊……不習慣的事情還是別做了吧。」

少年一副筋疲力盡的樣子。不過，一直在他身旁聆聽的奧拉卻猛力搖頭，說：

「才沒有這回事呢！你演奏得非常棒哦！那是什麼樣的曲子呢？」

「怎麼說，曲名我也不知道。我也只是以前從別人那邊學來的。」

少年很乾脆的聳了聳肩後，先說了一句「不過……」再補充說明：

「根據那個人的說法……那是『旅行之龍』的歌。」

「旅行、之龍……？」

怎麼說，這個詞彙好像在哪裡聽過的樣子……奧拉歪著頭思索，腦中突然浮現出小時候的記憶。

沒錯，她確實是聽過。在母親於睡前講給自己聽的冒險故事當中……有一段故事就提到過這個名詞。在迷界活動的眾多生物當中，最純粹、最神聖、唯一至高無上的傳說存在。牠的稱號正是——

「——旅行之龍……『徨龍』……」

奧拉不自覺的低聲自語，少年則點頭表達肯定。

「徨龍——是這個世界上除了人類以外，唯一能利用門旅行迷界的生物。遠比亞龍強大，遠比人類聰明，被認為是知曉一切迷界神祕的存在，自古以來就是各地冒險者敬畏和崇拜的對象，也有很多稱號。像是『有翼之蛇』、『庭園之管理者』、『迷失方舟』……以及『旅行之龍』之類的。因此牠的傳聞數量跟其他迷界傳說相比也是壓倒性的多。比如說喝了牠的血就可以進化成永恆不變的存在啦、創造界相的就是牠們啦、牠們有朝一日會成為毀滅迷界的惡魔啦，各式各樣的傳言都有。」

「這、這種生物真的存在嗎……？」

「這個嘛，關於徨龍的傳說與神話數量多如繁星，誰也不知道當中有哪些是真實的。只不過，有一件事情是不會有錯的……人類完全望塵莫及的『某個東西』，就彷徨在這個迷界當中。至於這是不是徨龍就另當別論了。」

說到這裡少年聳了聳肩，然後像是想到什麼一般的補充說道：

「不過，搞不好在這次旅行中就能夠明白真相也說不定喔？」

「這句話，是什麼意思？」

「我們接下來要前往的『克雷提西亞』呢，就是一個很有徨龍傳說特色的界相……從前『克雷提西亞』曾經受到某種災厄襲擊。在它因此瀕臨滅亡危機的時候，徨龍從某個地方現身了。龍消除了災厄，『克雷提西亞』重新恢復和平。不過，這不代表結局美好圓滿。相傳徨龍在與災厄的戰鬥當中受了重傷，而受傷的龍則在『克雷提西亞』的大地上沉眠，等待其傷勢痊癒的時刻到來……所以，許多冒險者都這麼相信：等待甦醒的龍，如今依然沉睡在『克雷提西亞』的某處。正因為這樣，才會有多達一萬名的冒險者以那個地方為目標聚集而來啊。」

在奧拉聽到這番話的瞬間，一陣高亢的刺激感竄過了她的背脊。這是以前她聽母親講冒險故事時曾經感受過的，就是那種懷念的興奮感。所以她很想聽少年多講一點……不過很遺憾的是，這得要等下次了。剛把一大段歌唱完的冒險者們，又把尤里找了出來。可憐的少年瞬間就被拉到宴會中央去，留在原地的奧拉只能鼓起臉頰生悶氣。這是因為她沒能聽到徨龍的故事呢，還是因為她無法獨占少年呢。總之為了擺脫焦躁的心情，她把擺在一旁的酒一口氣喝了下去。

「～嗚!!唔唔～～～!!」

比想像中還要烈的酒讓奧拉難受的彎下身去。

就在她一個人幹這種蠢事的時候。

「——妳的喝法很讚嘛，小妹妹。」

背後響起了女人的聲音。奧拉轉頭向後，瞬間睜大了眼睛。理由很簡單……在她身後的這個女人的打扮，實在是太刺激了。

對方有一頭飄揚在風中的金髮，以及碧綠如翡翠的眼瞳；與高挑身材相稱的豐滿胸部隨著每一個步伐劇烈彈跳，跟胸部一樣肉感的臀部則以對抗重力的姿態高高翹起。酷似模特兒一般的身材與其端正的美貌十分相稱，再加上那一身服裝，讓那樣的身材更加凸顯。儘管身在迷界，這女人上下半身的布料面積卻都跟內衣一樣小，完全沒有將充滿魅力的肢體遮蓋起來。那近乎半裸的身形講白了就是很煽情，讓奧拉不由自主的往下流的職業去想像……不過，在她的背後，有件連這麼具有衝擊性的容貌都相形見絀的「異物」。

那是一把長度與人的身體相當的巨大斧頭——女人以一副理所當然的表情，將那把由不屬於地上任何金屬的漆黑礦物所製成的斧頭背在身後。

這個來歷不明的女人，大搖大擺的在奧拉身旁坐了下來。

「妳被男朋友晾在這裡喝悶酒啊？真可憐呢。」

「什麼!?妳、妳幹嘛突然說這個呀！」

明明是初次見面卻突然探聽人家隱私，這個人真愛裝熟。再說……。

「沒、沒有啦，他才不是男朋友。……現在，還不是……」

在奧拉支支吾吾的訂正之後，女人豪爽地笑了。

「哈哈哈！沒必要掩飾啦！妳想要那個小男生對不對？那就別管周圍的眼光去得到他。我一直都是這麼做的。」

女人在明明沒人有問的情況下大言不慚的說著。看來她確實是那種看起來不懂得客氣的性格……就在奧拉想著這些事的時候，女人突然脫口說出一件奇怪的事情。

「話說我真的很驚訝啊。想不到那個小男生還會帶同伴過來，我還以為他已經得到教訓了呢。」

「『還會』……？這、這是什麼意思呢……？」

這個意味深長的說法讓奧拉忍不住反問，而女人則順口說出了某件事實：

「嗯？怎麼，小男生沒跟你說？——那孩子參加過四年前的克雷提西亞遠征，和二十九個同伴一起去。然後……除了那孩子以外的所有人都死了。」

「咦——？」

在奧拉聽到這句話的這個瞬間，宴會的喧鬧聲突然變模糊了。少年曾經有過同伴，而且那

些人全滅了。對方拋出這個宛如晴天霹靂的事實，讓奧拉的思緒一直跟不上。

「等、等一下，請告訴我更詳細的事情！還有，妳是怎麼知道這些事的……」

正當奧拉打算要問個清楚的時候。

「——奧拉，離那傢伙遠一點。」

尤里不知在什麼時候已經回來，並站在那個地方。然而他的樣子明顯不尋常，不但刀子已經拔出來，還用警戒的眼神瞪著女人。

然而，他對面的這個女人只是笑呵呵說道：

「不需要這麼兇嘛，我只是聊一點女生之間的話題而已啊。」

「我先把話講清楚。我不打算交出葉卡報告。還是說，妳想在眾人環視之下公然搶奪？」

從完全不搭調的對話中可以聽得出少年的明確敵意。不過，女人反倒愉快的反問了：

「喂喂，你以為這種恐嚇對我有效嗎？你應該很清楚吧？——我不管在什麼時候，都只幹我想幹的事而已喔。」

少年聽了這句可以稱得上是傲慢的台詞，表情變得更加陰沉。……但是，他所擔心的事態並沒有發生。

「開~玩笑的啦。放心，我對那東西沒興趣。一開始就作弊很無聊吧？要情報的話有『巴爾卡斯報告』就夠了……至少，現在還是啦。我之所以會來這裡，只是受到好聽的音色吸引啦。」

女人說著不知真假的話語，同時威風凜凜的站起身來。

「拜嘍，尤里．萊因霍爾特。我們彼此目的一樣，公平競爭吧。」

女人就這麼轉身離去，看來她似乎真的沒有別的事。

然而奧拉在這時候察覺到了。

一個、又一個冒險者，陸續跟在女人身後離開，而且人數相當多。本來以為她只有一個人，不過看樣子是有部下的。因為他們不知何時就已經在神不知鬼不覺的情況下混進宴會裡來，所以應該全都受過相當程度的訓練吧。

不管怎麼說，謎樣的女人離開了。奧拉嘆了口氣，然後回頭望向尤里……少年當場一屁股癱坐在地上。

「尤、尤里!?你沒事吧!?」

奧拉連忙蹲下身去，看到少年的額頭滿是冷汗。

「哈哈……想不到，會在這裡遇上那傢伙……腰軟了站不起來……」

陷入半茫然狀態的尤里全身打顫，看到他這副不尋常的模樣，奧拉忍不住發問。

「剛才那個人，到底是……？」

結果，少年開口說了一個名字。

「那傢伙的名字是卡納莉亞……『卡納莉亞．卡拉米提』。她是率領第六門保有國．科蒙茲合眾國第一特域特務連隊『卡拉米提隊』的隊長。」

「科蒙茲……是那個大國嗎!?」

分布在世界各地的主門有七個……擁有這些主門的每一個國家在地上都有莫大的影響力，

畢竟可以實質獨占迷界資源。除了位於無政府地區的第七門之城以外，每個國家在某種意義上都理所當然具備了稱得上大國等級的國力。……不過，如果要問在這些國家當中現在最強的是哪一國，十個人有十個人會這麼回答吧。──是「科蒙茲合眾國」。

那個女人是那個最強國家的國有最強部隊隊長，也就是說──

「就我所知，卡納莉亞這女人在現役冒險者當中無疑站在了最高峰，尤其在近身戰方面沒人可以跟她匹敵，人類最強就是她，沒有話講。」

尤里明確的如此斷言，並大大嘆了口氣。

「雖然她在一般大眾之間的稱號是『開拓者的旗手』……不過認識那傢伙的人都用另一個綽號叫她──『無法無天的卡納莉亞』。」

儘管奧拉不知道這個別名的意義是什麼，但不管怎麼說，那女人想必是個不得了的人物。

「我一直以為她這次不會參加……沒想到竟然派了卡拉米提隊過來，科蒙茲似乎也相當認真啊……」

尤里苦著一張臉喃喃自語，然後似乎是要轉換心情，搖了搖頭。

「算了沒關係，如果她無意出手的話也就這樣吧……話說回來，妳和那傢伙在聊什麼？」

「咦?這、這個……」

奧拉被突然這麼一問，脫口說了一句假話：

「就、就是一般女生之間的話題啦！」

在毫無預期的情況下知道了少年的過去。對奧拉來說，這遠比人類最強女人之類的事情更有衝擊性。少年在說了一句「哦，這樣啊」之後，便毫不遲疑的點點頭回到宴會場地……而奧拉雖然就跟在他身後，但她卻覺得宴會的熱度似乎有些冷卻。

※※※※※

在恢復寂靜的森林中，只有營火劈啪爆裂的聲響迴盪。

先前還鬧成那樣的冒險者們，全都抱著酒瓶一起大聲打呼。想必現在他們還在夢中為宴會續攤吧。

在這樣的夜幕之下，有一個少年獨自看守著火堆。他攪拌著架在營火上的鍋子，就這麼靜靜等待天亮到來……就在這個時候，少年突然開口了。

「——唷，怎麼了？睡不著嗎？」

面對少年沒有回頭就拋出來的這個問題，在他背後的少女——奧拉略為猶豫的點了點頭。

「是、是的……算是吧……」

「這樣啊，那就來這邊烤火吧。這座森林晚上很冷喔，尤其是喝酒的話就不好了。所謂喝了酒暖暖身子其實是暫時性的感覺問題，實際上血液循環會因為酒精分解的關係而變差，身體會越來越冷。身體這種東西不好好愛護是不行的啊。」

少年又在講述著無人問津的深奧知識。奧拉心不在焉的聽著，並在他旁邊坐下。

「尤里你才睡不著吧，還不去睡嗎？」

「嗯？還好吧。反正也要準備早餐……而且最重要的是，就算這一帶沒有危險的野獸，如果連一個放哨的人都沒有也不行。畢竟事情也會有萬一嘛！真是的，這些冒險者喔，都只顧追夢，腳底下總是沒在管的。」

雖然少年是在抱怨沒錯，不過為一個又一個這樣的冒險者蓋上毛毯的人是誰，奧拉非常清楚。

可能就是因為這樣吧，奧拉忍不住開口了。

「我、我說……尤里。」

「嗯，怎麼了？」

「呃，這個……怎麼說……那個……」

「喂喂，妳從剛才就怎麼啦？身體不舒服嗎？」

「呃，不是那樣的……」

都怪自己一開始就講得很含糊，之後就很難說出口了。支支吾吾說不出話來的奧拉，不禁說了假話。

「因、因為突然變安靜了，所以感覺自己的狀況……好像有點失控……」

結果，少年先是點頭說了一句「什麼嘛，原來是這樣啊」，接著突然起身站立並這麼說：

「好，那就去吧。」

「咦？你說去……」

「就去附近一下。」

正當奧拉心想他要做什麼的時候，少年忽然就近找了棵樹爬上去，隨即從樹枝上向目瞪口呆的奧拉伸出手來。

「妳在幹什麼啊，來啊，妳也快點上來。」

「咦，啊，好的……」

奧拉照著他的話握住那隻手，並在少年的幫助下不斷向上爬。等到奧拉回過神時，她已經坐在高約10公尺左右的樹頂上了。

「哇哇哇哇，好、好高……！」

「哈哈哈，沒問題啦，我會好好扶著妳的。」

少年嘻嘻笑著對心生害怕的奧拉這麼說。

「話又說回來了……來吧，妳看。」

並朝森林的方向指了過去。

在這個連月亮都沒有出現的深夜裡，到底能看見什麼呢？奧拉懷著疑問將視線往那裡移去，發現應該是一片漆黑的森林中有淡淡的亮光，而且不止一個。點點亮光相連成一條道路，一直延伸到遠方盡頭。這樣的場景彷彿就像是流瀉在夜空中的銀河於鏡中的倒影。

這麼美麗的光是什麼呢？奧拉發呆了好一會兒，但很快就回神。那些是參加這次遠征的冒險隊營地。每一個小小的光點，應該都是讓冒險者們團聚在一起的營火光芒吧。

「好棒……跟星空一樣……！」

「是啊，還不錯吧？」

尤里自己也凝視著那條光之道路並靜靜低語：

「在廣闊的迷界裡，有時候會覺得世界上只剩下自己一個人。不過呢，冒險者在這個世界上是有很多的。他們都跟自己一樣以某個夢想為目標不停前進。如果這麼想的話……就會有點安心了吧？」

少年微笑著這麼說，他的微笑無比安詳。看著他的側臉，奧拉察覺到一件事。這麼說來，這個少年的眼瞳也和那些火光一樣是淡淡的紅色。……可能就是因為這樣吧，待在他的身邊才會這麼安心。

少年似乎注意到她的視線，有些不好意思的補充說明。

「不過嘛，剛才那些話其實是照著那些傢伙的講法說的啦。」

「那些傢伙……？」

奧拉反問回去，少年則回應了預期以外的答案。

「妳從卡納莉亞那邊聽說了吧，關於那些傢伙……我曾經待過的冒險隊的事。妳不是一直想聊這件事嗎？」

在這個瞬間，奧拉的心臟猛烈跳動起來。看樣子他打從一開始就全看穿了。

「抱歉……對不起……打探你的過去……」

「妳～在道什麼歉啊？妳也是為了知道這件事才跟到這裡來吧？冒險者一旦達到目的可是會高興到喝酒慶祝的喔？……再說，既然妳都到這裡來，我也就沒打算隱瞞了。」

尤里安詳的笑著回應奧拉的道歉，接著便開始坦誠相告：

「我以前，隸屬於某個冒險者公會。救援者的師父跟我說，去那裡進行最後的實地訓練。那就是『葉卡隊』……以第四門保有國．迦太基為據點的公會。隊長的名字叫『艾莉森．葉卡』，成員包括我剛好三十人，以規模來看算是很常見的中小型公會吧。坦白說，不是一支優秀的部隊。就算用偏心的眼光看待，實力也差不多就是中上？只不過我可以肯定的說……那些傢伙是全世界最誇張的一群迷界白癡。」

說到這裡，少年露出非常懷念的微笑。

「算了，畢竟冒險者大多數都是白癡。明明在地上安全過日子就好，卻要潛入這種莫名其妙的迷界。不過，在這些人當中也還是有超級大白癡，像是小時候的夢想啊，異界的神祕啊，明明不去理會就好了，就是有人會被這種連個影子都沒有的夢想纏上而潛入迷界。這些人對於金錢啊名譽什麼的都無所謂，就只是朝著自己的夢想橫衝直撞的大笨蛋……聚集在葉卡隊的人，都是這種超級大白癡，他們在一般部隊可能都會被趕走。不分天涯海角也不管實力有多麼跟不上都會去挑戰，即使有好幾次差點死掉也沒有學乖；就算在自己快要被超大野獸吃掉的時候，心裡想的也總是下一次冒險的事，不論睡覺還是醒來所思所想都是迷界。哎呀，幫那些傢伙擦屁股真的很辛苦啊。」

少年口中說的幾乎都是壞話，不過從他的表情所傳達出來的種種心意，都跟他的話語完全相反。

——啊啊，這個少年是真的非常喜歡部隊裡的每個人啊。奧拉發自內心如此堅信。

「雖然聚集了這樣一群無藥可救的白癡，不過我們還算混得過去，一個死者也沒有，累積了一定的實績，在當時也算是小有名氣的公會了，不過嘛也只是運氣站在我們這邊而已。坦白說，那時候每一天都不無聊……就是在那樣的時候，四年前……有人來提議走那一趟『第五次克雷提西亞攻略遠征』了。」

在少年說完這段話的瞬間，表情略顯陰霾。

「委託人是迦太基自治領國總督，巴爾卡斯．哈米卡爾，說是希望我們擔任先遣隊的任務。我們當然是OK啦。沉睡在傳說之地『克雷提西亞』的徨龍……那正是迷界的神祕本質，也是那些傢伙一直在追求的夢想。能在國家的支援下探索那個地方，沒有比這更好的事了。我們很高興地接受委託，就這樣意氣風發地挑戰克雷提西亞……然後失敗了，全滅了，活下來的只有我而已。罷了，要說悲劇也太誇大，其實就是『常有的事』。懷著不切實際的夢想，不自量力的亂搞一通，然後遭受慘烈的報應。真的，就是個老套到聽膩的笑話。」

少年毫無感情的乾笑著，他要流的淚水應該早就已經乾涸了吧。

然而，就算知道會傷害他，奧拉還是不得不追問下去。

「那麼，尤里之所以再度到這裡來……是為了要實現葉卡隊全體成員的夢想……？」

昔日同伴夢碎身亡，為了追悼他們再度挑戰攻略克雷提西亞，這確實是有可能發生的事。

「可、可是，這樣子不好吧！『克雷提西亞』不是還沒有任何人攻略成功的界相嗎!?葉卡隊全體成員一起挑戰都失敗了，你還一個人去，這樣子——」

奧拉極力阻止……不過，少年的回應出乎她的意料之外。

「喂喂，冷靜點。妳是在亂猜什麼啊。妳該不會以為，我會講一句『這是為同伴報仇！』

就去亂來嗎？」

「咦……？因、因為，你在出發前都說了那種話，而且事情好像就會演變成那樣……」

「噗呵，哈哈哈哈，不可能不可能！我才不是那種人咧！別看我這樣，我也是一路見識人的生死過來的，在這當中知道了一件事——人死不能復生。就算我替那些傢伙實現夢想，他們也不可能會高興；即使我不做，他們也不可能會悲傷。遺志這玩意不管是要回報還是背棄，到頭來都是活下來的人的自我滿足，沒有任何意義。」

少年毫無感傷的如此斷言。

「再說呢，假如那些傢伙還活著的話，絕對不會希望我替他們去賭命的。畢竟再怎麼說，那些傢伙其實非常喜歡我，這一點我最清楚。所以……放心吧。我不是小孩也不是白癡，不會為了同伴的無謂夢想去賭命的。」

少年說完便聳了聳肩。一開始，奧拉以為這是他為了讓自己安心而說的謊言，不過不是這樣。尤里在講述葉卡隊的事情時眼神非常真誠，完全無法想像會是謊言。他絕不會在跟自己最喜歡的同伴有關的事情上說謊，這一點連奧拉也明白。

「可是，這樣的話你又為什麼要來這裡……？」

對於這個問題，少年靜靜地回答。

「我來、掃墓的啊。……哈哈！我也知道這種事情就是在自我滿足。不過……去獻個花而已，應該不會遭天罰吧？」

「……不會的，我也是這麼想。」

奧拉發自內心點頭說道。即使失去同伴依然持續對他們心懷愛意，任何人對這件事情都無法責怪。

「不過太好了……我還以為、尤里會走到很遠的地方去呢……」

「哈哈，這就不好意思啦。不過也沒辦法吧？這種理由實在太遜了，說不出口啊。」

雖然少年臉色泛紅這麼說，不過奧拉不太明白他這麼維護自尊的理由。畢竟依照她的觀點，直到現在還思念著昔日同伴，這種事情聽起來也不會有美好以外的評價。男孩子都是這個樣子的嗎？

只不過，憑這件事情就可以讓奧拉接受他到目前為止的行動了。

面對想要把他帶回去的自己端出一副從容的模樣，一直平心靜氣的允許自己同行到這裡，旅途中的緊張感也莫名薄弱，如果都是因為『他從一開始就打算好好回去』的話就說得通了。

沒錯，結果這回就只是自己在誤會而已……這麼想來，覺得很遜的人反倒是應該是自己才對。呃，可是尤里如果一開始就坦白跟自己說的話就不會變成這樣……等一下，記得他再三說過沒問題的樣子。可是沒把理由說出來我怎麼可能會明白嘛……啊啊，真是的。這種推卸責任的想法已經無所謂了。不管是白走一遭的羞恥、行動失控的反省、還是已經給少年添了許多麻煩，現在這些都已經無所謂了。因為——與他一起回去的喜悅，已經完全覆蓋了這一切。

「所以妳就別擔心了。我隨便跟他們打個招呼就馬上回去，然後再開始工作。我要以救援者的身分拯救更多的生命。就跟當初救那些傢伙一樣，我要拯救的是沒有我就什麼事都辦不成的迷界白癡。跟攻略『克雷提西亞』比起來，那些傢伙應該更喜歡我這麼做。畢竟，他們就是那樣的人啊。」

少年露出了往常的笑容，並朝奧拉的方向伸出手來：

「好了，差不多要下去了。妳也得稍微睡一下啊，畢竟旅途還很長呢。」

「好的……！」

就這樣天色又亮了。

第二天眾人又繼續遠征。

形似海洋的巨大河流、猛獸密布的漆黑森林，綿延不絕的廣大沙漠……雖然每一處都是艱難的界相，不過遠征隊憑著「一萬」這個數字的力量順利跨越向前行進。在旅途中，奧拉有了各式各樣的體驗。她跟不認識的冒險者們交流，津津有味的品嘗異國料理，傾聽頭一回聽到的歌曲，對壯大的冒險故事心動不已。當奧拉跟他們圍著營火談論無盡的夢想，並共同仰望星空入眠之後，她覺得自己對冒險這東西也多少理解了一點。

就這樣不知道又過了多久，有一天，少年突然開口了。

「——好啦，終於到了。」

他說出來的就這一句。不過，奧拉很快就明白這意味終點到了。

矗立在眼前的，是晃動的門。

其引導之處，是傳說之龍沉睡的世界。

同時，也是少年失去重要同伴的因緣之地。

通往『克雷提西亞』的門，就這麼悠然聳立在遠征隊面前。

第三章 ——「克雷提西亞」——

灰之災厄降臨該地。
灰，以爪燒灼大地。
灰，以翼擊墜蒼穹。
灰，以牙乾涸海洋。
在該地生命枯竭之際，龍自彼方而來。
真之咆哮響徹七日七夜，灰終消散。
龍為該地帶來平安，惟身負重傷。
咆哮聲歇，龍受死亡誘引。
然而，該地僅存之微小生命，奉獻其身予龍。
一枝樹，以其根織成床榻。
一隻蟲，以其翅封住傷口。
一頭鹿，以其乳維繫生命。
龍自死亡深淵還陽，惟其翼尚未痊癒。
因此，巨龍仍於該地沉眠。

夢迴使命完成之日。
該地，為龍所沉眠之庭園。
該地，為徬徨之夢的迷宮。
該地，為通往盡頭之門扉。
人，稱其為：
「克雷提西亞」。

（摘自《米亞・邁爾史通 第四手稿》）

※※※※

費米克斯系・亞齊亞索・第99界相——「克雷提西亞」。

是徨龍沉睡的傳說大地，也是號稱有迷界最高難度的魔幻界相。對冒險者們來說，這裡是夢想的舞台，同時也是可怕的死地。

當奧拉降落在這樣的「克雷提西亞」地面上時，她的第一聲是這樣的。

「——龍、龍龍、龍龍龍……是龍啊~~!?」

奧拉驚慌失措的叫聲在冰凍的洞窟中迴盪。

在奧拉穿過門之後，迎面而來的是一處由凍結的冰壁構成的洞窟。

只不過，平常應該會大叫「哇啊~好漂亮！」的她，完全沒有把這片美麗的冰壁放在眼裡。奧拉的視線緊盯的是，封在這片冰塊內部的某樣東西——

巨大的羽翼，強韌的四肢，流線型的爬蟲類下顎，以及覆蓋全身的灰色鱗片——這頭被封在厚重的冰層內部，宛如沉睡般停止不動的生物，正是會在書本插圖中登場的「龍」的模樣。

「怎怎怎，怎麼辦尤里!?我發現了！我發現了傳說中的龍呀!!啊哇哇哇怎麼辦，我該不會要上報紙了!?」

奧拉陷入混亂，不斷反覆向右走又向左走。尤里看到她這個樣子，露出無奈的笑容。

「啊～很抱歉掃了妳的興……不過很遺憾，答錯了。」

「咦？」

「這傢伙的名字叫『澤爾貝奧特』……怎麼說，雖然看起來是有所謂『龍』的感覺，不過牠不是徨龍，是亞龍。應該說，這傢伙就是差點毀滅這個地方的災厄本身……不過，要不要將牠認定為亞龍也是眾說紛紜啦。」

「災厄是、生物……？」

通常從「災厄」這個詞彙聯想到的會是地震或火災之類的天災。再說，一隻生物差點毀滅一個界相，真的會有這種事嗎？

面對這個疑問，少年觀望著冰封的亞龍並點了點頭：

「是啊，就是這樣。『澤爾貝奧特』就是很貪吃，只要是可以放得進口中的東西都吃：動物、植物、蟲、魚，甚至是地下的礦石。陸．海．空全都是牠的領域。當然牠和其他亞龍一樣都強到不得了，沒有生物能與其抗衡。而『澤爾貝奧特』和其他亞龍不一樣的地方是……牠的數量就是多。」

「你的意思是，牠會和狼一樣成群結隊嗎!?」

「哈哈，妳在說什麼啊，完全不是喔。如果要比喻的話……牠的群體是螞蟻和蜜蜂那種規模的。」

「……咦？」

「螞蟻和蜜蜂」？剛才他是這麼說的？螞蟻和蜜蜂，好像都超～級多的樣子……。

「對不起……你在開玩笑嗎？」

「沒有喔，是真的。牠們的生態非常接近螞蟻和蜜蜂的真社會性特色。如果要大概區別的話，可以分為占群體99%的『士兵』，以及每個窩只有一頭的『女王』。普通種類的士兵完全沒有生殖能力，朝排除外敵和捕食的方向特化。女王則相反，完全沒有戰鬥能力，外觀上就像一大塊肉，連當場移動都做不到。不過正因為這樣，女王將所有生物功能往生殖和產卵的方向特化，據說一天甚至可以生產近五百隻士兵。」

從胖嘟嘟的肉袋中大量生產這種巨大的亞龍……簡直就是一座怪物生產工廠。奧拉用力搖頭，將令人作嘔的想像甩掉。

「特化為戰鬥的士兵只管狂吃，儲存足夠的養分之後就回窩去。接下來士兵會主動讓女王吃掉以成為其血肉，女王則利用如此得來的養分生產更多的士兵，剛生下來的士兵又外出狂吃……『澤爾貝奧特』這個物種的繁衍，就是不斷重複這個循環。結果，這個界相從觀測到第一頭『澤爾貝奧特』之後不過十年就成了地獄。不管動物還是植物全都被啃食殆盡連根拔起，據說有數十萬物種滅絕了。」

只要一頭就很恐怖的亞龍，以類似倍數遊戲的模式不斷增加——在這種跟惡夢一樣的環境裡不可能會有生物存活下來。少年的話語暗示了一個必然的結局。不過，從他口中說出的下一句話卻是一大轉折：

「不過呢，後來並沒有發展到最壞的結局。澤爾貝奧特在把整個界相吞噬之前，就突然滅絕了。這是由於某個外部因素導致的。」

「那該不會，就是徨龍……!?」

迷界的活傳說、掌管破壞與和諧的天平審判者、真正的龍，前來拯救因「澤爾貝奧特」之災厄而幾近毀滅的界相。這真的很戲劇性呀。……奧拉正興奮不已時，少年卻沒安好心的聳了聳肩，說：

「誰知道，該怎麼說呢，實際上沒有人見過絕種的瞬間，沒辦法下定論。如果要打比方的話，說不定原因是病菌，也有可能是突然的環境變化造成的。不論哪一種，對於像牠們這類無法確保遺傳多樣性的物種來說都是很常見的滅絕理由。至少，比起推給不知從何處現身、跟神明大人一樣的龍，剛才的解釋更有現實感。」

「唔～都說到這麼有氣氛了，結果這是什麼話嘛～！」

「哈哈，傳承或傳說的真相大多就是這麼回事啊……只不過即使如此，認為是徨龍拯救界相的冒險者還是很多。這除了『澤爾貝奧特』突然絕滅以外，還有另外一個理由。」

「另外一個理由……？」

「是啊，那就是……」話說到一半，少年就笑了。

「算了，妳很快就知道了。重點是該走嘍，畢竟站在這裡說話是有點冷啊。」

「啊，等一下，不要吊人家胃口嘛～！你太欺負人了～！」

於是二人在冰之洞窟中行走。或許是拜無風所賜，即使氣溫在冰點以下體感溫度卻沒那麼冷。雖然除了一開始看到的亞龍以外，一路走來景色乏善可陳，不過如果凝神細看冰壁內部，便可以看到遠古的木片跟岩石以原本的面貌凍結於其中，偶爾還能看到保存良好的小型昆蟲與囓齒類動物，簡直就像博物館的展示櫃一樣。喜歡這類東西的人看到的話一定會欣喜若狂吧。

他們就這樣在冰之洞穴裡前進了一個小時，前方出現了一處隱約透出微光的出口。

在那出口前方等待著少女的——是一片鮮豔翠綠的光景。

「哇啊……！」

展現在她眼前的是吹著徐徐微風的美麗大草原，青草的氣味甜美芬芳。而在草原的遠方可以看得到一片茂密的大型樹海。這片以碧綠與蒼藍為色調的鮮豔景色，簡直是一處與剛才完全不同的新天地。

——然而，由於看到了更遠處的「某樣東西」，奧拉的思考整個結凍了。

「……嗯？嗯嗯!?那、那個、是什麼呀……!?」

吸引奧拉目光的，是聳立在樹海遠方中央的巨大樹木——不對，用『巨大』來形容它，其實等同於用『稍微大一點的石子』來形容月亮一樣……也就是說，形容力道完全不夠。

沒錯，那棵樹實在太大了。這並非比喻，從樹海中央向上延伸的它是字面意義上的「突破雲層」，完全看不見位於雲海深遠處的樹頂。它的樹幹與一整座城市差不多一樣粗，相形之下樹海的樹木會讓人聯想成迷你盆栽上的青苔。不論堆疊多少個「巨大」之類的詞彙，以一般的修辭技巧無法完整形容的這棵樹，散發著彷彿是畫很爛的人把比例尺搞錯而描繪出來的異質存在感。光是看著它就會讓人的遠近感瀕臨錯亂。奧拉眼睛正對這棵實在很離譜的大樹，甚至忘了把張開的嘴巴閉起來。

迷界的確是一個發生任何事情都不奇怪的地方……但這也太脫離常軌了。

「怎麼樣，我說過妳看了就知道對吧？那就是『夢見之大樹』——是象徵『克雷提西亞』的樹木，也是大家相信徨龍就在這裡的最大理由。據說在『澤爾貝奧特』滅亡之後，那棵樹忽然出現在瀕死的大地上；樹海緊接著在一瞬間擴散成現在這個樣子。所以很多冒險者相信，徨龍就沉睡在那棵『夢見之大樹』的樹根？……對了，我也順便把傳說告訴妳吧。」

少年說完便哼了一段以詩歌表現的傳說。在這段據說是名叫「米亞・邁爾史通」的冒險者遺留下來的故事中，講述了灰色之災厄與拯救之龍，以及幫助這頭龍的三種生物。

「傳說之龍，就在那下面……」

徨龍是迷界神祕的結晶，甚至有人說只要喝了這種傳說生物的血就能成為永恆不滅的存在。如果要說明那棵脫離常軌的犯規大樹的話，不去提這樣的傳說反而沒辦法講出道理來吧。

「不過嘛，既然沒有任何人確認過，這終究也只是迷信吧……只不過，有一件事情是確定的。這個界相沉睡著足以培養那棵『夢見之大樹』的驚人能量源。所以即使是那些對徨龍傳說這種浪漫故事一點也不信的國家大人物，也會動用國力派遣遠征隊到這裡來。假如能夠把那個『不明之物』找到的話，那才會真正引發能源革命……甚至能讓他們成為地上之王。」

少年像是在潑冷水一般將現實的事實告訴奧拉……不過，奧拉並沒有把那些話聽進去。傳說之龍沉睡的巨大樹木——不知道為什麼，光是看著它就令人心跳加速。她的腹部深處產生一股奇怪的扭動感，呼吸自然而然變快了。

她想要更近一點看，無法遏抑的願望滿溢不止。沒錯，這種感覺簡直就像，自己在迷界瘋的那時候一樣……。

「算了，廢話也說夠了。就這樣，走嘍。」

「好、好的！」

奧拉蓄勢踏出步伐，似乎在表達「我等你這句話很久了」。不過……。

「喂等一下，妳要去哪裡，不是那邊喔。」

「咦？」

少年說完這句話就拉著奧拉的手。他……並不是踏進樹海，而是繞著森林的外圍行走。

他們就這麼前進了一小段路，前方出現一處鋪滿灰白色砂礫看起來像是廣場的地方。雖說地處林地邊緣，但緊鄰如此廣闊的大樹海，卻不知道什麼原因寸草不生，是一處不可思議的沙地。

取代樹木密密麻麻聚集在這處廣場上的是眾多的冒險者們。只不過，這些人的模樣和先前看到的一般冒險者大不相同。設置在這裡的帳篷全都規規矩矩的整齊排列，各國的國旗在陣地周圍迎風飄揚——沒錯，就連奧拉也清楚明白，聚集在這裡的人都是各國派遣的國有正規部隊菁英。

「真不愧是精英，他們準備得很快啊……好了，我們到嘍。這裡就是『最後營地』——最後的前線基地。」

聽到這句話的奧拉，將口水咕嘟一聲吞進肚子裡。

跟之前洋溢牧歌風情的一般冒險者營地截然不同，支配這處沙地的是一觸即發的緊張感。那種感覺並不僅僅針對周圍那片最高難度的樹海，即使在這裡的冒險者之間也明確瀰漫著警戒心。畢竟，國有公會的隊員全都是基於國家利益而派遣過來的士兵，他國的部隊全都是與傳說中的徨龍有關的競爭對手。換句話說，這裡已經是戰場的正中央了，這處營地不過是暫時的中立地區而已。

「從這裡開始才要進入正題吧……！」

奧拉被緊繃的氣氛感染，不自覺壓低了聲音說著。

在她身旁的少年微笑著說：

「怎麼，原來連妳也明白了嗎？不過嘛妳不需要那麼硬梆梆的，這一帶終究只是給玩真的人待的地盤。我們嘛……妳看，在那邊。」

在少年的催促下，二人穿過國有公會盤據的區域向後方走去。結果，隨著他們離樹海越來越遠，一般冒險者的比例越來越高，在旅途中結識的熟人面孔也越來越多，營地的氣氛也明顯變得和睦起來。

這時奧拉才總算鬆了口氣，總覺得就連氧氣濃度都不一樣了。

「呼……總算放鬆下來了呢……」

「哈哈哈，畢竟那邊完全就是戰場嘛，不是我們這種一般人可以踩進去的領域。我們在安全的地方遠望一下就剛好了。」

「這樣啊……這個嘛，也是呢……」

「嗯？妳這麼講是怎麼回事，有什麼在意的嗎？」

因為少年如此詢問，奧拉只好回答了：

「啊，不是，就是……我在想森林是不是連一丁點都不能進去……」

對冒險者而言這裡是他們嚮往的界相。即使奧拉很清楚自己沒能力抵達那棵樹，但連進去樹海都不行，只能停留在奇怪的灰色沙地上，這感覺有點無趣。

結果，少年搖頭表示他的不可思議。

「喂喂，妳可別說這麼可怕的話啊。這裡可是迷界中最高難度的『克雷提西亞』哦？就算在『一層』只要出現失誤就會死，沒有赦免機會，所以一般冒險者的終點就是這個營地。明天我們就回去啦。不管怎樣妳可別去想『為了紀念就算踮個腳尖進去也好』之類的蠢事啊。」

尤里說到這裡就全身打顫，擺出一副恐慌的模樣。……不過，奧拉聽進去的並不是這樣的忠告，而是某個聽不太懂的詞彙。

「一層……？」

「啊啊，是這片樹海的分區啦。以『夢見之大樹』為圓心可以畫出三層同心圓，最接近大樹的是尚未探知的第三層，從那裡向外過了『牆』之後是第二層，接下來就是位於這座最後營地周圍的第一層。這個嘛感覺上就跟年輪蛋糕差不多……」

正當少年要跟平常一樣滔滔不絕的說明時，不知道為什麼迅速打住了。

「算了，這種事就不提了。反正是去不了的地方，就算知道也沒意義……還是說就那句話嗎？妳終於想要來一場賭命的大冒險了嗎？」

「怎、怎麼可能會那麼想嘛！」

奧拉全力否定少年的這句話。

畢竟自己就是為了不讓事情變成那樣才跟到這裡來的。

「哈哈！開玩笑的啦。比起那種事，妳趕快行李放一放準備去宴會吧，吃吃喝喝到這裡也就是最後一攤了。」

於是在過了大約一小時以後，位於最後營地的最後宴會開始了。

聚集在這附近的人全都是預定要返回的一般冒險者。奧拉猜想大家終於到達了夢之大地，現場應該會非常熱鬧……不過實際上完全相反。大家如同變了個人似的默默喝酒，奧拉也一眼就明白他們這麼做的理由。

因為不管是誰都遠遠仰望著「夢見之大樹」，動也不動。

冒險者們一致緊盯著大樹不放，彷彿要將它烙印在視網膜深處一般。當然也有許多人同時在跟認識的人談笑，不過全部的人都心不在焉。所以如果豎起耳朵的話，可以聽得到絕大部分的對話都對不起來，不過就連這件事也沒人察覺。

這是某種異樣的光景。不過，奧拉卻覺得自己多少可以理解。

拔高突破遠方天空的偉大生命之樹……它以那過於龐大的樹冠承載夢想與傳承，就只是悠然等待，有朝一日，具有資格抵達那裡的人真正現身。這正是它對人類的挑戰。它是通往無盡可能性的路標。大家的夢想並非抵達那棵大樹。那棵大樹就是夢想本身。

正因為這樣，才必須要銘記於心，於視網膜的最深處，於腦髓的最底層，於血脈中流淌的雙螺旋最深奧所在——

「——呵呵呵……果然妳有冒險者的氣質啊。」

她突然聽進背後出現嘲笑聲。

回頭一看，手裡拿著兩只馬克杯的少年就站在那裡。

「你、你突然說什麼啦。都說我是普通的女孩子了！」

「我說，妳在說什麼啊。妳的眼神跟周圍的傢伙一樣了喔？自己沒注意到嗎？」

「才、才沒那回事呢！」

奧拉連忙否認。

……這個嘛，也許自己可能偷偷瞄了一眼，不過那只是因為被周圍誘導了而已。

就在奧拉找理由解釋的時候，少年靜靜的在她身旁坐了下來。原本她心想他終於要認真說教並提高警戒，不過他沒有這麼做。

「這給妳。」

他有些粗魯的將馬克杯遞過來，裡面裝滿了冒著熱氣的紅茶，而且還是奧拉在地上最愛的混合紅茶香味。自己的這類喜好他絕對不會忘記，但她反倒莫名討厭這一點，如此彆扭的心思也在紅茶的甜蜜溫暖中融化了。

她遠望神祕的大樹，並在少年身旁啜飲紅茶。僅僅是這樣的動作，為什麼會讓內心如此滿足呢？

就在二人如此並肩坐在一起的時候，少年突然開口了：

「……老實說，我不是很明白啊。」

「咦……明白什麼呢？」

「冒險者看那棵大樹時的心情。」

少年也一面凝視大樹，一面如此述說：

「我畢竟當過普通的小孩，那時候是很喜歡聽迷界的冒險故事。像是《阿姆斯壯的冒險故事》、《菲茲・洛亞的迷界探訪錄》、《米亞・邁爾史通的手記》……我在睡覺前總是叫父母讀給我聽。」

少年說出來的著作名稱，每一部都是男孩子應該沉迷過的知名冒險故事。

「……可是，那終究也只是以『在安全的床上聽』為前提。雖然我身邊的那些小孩都吵著要在將來成為冒險者，可是我一點都沒有想過要實際去冒險。即使現在是真的在做這類工作，但我的內心深處還是跟那時候一樣。像是未知的冒險、或者是未開拓的世界，對我來講與其說是有興趣或覺得興奮，其實總是會先跑出『害怕』的情緒來啊。所以呢……對於明白這種心情的妳，我是有點羨慕啊。」

奧拉聽著少年像是在自言自語一般說了這麼一段話，不知道為什麼有種奇妙的感覺。到底為什麼自己會有這種心情呢？她在稍微思考後察覺到了。

尤里總是在自己連問都沒問的時候滔滔不絕的讓她聽一堆深奧知識和瑣碎學問。不過，他幾乎不曾自己主動吐露自身的心聲。

而這個難得多話的少年，順口又說了一句：

「還有呢——不好意思。」

「不好意思什麼？」

奧拉對他的唐突道歉感到不解，自己完全不記得有什麼需要他道歉的地方。

而他的答案是令人意外的。

「那時候……我在地上時說過吧：『妳是我的什麼人』。」

「……那、那件事……」

那種事，她覺得在知道這次的事情是一場誤會之後就算解決了。不過他似乎還沒有放下。

「不好意思啦。我是不想為了掃墓這種蠢理由把妳牽連進來，才那麼說。……不過，就算這樣妳還是跟過來了，所以……其實這點，我是有些高興的。」

少年戰戰兢兢的為奧拉自己都早就已經忘記的事情向她道歉。

這人好詐呀——奧拉直接這麼想。畢竟，看到那樣的表情怎麼可能氣得起來嘛。

所以，奧拉刻意誇張的笑給他看。

「嘻嘻嘻，真拿你沒辦法。如果你可以保證不再說謊，我就特別原諒你！」

在她用略帶玩笑的口氣如此回答之後，少年說了一句「這樣啊，太好了……」並露出笑容，似乎發自內心鬆了一口氣，果然還是好詐呀……不過算了，畢竟我應該也露出了相同的表情，彼此彼此吧。

只不過，她沒有因為和解就得以安心，反而在意一件事。

——為什麼他現在說這個？

明明還沒有回到地上去。該怎麼說，這簡直就像……簡直就像，他在跟自己告別一樣呀。

毫無根據的不安……雖然明知道是這樣，不過她無論如何都很在意，於是開口詢問。

「抱歉，尤里……？」

但就在這時候，手指突然失去了力量。

手上拿的杯子悄悄滑下去。她心想「糟了」並試著要把杯子抓住留在手邊，可是身體不知道為什麼不能行動自如。……不過，不用擔心。旁邊的少年代替奧拉接住了杯子。

簡直就像，早知道會這樣一般的輕鬆接住。

「奇、奇怪……我是怎麼了……」

杯子掉落的原因，是突然席捲全身的強烈睡意。是因為紅茶讓自己太放鬆的關係嗎？她無法抵抗這輕飄飄的虛脫感，就連保持坐姿都辦不到。

對於這種突發的異常狀況，尤里還是一點都不驚訝的微笑著。

「是疲勞累積的關係吧。畢竟妳都來到這裡了，這也是當然的。好啦，稍微休息一下。」

少年說完，便把自己的外套鋪在地上並以溫柔的動作讓奧拉躺下來。而奧拉這邊則是在過於強烈的睡意支配下任憑擺佈，就跟被哄著睡覺的幼兒一樣什麼也做不了。

然而即使如此，她還是在眼皮落下的時刻詢問了：

「……請問……尤里……我們是一起回去，對吧……？」

對於這個問題，少年露出了比平時更加溫柔的微笑：

「是啊，當然。」

這樣啊，這樣……就好。

奧拉懷著由衷的安心，墜入了夢鄉。

※※※※※

自己做了一個夢。

這是一個在迷界冒險的夢。

橫渡七彩的海洋，環繞在空中懸浮的島嶼，奔馳於豐饒的金黃色草原上。這是一趟興奮滿滿的無盡旅程。而在自己身旁的人，不論何時都是那名少年。

不分清晨、還是夜晚，不管平安、還是危險，不論喜悅、還是悲傷；所見的一切，所感受的全部，盡於二人共同前行之際，彼此共享。他們時而穿越炎熱沙漠，時而踏足湍急水流，此外也有時……會在滿天星斗下，度過只屬於二人的甜蜜夜晚。

這是一段足以寫進故事的，美妙大冒險。

只不過有點遺憾的是……這純屬一場夢，而奧拉是有自覺的。就是那種在夢中發覺到是夢的情況。

所以，奧拉看著夢世界中的另一個自己並嘟起嘴來。反正都要作夢，如果是在地上平靜過生活的夢就更好了。為什麼連在夢中都非得要來迷界這種可怕的地方不可呢。……這麼說來，自己好像聽說過，所謂夢代表的是潛在的願望……呃，不對不對，不可能會有那種事。

即便自己這麼吐槽，奧拉還是享受著這趟清醒時會因為太丟臉甚至沒辦法去妄想的夢中旅程。她甚至冒出這樣的想法：如果可以的話就這麼一睡不醒也好。

然而，就在這時候出現了奇怪的干擾。

從遠方某處，傳來了尖銳的獸鳴聲。

是雉雞嗎？還是山犬？不對，這大概是……鹿、吧。牠不斷「啾～啾～」叫著，似乎一直在拚命呼喚著誰。雖然沒有明確證據，但不知道為什麼自己就是可以明確相信。這也是因為在夢中的關係嗎？不過已經不是對自己感動的時候了。

起初只是微弱的遠鳴，逐漸越來越近，開始響聲大作，壓過了酒館的喧鬧，蓋過了市場的噪音，最後甚至穿透自己摀住耳朵的雙手，對頭蓋骨施加震撼。小鹿的叫聲瞬間占據了整個夢世界。

這樣下去自己根本沒辦法睡。奧拉的意識彷彿被不斷迴響的鳴叫聲驅趕，從夢的世界中彈射出來。

※※※※※

「嗯，嗯唔……」

在一片漆黑的世界中醒過來的奧拉，想跟平常一樣起身。……不過，有哪裡怪怪的。身體一點也動不了，連眼皮都睜不開。明明應該已經從夢中醒來卻還是想睡到受不了，簡直就好像自己把身體的一半忘在夢的世界裡一樣。

如果是平常的話，這種時候應該會乖乖的睡回籠覺吧。然而，奧拉卻死命起身，理由只有一個……因為她有某種不祥的預感。

「尤、里……？」

奧拉死命抵抗睡意，並環顧四周。最後營地已經完全是夜晚的景況，隨處都聽得見冒險者發出打鼾聲……不過，不在。在這群安靜熟睡的冒險者當中，就只有少年的身影，她無論往哪裡看都找不到。

他可能在別的地方睡覺，或者只是去上廁所了，正常思考的話應該就是兩者其中之一吧。可是……如果不是這樣的話呢？

奧拉以僅能緩慢移動的手往行李方向伸過去，接著用觸感不確實的手指把水壺一抓……突然將裡面的水往自己的頭上倒下去。

瞬間，一陣類似疼痛的衝擊席捲全身。在冰冷澄澈的清水刺激之下，每個細胞都震顫不已，心臟也因為溫度的急遽變化而猛力收縮，甚至有一瞬間連呼吸都停止了。不過，這種快刀斬亂麻的做法是有用的。在她倒水下來的這個瞬間，睡意消失無蹤，世界一下子變得清晰起來，就像是把原本穿在全身上下的好幾層罩紗脫到一件不剩一樣。

啊啊，總算是清醒過來了。

「尤里……！」

奧拉猛力站了起來。事實上現在少年不在這裡，總覺得有種非常不好的預感。是迷路了嗎，是牽扯進糾紛了嗎，還是說——

奧拉其實已經意識到了不是前面二種的第三種可能性，不過，她刻意裝作不知道並開始奔跑。

「尤里，你在哪裡!?請回答我！」

奧拉一邊喊叫一邊四處奔跑。不過不管她怎麼找，在一般區域就是沒有少年的蹤影。這樣一來，她必然要前往更深處的地方——國有公會聚集的地區。儘管是深夜時分，每一支正規部隊的帳篷內部都是燈火通明。恐怕是為了開始攻略而徹夜舉行最後會議並做準備吧。這裡和之前一樣瀰漫著緊繃到令人害怕的緊氣氛，但現在的奧拉沒有餘裕去在意這些。為了尋求少年的背影，她死命的凝神觀察，

……可是，她在這裡也沒有找到少年。

「你到哪裡去了……!?」

瀕臨爆發的不安，讓她忍不住咬緊嘴唇。不對，現在沒時間說喪氣話，總之得要冷靜下來，從頭再找一遍——

就在這個時候。

「——我說妳，該不會是在找人吧？」

突然有人以溫和的聲調主動找她說話。奧拉轉頭一望，一名將罩袍上的兜帽拉到遮住眼睛的青年正走近過來。應該是她大剌剌左右張望的模樣引來對方注目了吧。

如今連花時間跟他人說話都會覺得浪費。奧拉本來打算把對方趕走，但她很快就改變主意：

「是、是的。我跟同伴走散了……是黑髮、眼睛是紅色的，還是個小孩……」

沒錯，這個時候不要計較手段，只要能夠得到情報什麼都行。

然而在說明到一半的時候，奧拉察覺到一陣奇妙的詭異感受。

這麼說來，自己好像在哪裡聽過對方剛才的聲音……？

而在奧拉察覺到這種既視感的一瞬間，一陣寒意竄過了她的背脊。

「……！你該不會，是……!?」

她不禁後退了一步，而兜帽下的嘴唇則揚起笑容。

「啊哈哈，什麼嘛，我好高興喔。原來妳還記得我啊。」

對方提起兜帽向後一拋，露出一張滿臉面具般笑容的亡靈臉龐。

修拉姆·胡——是那個尤里曾經斷言「就算是死了也都不會想組成一隊」的危險青年。在看到那張臉龐的瞬間……奧拉的身體已經比大腦更快行動。

「你把尤里帶去哪裡了!?」

她竟然自己揪住了對方的衣領。

沒錯，對於尤里失蹤的原因，她第一個想到的就是巴倫茨隊。對方一定是趁著一般冒險者安靜熟睡的時候動了什麼手腳，不會有錯。面對這麼明顯的幕後黑手還要保持冷靜，現在的奧拉可沒這麼從容。

面對這個可以稱得上失控的突兀行動，修拉姆哈哈大笑起來：

「嚇了我一跳耶，沒想到妳會來這一招。……不過很抱歉喔，關於尤里去哪裡，這個問題，我才想問妳呢。」

「咦……？」

「哎呀，我說他，動作真的很快啊。連一路追他的追蹤班都被甩掉了呢。」

修拉姆不知為何笑得一副事不關己的模樣，不過奧拉更在意的是剛才他說的話。

「一路追他」？「追蹤班」？果然他們的目標是尤里。可是，「被甩掉了」是什麼意思？假如他這句話是真的，少年並沒有被抓走的話，也就表示——

奧拉連忙在自己一直隨身攜帶的行李中翻找，隨後她很快就察覺到一件事。

不見了。她為了要帶尤里回去而事先買好當作祕密武器的某種藥草……具有安眠藥功效的催眠草粉末不見了。

先前那陣異樣的睡意，消失的催眠草，失蹤的尤里。從這些事件推導出來的結論只有一個，那是無法糊弄過去的明確事實。

——尤里是自己要失蹤的。

「為什麼……!?」

畢竟是那個沒有可趁之機的少年，「用催眠草讓他沉睡並在這段時間把他拖回門去」這種單純的作戰計畫，可能早在一開始就被他看穿了吧。他還以這個作戰計畫為基礎反過來利用了藥草……然而，奧拉抱持的疑問並不在這裡。

要一起回去，他們確實是這麼約好了——明明應該是這樣才對，為什麼？

不明白、不明白、不明白。奧拉不甘且焦躁的緊咬嘴唇。……不過，現在的狀況可沒辦法讓她從容的去悠閒思考理由了。

「妳在擔心尤里嗎？呵呵呵，妳很溫柔呢。不過以我的角度來看啊……我想妳應該先擔心自己比較好吧？」

說完這句話，修拉姆又意味深長的繼續低聲說：

「因為妳看，我們也在找尤里，而妳是尤里帶來的少女。這樣的話先把妳抓起來也不會有損失，沒錯吧？」

奧拉不是那種聽不懂這句話代表什麼意思的人，她不自主的向後退了一步。

不過，修拉姆馬上就笑了。

「開～玩笑的啦，玩笑話玩笑話。我沒有意思要抓妳啦。」

「……你、你要我相信這種話？」

「就說我沒說謊啦。畢竟你看，我只是個戰鬥員，逮捕跟搜索是他們的工作，對吧？如果我多管閒事又被罵的話就討厭了。所以……好啦，妳就快點逃吧。要在其他人來之前喔。」

修拉姆一臉微笑低聲說。

這種話終究只是敵人的說辭，自己當然不可能照單全收……但在另一方面，現在的情況也表明這話是真實的。畢竟對方是最強等級的戰鬥員。如果有意要抓自己的話應該早就已經動手了……也就是說，他似乎真的沒有那個意思。

簡直就是九死一生。奧拉感謝敵人的心血來潮並打算快步離去。……不過就在這個時候，她倏然停下腳步，接著竟然回過身來，說：

「請問……你真的沒有意思要抓我嗎……？」

「嗯？所以我不就這麼眼睜睜看著妳逃走嗎？」

這反倒讓修拉姆一臉不可思議的歪著頭了。對方大概無法理解這個柔弱的少女為什麼不逃走吧。這也是沒錯啦，畢竟就連奧拉本人也是這麼想的。

然而就算這樣，她還是有留在這裡的理由。

「抱歉……如果你沒有意思要抓我，可以再多聊一會兒嗎？」

「啥？」

她脫口說出這個提案，讓修拉姆的笑容頭一回垮下來。對他來說這個行動也未免太出乎意料。不過很可惜，奧拉沒給他時間冷靜應對。

「請你告訴我，你們打算對尤里做什麼？現在尤里在哪裡？為什麼你們一大群人的目標都是尤里!?說到底，葉卡報告到底是什麼!?」

奧拉下意識的失聲叫喊，並步步緊逼過來。

「迷界最有價值的東西就是情報」——既然如此，現在的她就是非常沒有價值的存在。少年的過去，他與巴倫茨隊的因緣，所謂葉卡報告的真相……她全都不知道。在這種狀態下就這麼逃來逃去有什麼意義？修拉姆是個危險的男子，但對現在的奧拉而言卻是唯一的情報來源。為了知道少年消失的理由，就算冒著風險也值得與其對峙。

修拉姆面對如此非比尋常的覺悟，不由得向後一退……隨即開始愉快的笑了。

「呵呵呵……哎呀，妳真的好厲害啊。老實說我很驚訝哦。想不到妳要從我這裡套情報？我一直以為妳就只是個大小姐，不過妳的膽子還挺大的嘛。」

修拉姆以逗弄的神色笑著。他果然看穿了自己的企圖，當然不可能會特別洩漏情報給我。體認到失敗的奧拉正打算轉身離去……不過，看來似乎沒這個必要了。

「——好啊，我知道了。為了對妳的勇氣表達敬意，我就告訴妳吧。」

修拉姆到底是有多麼心血來潮呀？只見他爽快點頭，真的開始講解起來：

「所謂『葉卡報告』，就是在四年前的第五次遠征時，由葉卡隊所掌握，跟『克雷提西亞』攻略相關的情報合集。特別是尤里・萊因霍爾特從死去的隊員身上回收的二十九本冒險筆記，好像被稱作『原件』。」

「原來是、情報本身嗎……？」

對冒險者來說情報是勝過刀劍的最大武器，奧拉對於互相搶奪情報這件事本身是可以理解。不過……。

「可是，要情報的話不是已經有了『巴爾卡斯報告』嗎？而且還不是別人，就是你們迦太基公開的情報……」

記得在自己出發以前，涅茲米應該是這麼說過的沒錯。「葉卡報告」與「巴爾卡斯報告」，這兩份情報的意義是什麼呢？

結果，修拉姆先是說了一句「啊啊，妳說那個啊？」，並爽快的回答起來：

「答案很單純。『巴爾卡斯報告』不過是『葉卡報告』的一部分而已……簡單說就是不完全版。而且，所謂迦太基公開也單純只是形式上的說法，實際上情報是被洩漏了，而洩漏情報的人就是尤里。」

「尤里……？」

「對。根據傳言，葉卡隊在接受危險的先遣任務時唯一提出來的條件就是『公開情報』，好像說什麼部隊的方針是『種樹是為了讓後人乘涼』之類的。不過迦太基的巴爾卡斯王將這個條件作廢想要獨占情報，所以他就把情報洩漏出去了。這個嘛，兩邊都是笨蛋呢～」

奧拉聽到這裡回想起一件事。少年在利伯塔斯的小巷裡曾經說過：「先違反契約的人可是你們」，恐怕就是指這件事吧。既然對方讓契約作廢，少年就行使實力來履行契約，他是幹得出這種事情來。

不過……。

「尤里也沒有、把所有情報都洩漏出去……」

「哦，妳很清楚嘛。」

假使少年把所有情報都洩漏出去的話，迦太基也不可能會拚命來搶奪原件了。存在兩份報告所代表的意義，總之就是這麼一回事。

「妳說的沒錯，他沒有公開最重要的情報——越過『三層之壁』的關鍵。所以大家都想得到那份確實記載了這個關鍵的『原件』……也就是『葉卡報告』。畢竟，他們是史上第一也是唯一到達第三層的部隊。如今全世界只有尤里一個人掌握這個關鍵。」

奧拉聽到這裡，總算理解葉卡報告的真面目，以及迦太基執著想要得到它的理由……不過，她還有一件事情不明白。那就是少年的真正意圖。

尤里對迦太基企圖隱匿情報的做法是起身反叛。但在另外一方面，他自己本身也沒有公開所謂的關鍵。雖然有程度上的不同，但他不也是做了跟迦太基相同的事嗎。

到底是要廣傳情報，還是要隱藏情報呢……完全搞不懂他的真正意圖，甚至讓人感到有所矛盾。對奧拉來說，這一連串的行動不管怎麼看，都很難想像是那個論述理性的少年會做的事。

「尤里，你到底在想什麼呢……？」

奧拉不由自主的喃喃自語，隨即搖了搖頭。比起這問題，現在有更優先的情報要去知道。

「我說，可以再告訴我更多重要的事嗎？現在尤里在哪裡？巴倫茨隊打算怎麼抓他？你應該知道對吧！」

奧拉試圖套出更多的情報。

不過，她忘了一件重要的事。確實眼前這個青年於現在這個瞬間可能不是敵人……不過，他也絕對不是友方。

「呵呵呵，妳很貪心喔。不過我喜歡這樣的女孩子，所以沒問題，我就說到讓妳滿意。」

修拉姆大方的微笑著，不過他的話還有後續。

「——本來是想這麼說的啦……不過時間好像到了呢。」

「什、什麼意思呢？」

「我就說啦……妳果然應該要快點逃的。」

在修拉姆露出笑容的這個瞬間，他的背後傳來了人聲：

「——修拉姆，你在這裡啊！剛才追蹤隊傳來聯絡……嗯？那個女人……該不會，是萊因霍爾特的同伴？她到底為什麼會在這裡？」

現身的人似乎是一群為了尋找修拉姆而來的巴倫茨隊男性隊員。奧拉一看到他們，就立刻轉身向後。自己對他們來說是上好的誘餌，而且還待在這個一般冒險者看不到的地方，那麼下一步的發展也就很清楚了。

「——抓住那個女人!!」

奧拉在對方發出這個號令同時，也以宛如彈射的姿態加速奔跑。不過她的四周早已被包圍，援手也陸續趕到，在這座最後營地根本無處可逃，大概很快就會被追趕到走投無路然後就被活逮吧。

沒錯，如果要說唯一可以逃跑的地方，那就是——

失去所有選項的少女，宛如被獵犬追逐的野兔，被追趕到一片漆黑的樹海中。

亡靈則露出滿意的笑容，目送著她的背影。

※※※※※

「——呼、呼、呼……！」

在淡淡的月光下，少女只是一個勁的在森林中奔跑。

咚咚作響的心臟、沙啞喘息的呼吸；血管的搏動聲異常響亮、肺在過度使用之下似乎隨時都會崩潰……可是她不能停下腳步，原因在於身後一路追趕而來的巴倫茨隊的聲音。

不行，不論如何都不可以被他們逮到。明明自己是來幫助尤里的，如果在這裡被抓住就本末倒置了，一定會跟在小巷的那個時候一樣被當成交涉籌碼，這種事情絕對不可以發生。所以，即使心臟快要爆炸也不能停下來。少女詛咒自己的疏忽，同時瘋狂死命運動雙腿。

然而在這片樹海中，就連「持續奔跑」這樣的行為也不是件簡單的事。

如同亡者一般聳立的大樹，垂落著宛如血液一般的樹葉，跟怎麼看都像絞刑繩索的藤蔓……在她周圍緊密生長的，全是些連名字都不知道的未知植物。其中還有許多地方甚至可以看到高聳入雲的巨樹以銅牆鐵壁的姿態並列在一起，讓整座樹海呈現出宛如迷宮的模樣。每當奧拉在這座巨大迷宮前進一步，她的心臟就會因為恐懼而揪緊。

這種行為很不妙——在迷界「不可接近未知之物」，是事到如今已經不用再強調的鐵則。然而，這次這種行為的危險性可說是以往的數十倍以上。畢竟這裡是前人從未踏足之地「克雷提西亞」，是尤里斷言最高難度的樹海，是連踮個腳尖進去都被禁止的危險地帶。

在踏出下一步的瞬間，說不定一個回神就已身處黃泉——一步一步都是真正確切以命為籌碼下注，就像是每一秒鐘都在抽一支沒中即死的籤一樣。如果就這麼繼續亂逃一通的話，很明顯一定會有抽到死籤的時候。

——乾脆停下來吧。這樣一來頂多被逮到，但不會死。

這個在死到臨頭之際於腦中增長的誘惑，是生物理所當然的自衛本能。心臟為了保護主人而釋放陣陣刺痛，手腳也變得麻木拒絕前進。沒錯，不要死，這是最重要的大事。就算被當作交涉籌碼，接下來尤里一定還是會幫我想辦法——

不對，我在想什麼呀。

奧拉咬住嘴唇驅散誘惑。

我是為了什麼到這裡來的？是為了幫助尤里。那為什麼我要想著讓那個少年來幫我？我之所以陷入這個絕境全都是因為自己思慮不足的關係，忘了這是攻略爭奪戰，亂做了一堆不知天高地厚的事情而遭到報應。與其讓少年來收自己的爛攤子，乾脆——就這麼死掉可能還比較好吧。因為這樣一來，至少就不會再扯他的後腿了。

想到這裡，奧拉不禁呵呵一笑。

沒錯，這個點子不壞。既然這裡叫死亡之森，反而再好不過。就這樣一直跑到斷氣為止，說不定還可以拉幾個追過來的巴倫茨隊的人陪葬。這樣一來……就算是我這種人，也總算可以幫到尤里的忙了吧。

就在奧拉做好如此覺悟的時候。

（咦——!?）

她在前方的樹木空隙當中，看到了某個東西。

那是飄動的黑衣下襬──應該是內心的願望讓自己看錯了吧。

不對，不是那樣的。

「尤、尤里……!?」

這回確實看清楚了。那件黑色外套毫無疑問是少年的背影。

他來救我了──明明剛剛才做好死的覺悟，內心卻輕易的雀躍起來。明明應該要後悔把他牽扯進來才對，但不論如何希望和喜悅就是滿溢不止。原來我竟然是這麼沒出息的女人呀。不過自己就算這麼想，也無法抑制這份感情衝動。

……然而，情況有點怪。明明應該是趕過來尋找自己的少年，卻不知為何頭也不回的跑走了。是追兵逼近到讓他連停下來都沒辦法的地步了嗎？

總之如果跟丟就糟了。奧拉死命追在少年的身後。

「等、等一下……請等一下……!」

她想出聲呼喚，不過氣喘吁吁到沒辦法好好把話講出來。雖然他似乎不打算等自己，不過也沒有要把我甩開的意思。始終保持一定的距離，讓自己可以勉強追得到他的外衣下襬。看樣子他似乎在帶我往某個地方去。只不過，這樣的話其實是可以稍微讓速度慢一點……。

就在奧拉如此心想的時候，她意外地把少年跟丟了。

「咦，奇怪……尤里……？」

明明都注意成那樣卻還是跟丟了。奧拉為自己的失態感到焦慮。不對還不能放棄，從最後看到少年的方向判斷，他一定已經越過灌木叢到對面去了。奧拉連忙往茂密的灌木叢盡頭走去。

結果，在這處灌木叢的盡頭確實有什麼東西在等她。不過，那不是尤里……或者應該說，那甚至不是人類。

圓滾滾的大眼睛、筆直豎立的兩隻耳朵、以及四隻美麗的蹄……等待奧拉過來的是一頭小鹿。這頭跟地上的鹿非常相似的生物，正用圓圓的黑色眼瞳一直凝視著少女。

該不會，自己把小鹿看錯成尤里了吧。呃，可是那看起來的確很像是人類的背影……當奧拉還在努力思索的時候，小鹿一步一步朝這邊走近過來。牠似乎對奧拉非常有興趣，用鼻尖不斷聞著她的味道。奧拉看著牠那可愛的模樣，忍不住伸手想要撫摸牠。

然而，正當奧拉的手就要觸碰到小鹿的時候。

「——奧拉!!」

與這聲叫喊同時蹦出來的，是黑色外套隨風飄動的少年——尤里。這回是真真正正的本尊了。

「妳沒受傷吧!?」

「沒，沒有……！」

二人奔向對方並互相確認平安無事之後，少年像是放心下來一般嘆了口氣。

「妳啊，還好平安無事……」

「呃，其實我是跟著那孩子……咦？」

奧拉回想起來並轉頭一望，小鹿不知在什麼時候已經消失。應該是尤里的登場讓牠吃驚逃跑了吧。

這時候，有複數腳步聲朝這邊逼近而來。應該是巴倫茨隊的追兵，似乎還在這一帶來回搜索的樣子。

尤里聽到這腳步聲，立刻拉起奧拉的手，開口。

「總之先換個地方。在這裡也沒辦法悠閒聊天啊。」

——……

——……

「——呼，總之在這裡應該就可以了吧？」

在重逢之後大約經過四十分鐘的時候。

在即將破曉的森林裡，二人於一處孤立的平坦沙地上停下了腳步。已經感覺不到追兵的氣息，周圍又回到一片寂靜……明明奔跑速度比自己一個人逃跑的時候還要慢很多，但她只是跟隨少年的引導，就輕鬆將對方的追擊甩掉了。

不管怎麼說，總算可以喘口氣了。奧拉正準備坐下去……又想起了在這之前必須要告知少年的事情：

「是、是這樣的，尤里！巴倫茨隊的人，對尤里派了追蹤班！所以，我、想要更多情報，然後……然後……就被發現了……」

奧拉連忙報告，但她說到後面卻越來越小聲。像這樣重新用話語表述之後，她也很清楚自己有多麼無能了。自作主張跟過來，誇口要公開宣戰，還很激動的說要幫助尤里……結果，就是像這樣反過來接受幫助。實在是遜爆了。這樣一來完全可以說是本末倒置，想必少年的內心也會很無奈吧。奥拉沮喪的低下頭去，說：

「所以，這個……對不——」

「啊啊，慢著，不用再說了。」

將奥拉的話語打斷的少年，反過來開口向她道歉：

「關於這件事完全是我不對。抱歉，讓妳受驚了。」

「咦……？為什麼尤里你要……？」

「妳不明白嗎？我之所以能夠找到妳，就是因為巴倫茨隊有動作了。跟著我的追蹤班突然改變目標，我想應該是出了什麼狀況於是反過來追蹤他們，然後就看到妳被追趕。」

「好厲害……真不愧是尤里！」

不僅甩掉了對方的追蹤部隊，還反過來追蹤他們並先一步找到我。這個少年果然非常厲害。……正當奥拉天真無邪的感到佩服時，她突然發覺到，剛才那番話有不自然的地方。

「……嗯？等一下，你說『跟著我的追蹤班』……難道，其實你一直都知道自己被盯上了嗎!?」

「是啊，一開始就知道了。我知道只要一般冒險者不在場，他們馬上就會有所行動。」

「什麼!?那你去快點掃墓完回去不就好了嗎！」

「那可不行。因為……我說的那個掃墓，是騙妳的。」

「什麼～～!!」

少年很乾脆的招認了，讓奧拉忍不住憤慨起來：

「為什麼你要說那種謊!?」

「這個嘛，我覺得如果我講了真話，妳就會擔心而且會跟過來……不過呢，好像造成反效果就是了。」

「這是當然的！再說了，既然已經知道被盯上，你就快點把報告什麼的交出去不就好了嗎！」

「啊～這個啊，這是絕對不行的。」

「為什麼!?」

奧拉激動的逼近少年，而少年則冷靜的豎起三根手指。

「理由有三個。一個是……算了也不是什麼大事所以就略過。另一個是那份報告是不完整的，我能回收的只有二十八本……隊長一個人去了三層深處，把我扔在一邊了，所以這份報告永遠處在未完成狀態，我當然不可能讓這種不完整的情報流傳出去啊。」

少年一面淡淡說著一面逐一彎下手指，開口將最後一個理由說了出來：

「另外還有一個理由是……這個『克雷提西亞』要由我來攻克。」

「咦……？」

「我說過啦，這次是基於私人目的。這個界相要由我、我要親手攻克，以唯一倖存的葉卡隊成員的身分去做。在這之前……我不會把同伴的夢想交給任何人。」

尤里態度堅決的說。

要完成重要夥伴夢想的人，不是別人就是自己——為此即使明知有危險也要投身於爭奪戰當中。少年將這份覺悟表達得很清楚。可是……。

「怎麼這樣……尤里，你自己不都說了嗎！說同伴不會希望你亂來！說你不是那種人！該不會，連那些話都是謊言嗎……!?」

在通過黑牙之谷以後的宴會上，少年確實是這麼說過：「畢竟再怎麼說，那些傢伙其實非常喜歡我。」——當時少年笑著說出這些話的表情，她至今依然清楚記得。正因為這樣她才無法相信，他用那麼溫柔的眼神所訴說的同伴回憶，竟然全都是謊言。

不過，她這結論下得太快了。

「不是喔，那不是謊言。那些傢伙不是會高高興興的叫我去賭命的人。這點我比任何人都清楚。」

「那、那為什麼……？」

這樣的話她就更不明白了。為什麼明知道很危險，也不惜要違背同伴的遺志主動加入爭奪戰呢？

然而這個理由，簡單到讓人傻眼。

「即使這樣……即使知道這一點，我也想實現那些傢伙的夢想，不想讓那些傢伙的死白費。我還沒有成熟或是聰明到、可以在這裡退縮啊……！」

少年口中說出來的，是毫不掩飾的純粹任性。

這個總是為他人著想，一直用嚴密的理性去思考事情，像個成年的監護人一般一路守護冒險者們過來的少年，正像個小孩一般堅持己見。

不過奧拉在察覺到這件事的時候，她的內心才總算得以接受。

他在這次的事情上一直讓自己感到格格不入的行動的真相……並非不自然也不算什麼大事。其實是非常自然的——符合年齡的幼稚。

「那些傢伙的夢想還在這片樹海中徘徊。所以，我要來全部扛下進行攻略。」

少年宣告這句話時語氣始終平靜。然而奧拉卻深刻明白，在那平靜的表情下，蘊藏著從四年前就不斷燃燒至今的激情。

正因為這樣……。

「算啦，就是這麼回事。不好意思我說謊了，我會負起責任送妳到門前面。雖然回鄉團可能已經走掉了，不過研究者公會應該還留著。我會找他們商量看能不能送妳回地上……」

「我不要。」

奧拉用一句話態度堅決的打斷少年的說明。

尤里對這句話，只是聳了聳肩。

「算了，我想也是。那就跟之前一樣，妳想跟過來就跟過來吧。只不過，我只會走到返回門，到時候我把妳綁起來，事情就結束了。」

「我、我也……」

「喔，妳也什麼啊，妳也要不用安眠藥就把我綁起來拖去門前面嗎？如果要論異界化順應程度的話，妳確實是遠勝於我；要比腕力的話妳應該可以輕鬆贏過我吧。好點子，加油喔。」

少年以一副事不關己的模樣對奧拉加油，他非常清楚奧拉不可能做出那種事。因為實際上，她也正因為這樣才帶催眠藥過來當作祕密武器。

「唔~你太欺負人了！」

「算啦，妳就好好想想把我幹掉的妙計吧，反正到門也要三天呢。」

奧拉對他的從容挑釁嘟嘴抗議……不過比起這個，有一段話讓她很在意。

「也要、三天嗎……？」

雖說他們是全力奔跑過來的，不過應該還沒有離最後營地那麼遠才對。就算要同時迴避巴倫茨隊，以尤里的攻克能力不用說三天，明天應該就可以能回到門前了……。

「什麼嘛，果然妳什麼都不知道就直接過來了啊。為了目的連細節都可以全部無視，妳這點還真有冒險者的氣質呢。」

尤里先是用諷刺的口氣對她這麼說完，突然一臉正經起來。

「這樣的話嘛，妳就好好看下去吧。『黎迴期』馬上就要開始了。為什麼需要三天，妳很快就會明白的。」

他這句既賣關子又意味深長的話語讓奧拉全力防備……不過，黎明前的森林依然一片寂靜。別說特別發生什麼事了，真的就是一整個安寧。

如果硬要舉出讓人在意的事情……那大概就是太過安靜了吧。

諸如蟲的拍翅聲或枝葉的摩擦聲之類可以稱得上是森林呼吸的微小聲響，直到剛才都還一直聽得到。但是，現在連這些聲音都完全感受不到，簡直就像是時間停止了一樣……不對，這種異樣的寂靜，就像森林本身已經死去一般。

這種情況叫什麼來著？奧拉翻閱著腦海中的字典，很快就回想起來了。沒錯沒錯，就叫「暴風雨前的寧靜」……。

正當她還在想著這些無聊事情的時候。

啪嘰——森林某處傳來了像是某個東西碎裂的聲音。這微小的回聲就像是導火線，讓林中各處都開始發出聽起來像「啪嘰啪嘰」的聲響。腳邊更還傳來了微弱的地鳴聲，彷彿在跟那些接連不斷發出的怪聲相互呼應。森林突然變得喧鬧起來……而異狀也很快以有形的姿態呈現。

豎立在奧拉眼前的樹木，突然開始枯萎。

原本青翠茂密的樹葉就在她眼前枯萎乾癟，原本筆直挺立的樹枝急速萎靡。雄偉的樹幹出現乾燥的裂痕，失去水分的樹皮已經開始剝落。樹葉、樹枝、樹幹，樹的每一處部位都淒然乾枯，發出啪嘰啪嘰聲響崩塌下來。

而且，還不只限於眼前的這棵樹木而已，在她周圍一帶的所有樹木都一同開始枯死。恐怕整片樹海都在發生這樣的現象吧，這簡直就像森林本身在死去一般，是非常不祥的光景。

然而她很快就認識到，這還只是整個奇妙現象的「一半」而已。

「好啦，好戲現在要開始上場嘍。」

旁邊傳來的低語聲，讓奧拉全身更加僵硬。難道說還有什麼事情比這個不得了的狀況更誇張嗎？

彷彿在回應這個疑問一樣，視野中突然顯現出某樣綠色的東西。在灰色的枯朽世界中異樣顯眼的，是一片剛從地面生長出來的小小嫩葉，就在已經崩塌的大樹根旁邊神采奕奕地冒出頭來。不過……那種地方原本有芽嗎？正在她歪頭感到不解的瞬間，那片微小的嫩葉開始不停向上生長。它迅速伸出枝條，長出茂盛的葉子，生長為具有結實樹幹的小樹，進一步長大為成熟的巨木。而且以如此驚人速度變化的樹芽不止一株。樹海各處都有新樹以相同的姿態冒出頭來，將已經枯朽的老樹擠開並奮力向上生長。

「什、什、什……!?」

這是一幅無法用言語形容的驚人光景。

在相繼枯萎的古老樹木旁邊，接連誕生新樹。隨著轟隆隆的地鳴聲響，破壞與誕生同時進行。本來的話，這樣的世代交替應該是要花上足以令人感嘆的數千年時光緩慢進行。而現在這個歷程，就在眼前，以數萬倍的速度發展。簡直就像是讓唱片快轉一樣，絕非尋常景象。如果要問奧拉對此能做什麼的話，她也就只能夠目瞪口呆的觀看而已了。

就這麼整整過了三十分鐘之後。

枯木已經完全化為塵土歸於大地，新生的小樹已經聳立為仰之彌高的大樹。剛才的樹海樣貌已經完全不復存在，剛才還可以通過的道路遭到巨大的樹木之壁阻攔，原本無法通行的地方反而出現了新的道路。

——在短短半小時之間，樹海已經完全脫胎換骨。

「在迷界中有幾個地方被稱為『大迷宮』，有蜿蜒曲折的峽谷、有一望無際的大沙漠、也有常年籠罩濃霧的森林。不過，如果要說純粹意義上的迷宮，沒有哪個界相可以勝過這裡。畢竟……這座迷宮本身每晚都會改變形態啊。」

為什麼來的時候花了幾小時，回程卻要三天——奧拉終於理解了其中的含義。在這座變換自如的迷宮中，一天前的地圖根本沒有任何意義。

面對重生過後的樹海，少年促狹的笑著說：

「小姐，再次鄭重歡迎光臨，這座迷界最高難度、前人從未到達的大迷宮、龍眠之庭園——『克雷提西亞』……!!」

第四章 —— 徬徨於迷宮之事物 ——

「——話說回來了……這、真的是現實嗎……？」

黎明過後三十分鐘。

緊跟在少年身後於樹海前進的奧拉，到了這個時刻才開始喃喃自語。

葉子形狀如鋸刀的樹木、上有藤蔓如章魚般蜿蜒伸展的樹木，更有高如巨人且數量異常眾多的大樹……隨著一天過去，樹海就完全變了樣貌。應該說，現在依然還有樹木在不斷向上生長。

在短短幾十分鐘的時間裡，如此廣大的樹海竟然全面脫胎換骨。如果要說這是夢境之類的，她還比較容易接受。坦白說，就算經歷了這三十分鐘，她至今依然在懷疑這是眼睛的錯覺。

面對半信半疑的奧拉，少年無奈的對她笑了笑。

「差不多該接受了吧，現實就是現實啊。」

「可、可是，真的有這種事情嗎？整座森林在一天之內重生，不管怎麼樣也太……」

「其實也不是什麼奇怪的事吧。妳沒聽過『一年生植物』嗎？就是指在一年的時間裡完成從發芽到枯萎的生長歷程的植物總稱。比較有名的就是牽牛花和洋甘菊之類的植物。在這片樹海中就是把這個一年改成『一天』。『發芽』、『生長』、『開花』、『結果』，以及『枯死』……植物生命週期的這五個階段，克雷提西亞的植物們在一天之內就經歷完畢。如果這麼想的話就不會很奇怪了吧？」

在少年補上一句『啊，順帶一提，現在是進行生長的曉育期喔』之後，一枝細長的爬牆虎就在他的旁邊猛力向上竄升……果然還是會覺得奇怪啊。奧拉在心中如此低語著。

「只不過呢，問題在於它們並不單純只是重生而已，這個界相的植物都具有特殊的授粉機制，所以每一天它們連性質都會完全變化，不論外形或內在都會在一夜之間整個改變……這就是克雷提西亞迷宮難攻不落的奧祕。」

不論形狀還是危險度都會每天變動的巨大迷宮……就算奧拉不是冒險者，她也很清楚這有多麻煩。

「嗚嗚，早知道不問就好了……沒有什麼捷徑之類的嗎？比如說……對了，爬到樹上去之類的！」

只要在樹的上面橫渡行走，應該就不需要一路沿著迷宮蛇行，還可以不用理會地表的植物，不就一舉兩得？奧拉想到這裡開始興奮起來，尤里卻笑著搖了搖頭，說：

「哦！這個發想滿不錯的……不過，很可惜行不通，來妳看這邊。」

少年伸手，指著矗立在他身旁的一棵異常高大的樹木，就是奧拉第一眼看到時覺得「高如巨人」的樹木。這樹除了高度以外，外形和地上也很常見的山毛櫸很相似，看起來並不像特別有害，但它的最大特徵就是群生密度。明明是特別巨大的樹木，卻跟雜草一樣與同類緊密群生，簡直長成了一堵厚厚的牆壁。

「這東西的名字是『大迷樹』。高度超過五十公尺，是『克雷提西亞』最大的樹，硬度和鋼鐵差不多，數量也占了樹林的一半以上。幸好是無害的品種，但傷腦筋的是它們具有異常群生的特性，所以就會如妳所見形成了這樣一堵牆。簡單講，就是這些東西形塑了迷宮的骨幹框架。所以反過來說，只要爬到這些樹的上頭，迷宮攻略就等同成功了。」

少年講到這裡，先是說了一句「不過呢……」又繼續說道：

「事情沒有這麼美好。這些樹的上頭棲息著一種被稱為『迷牢鬼蜘蛛』的蜘蛛，體長差不多在六公尺上下，是這個界相毫無疑問的最強獵食者，而且還有以數十隻的規模群體行動的習性，尤其在產卵期還會降臨到地上築巢。這種怪物如果生活在其他界相的話，一定會被稱為亞龍的。」

想偷吃步就會遇上最糟糕的怪物，大概就是這回事。一個小女生想得到的事，歷代的冒險者們早就已經嘗試過了。這讓奧拉沮喪的垂下肩膀。

二人只好在迷宮中前進……不過，這條路當然不簡單。

「——那棵樹是『劍凱草』，接近它的任何東西都會被刺穿，一靠到半徑1公尺以內就會死哦。這邊是『暗煙樹』，吸了它噴出來的煙霧一秒鐘就會昏倒，醒來時已經在天堂了。而這個是會射出劇毒棘刺的『貂貂花』……哦！那邊是『針根草』嗎？相當稀有耶。沒差，總之也會讓妳死。還有這邊是……」

「啊啊啊啊啊……」

該說不意外嗎，雖然奧拉早就知道了，但少年的深奧知識講座內容也未免太可怕。光聽就會讓自己覺得身體狀況變得怪怪的了。

只不過，有一件疑問她不論如何就是很在意：

「請問，這片樹海連性質都會每天都會重生變化對吧？可是，尤里好像令人意外的知道什麼東西有危險……？」

她從剛才就一路被提醒到煩了。而這是不是代表，即使面對理論上應該是頭一回看到的植物品種，少年也是知道要注意什麼地方才是正確的嗎？

結果尤里露出自豪的笑容，彷彿等待這個問題很久了：

「哦！妳注意到啦？呵呵呵，其實呢，是我們部隊發現的。也就是攻略這個『克雷提西亞』不可或缺的定理級情報。妳知道是什麼嗎？」

少年突然拋來一句謎語般的問題。在奧拉搖頭表示當然不知道之後，少年再次自豪的開口說出答案：

「是遺傳基因哦。也就是掌管生物形態體質的設計圖。我剛才說過，這裡的植物具有特殊的授粉機制，那就是所謂『異花授粉』的特性。它們在授粉時會吸收其他植物的花粉，將後者所具有的特性融入到下一代的自身品種中。舉例來說，如果噴毒品種的植物吸收了噴火品種的花粉，它的下一代就會既噴毒又噴火，大概就像這樣。」

少年舉了一個相當簡略的例子。

「正因為這樣，這裡的植物才可怕。本來直到昨天為止都是無害的品種，第二天就會露出致死的利牙主動襲擊。而且，這一點還不可能事先預測。在實際打照面以前，根本就不會知道它擁有什麼樣的武器。」

從其他品種那裡竊取特性……這應該也是一種過當的生存競爭吧。但這是危險的理由而不是知識的理由吧？當奧拉如此心想時，少年開口說出了答案。

「不過呢，我們發現到，植物吸收的不僅僅是這些危險的性質而已。像是葉脈的形狀，或是葉子的形狀，又像是花瓣的數量，這些不起眼的形態體質也會遺傳下來！」

「這、這樣啊……」

雖然少年講得好像有什麼重大發現一樣，但奧拉完全聽不懂。不起眼的特徵也會遺傳……那又怎麼樣？就算知道無關緊要的事情也於事無補吧？

「唔！喂喂妳這反應是怎麼回事啊。妳該不會在想『那有什麼意義嗎？』之類的吧？」

「唔！……沒、沒有、這回事……」

「妳啊，太容易看穿了。」

「唔唔……」

「真拿妳沒辦法，那我就來說明吧！」

尤里反倒開心的豎起手指。展示這些瑣碎學問似乎讓他開心到不行……到底是誰比較容易看穿呀。

「妳聽好，遺傳基因就是形態體質的設計圖。這代表，我們也可以反過來從形態體質倒推遺傳基因。簡單講就是透過觀察外顯的形態體質，可以判斷它含有什麼種類的遺傳基因。比方說妳看，那邊的『鐵扇樹』，本來是葉脈呈網狀分布的品種，不過那邊就是有一棵的葉子變成漣漪狀了對吧？這代表，它明顯反映出具有掌狀葉脈性質之品種的遺傳基因。如果要在這一帶找有這性質的……恐怕是『鞴吹羊齒』吧，所以絕對不能接近那玩意，大概是這樣。當然，遺傳的形態體質並不會全部均等外顯，是顯性還是隱性，以何種比例的強度融入下一代，必須視個案確認，所以沒那麼單純。不過，即使這樣也是重要的線索。而把那些線索整理成表格之後就是這東西，妳看。」

尤里邊說邊從懷中取出一冊筆記本。在他打開的那一頁上畫了一張有關遺傳基因的詳細表格。哪個品種的哪個形態體質是顯性、哪個是隱性、哪個形態體質與何種特色相關聯，這些情報用小字密密麻麻寫在表格裡面，還連續記錄了幾十頁。或者應該說，這個厚厚的筆記本一整冊都是遺傳基因表。

「這、這些、全都是葉卡隊的所有人一起調查出來的嗎？」

「是啊，這是人類開始遠征『克雷提西亞』以來的重大發現。多虧有這個，可以安全行走的範圍是以前的幾百倍！」

恐怕這些情報都是透過持續仔細觀察這個界相的一個又一個植物得來的吧。光憑想像就覺得是件令人頭暈的工作。

「好、好厲害啊……」

奧拉想像著他們那無與倫比的努力與非比尋常的耐心，不由得喃喃自語起來。

結果，尤里無比開心的笑了：

「對吧？那些傢伙超～厲害的！」

那是一張再純粹也不過的天真笑容。平常他最多就是害羞說一句「這也很正常吧」，但光是昔日的同伴被誇獎，就能讓他表達如此坦率的反應嗎。……奧拉總覺得有些不甘心。

只不過，少年馬上就聳了聳肩說道：

「話雖這麼說，這其實也不是完全版啦。」

「咦，都已經寫了這麼密密麻麻了耶？」

「是啊。畢竟有必要調整成最新版，而且更重要的是，要在三層前進靠這個根本行不通。那一帶有好幾種植物是類似『肉眼確認當下即死』的危險品種。靠這種由遺傳形態體質推斷特性的方法是無法攻略的。」

奧拉聽到這句話之後開始回想。從最初的冰洞到外圍區域、從外圍區域到營地、從營地到一層……這段旅途即使只到目前為止，樹海的險峻程度也在肉眼可見的增加。如果越接近「夢見之大樹」危險性也會同等增加的話，現在的方法也很快就會不管用了吧。

「何況，這座迷宮還有一個麻煩的障礙……」

少年才要開始說話，突然將嘴閉上，接著露出了小小的苦笑聲：

「哈哈哈，都不知道這算時運好還是不好了……果然妳是具備某些東西的啊。」

少年在一個人擅自作出結論之後，突然往奧拉背後一指：

「後面、妳看一下。」

啊啊，這種既視感是什麼呢。每當這種表情出現的時候就不會有好事。不過就算明白這一點，反正也來不及了吧。奧拉以萬念俱灰的心境回頭一望。

——在這個瞬間，她的心臟差點從口中跳出來。

巨大的羽翼，強韌的四肢，流線型的爬蟲類下顎，以及覆蓋全身的灰色鱗片——在眼前昂首闊步的這頭生物，正是自己在那個冰洞裡看到的那頭冰封亞龍。

被稱為灰色之災厄的「澤爾貝奧特」，此時此刻就在眼前。

「咦，咦，咦……這是、什麼……」

明明應該已在遙遠太古時代就絕滅的亞龍，竟然大搖大擺地闊步行進。而且，周圍不知在什麼時候也從樹海轉變成荒野。

這到底是什麼？奧拉的腦袋在過於突然的狀況下全面空白。那不是已經絕滅了嗎？說到底這裡是哪裡？這也是「克雷提西亞」的奇異之處嗎？應該說與其想那些事……那頭亞龍，是不是往這邊來了？

沒錯，在這種狀況下她唯一明白的是，現在的自己、遇上了非常大的危機。

「尤、尤里……！」

奧拉一直盯著逼近過來的「澤爾貝奧特」，並向少年尋求指示。

不過，少年回給她的卻是一句意外的答案。

「眼睛、閉上。」

「咦？你說什麼？」

她忍不住反問，但少年只是複述相同的指示。

在這種可怕的狀況下，如果閉上眼睛就沒問題的話，她的確想這麼做。但這是最壞的一招吧？

不過，因為少年除了這句話以外就沒再說什麼，她也無可奈何。奧拉用力緊閉眼皮，表示不論發生什麼事都不管了。

她就這麼讓自己的身體縮成一團——

「已經可以嘍。」

這句話讓她睜開眼睛……結果，亞龍的身影已經完全消失了。

牠放過我們了？不對，不是這個問題。就算沒發現我們，那麼龐大的身軀也不可能這麼快就消失不見，而且周圍的景色也變回樹海。說到底，那片荒野又到底是什麼？

如果要為這些事情做個說明的話，答案只有一個——

「剛才那是……夢……？」

「哦！什麼嘛，原來妳知道啊。」

沒錯，只要冷靜下來思考就會知道了。不管用什麼樣的理由說明，荒野跟亞龍都是不可能存在的東西。除了「這不是現實」以外，沒有別的回答。

只不過，即使這樣也很不自然。我們並沒有睡著，就算當它是所謂的白日夢好了，尤里也跟自己一起看到了同樣的東西，會有這麼巧合的夢嗎？

奧拉陷入混亂，少年則告訴她這些事情的真相：

「剛才那個叫『龍想』，是『克雷提西亞』特有的幻覺現象。過去在這個界相實際發生過的事件會以幻覺的形式呈現。關於它的原理有幾個假說，不過還沒有人能提供明確的答案。所以，許多冒險者是這樣解釋的：那是沉眠於這個界相的徨龍所做的夢。」

龍之夢於地上徬徨……原來如此，這就是「克雷提西亞」被稱為傳說大地的理由了。

「話雖這麼說，如果只有這樣也就可以當它是冒險者的浪漫。不過很遺憾，龍想是會造成真實危害的。像過去發生的火災以及洪水之類的事件，就曾經以龍想的形式呈現。」

「咦……可是，那是幻覺對吧？這樣的話也就不會有問題……」

「這可不能那麼說。人類的感覺是不可以小看的。人體只要有了『就是這樣』的錯覺就會出現異常。比方說假如有了正在溺水的錯覺，光是這樣就會讓自己無法呼吸；在最壞的情況下，甚至會被幻影殺死。這個龍想不管用什麼方式都無法預測，就某種意義上來說比迷宮還要麻煩。」

無法預測也沒有對策的危險……奧拉知道這是最險惡的事情。她原本以為既然叫龍之夢應該會很浪漫，但沒想到是這麼可怕的陷阱。

「算了，因為想碰上這個也要純粹靠運氣，所以別太在意。重要的是，我們差不多要出發了。我想趁曉育期的時候儘可能前進。」

尤里放完一堆嚇人的話就一臉若無其事的樣子，既然要人家別在意就不要說出來呀。奧拉覺得自己的腳步反而更沉重了。

總之他們繼續這趟長距離步行。奧拉的心理準備沒有白費，越接近二層樹海的難度就越高，自己被尤里警告的次數顯著增加，折回原路的情況也變多，光是在這幾個小時就已經掉頭回去了七次。連先前不論是多麼複雜的森林或山峰都能輕易攻克的尤里都這樣了，這讓奧拉重新體認到這片樹海確實是非常不得了的迷宮。

他們就這麼走到了日落時分。

「嗯～～傷腦筋了……」

奧拉他們來到了一處很大的三叉路口。

「這前方有個可以休息的場所，我想在『黎迴期』以前趕到那裡……好了，哪條路是正確答案呢？」

面對三叉路的尤里低聲不安的碎念著。假如在「黎迴期」——黎明前夕的破壞與再生之時間到來以前沒有抵達休息地點，因而捲入那場天地異變的話會怎麼樣……奧拉怕到不敢想像。

「呃，有什麼線索之類的嗎……」

「沒有喔，完全是運氣遊戲。」

尤里明確的如此斷言。

三分之一、33％。如果只是單純抽籤的話這種機率是很良心，可是一想到要拿自己的命去賭，就突然會覺得不會中了。

果然還是希望有提示。雖然少年似乎已經放棄了，不過就算這樣，奧拉還是想看看有沒有什麼啟示，於是探頭張望。

第一條路——蜿蜒曲折的樹海不斷延展。

第二條路——蜿蜒曲折的樹海不斷延展。

第三條路——蜿蜒曲折的樹海不斷延展。

……嗯，看來是不行了。

奧拉放棄打探並轉身向後……就在這一瞬間，她叫了一聲「啊！」。

——少年背後意外出現了第三者。

（那是、先前看過的鹿……!?）

毫無累贅的流線型肢體、浮現美麗斑紋的毛皮，以及，以優雅的姿態躍動的美麗腿腳——佇立在尤里背後的，是一頭跟地上的鹿非常相似的獸類，就是自己在最後營地上演大逃亡的時候誤以為是少年而追上去的那頭鹿。

只不過，奧拉很快就察覺到，那個時候的鹿還是小孩子，但現在跟自己對上眼的這頭鹿卻大了兩圈。因為沒有角，所以應該是成年的母鹿吧。

「尤、尤里，後面！你後面！」

奧拉興奮的告訴少年。不過少年似乎早就察覺到了，他立刻比出「噓～」的手勢，但又迅速退到路邊，彷彿要讓路給鹿。

結果，母鹿以一副理所當然的表情優雅邁步。接著牠來到問題的三叉路口，毫不遲疑選了最左邊的路。少年看到這情景，也一臉理所當然的跟在母鹿屁股後面走。

……咦？三分之一，用這種方式決定好嗎？

這之後的旅程還滿詭異的。二個人類跟侍從一樣，一步一步的跟在優雅穿越森林的母鹿身後。途中遇到叉路也都只遵照鹿的選擇前進。因為如果靠得太近的話會被牠用一種彷彿在表達「我會踢你們哦」的眼神瞪視，所以他們唯一的工作就是保持一定距離不讓鹿不開心，完全就是一副主人和下僕的圖像。光是想像自己的模樣就覺得很超現實。

他們就這麼走了差不多一個小時，突然來到一個開闊的場所。這裡跟最後營地一樣都是灰色的沙地，附近還有一處小水池。看來這裡似乎就是目標的休息點了。

「呼，太好了太好了，運氣不錯啊～」

少年一抵達沙地就早早放下行李。用力伸了一個大大的懶腰並完全進入放鬆模式。只不過，奧拉完全沒辦法比照辦理。畢竟，只要稍微往眼前一望，就可以看到剛才那頭鹿也跟少年一樣悠閒地坐著……果然還是很奇怪呀，這種狀況。

「抱歉……差不多可以請你說明了嗎……？」

奧拉拋出了自己一直悶在肚子裡的疑問，而少年則先是說了一句「咦，我沒說過嗎？」之後，笑著這麼說：

「那邊那位是『親鹿』……是生活在『克雷提西亞』的鹿。資深冒險者們有時候也會稱牠為『引導之蹄』。」

「引導……？」

「是啊，我們能夠到這裡來也是託那傢伙的福。而且旅程中的危險植物也很少吧？牠真不愧對這個界相知之甚詳啊。」

雖然自己在異樣的狀況下沒去注意那種事，不過回想起來才發現少年說的沒錯。看樣子牠準確引導我們走了最安全的路線。

「那麼，那些孩子是會幫助人類的友軍嗎？」

奧拉這麼一問，尤里就嘻嘻笑出聲來，不知道有什麼好笑的。於是她狠狠瞪了一眼，而少年則一面搖頭一面道歉。

「哎呀，抱歉抱歉，我覺得友軍啊敵人啊這種形容很有趣啦。算了，借用妳的講法，牠不是敵人。因為親鹿不會傷害人類。只不過嘛，也談不上是友軍。我們人類只是擅自跟在大前輩後面走而已。」

「大前輩……？」

對方不過是個動物，總覺得這種說法很奇妙。不過，這似乎是有正當的理由。

「是啊，沒錯。畢竟親鹿是這個界相唯一的大型哺乳類。」

「啊……」

經他這麼一說確實是這樣沒錯。雖然昆蟲類和植物類已經看到煩了，不過自從來到這個界相以後，還沒有見過一次哺乳類。

「由於性成熟所需時間以及出生數量的關係，這個每天都在重生的界相對哺乳類就是很不利，更不用說大型哺乳類。所以在『澤爾貝奧特』造成大規模滅絕事件之後，哺乳類並沒有能夠和昆蟲或植物一樣成功復育。不過呢，自『澤爾貝奧特』降臨以前到現在，只有一種大型哺乳類保持原有形態生存下來。那就是『親鹿』。」

少年說到這裡，將視線投向母鹿。

「牠們並沒有與外敵戰鬥的技術，也不會使用什麼奇怪的魔法。不過相對的，牠們聰明的不得了。親鹿能夠識別什麼是危險、採取對策，並將其結果傳承給同伴與子孫。在這個以短期進化為主流的界相中，牠們運用與主流完全相反的學習和經驗生存下來。」

奧拉聽到這裡開始思考。這簡直就跟冒險者一樣呀。

「所以才是『大前輩』……」

「沒錯。而且這些傢伙和我們一樣都是大型哺乳類，威脅二者的危險物種幾乎完全重疊，食性和耐毒性也非常接近。甚至有一種說法是，牠們可能和人類一樣看得見龍想。如果要跟在後面學習的話就是最適合的對象了。嘿嘿嘿，在這個世界上就是得要巧妙的生存下去啊。」

這個少年為什麼會這麼適合講這些頗有小人得志氣息的話呢？奧拉感到有點遺憾。

不管怎麼說，總算有一段比較長的休息時間，這代表自己等了又等的用餐時間到了。雖然話是這麼說，反正大概要去吃那些到處都是的蟲子了吧。這讓奧拉苦著一張臉，不過她的預測卻在好的意義上落空了。

「咦?尤里，你要去哪裡？」

「啊啊，去採集一點食材。」

尤里說完便開始走向朝沙地邊緣，在某棵大迷樹的樹根旁邊停下腳步，接著開心的綻放笑容：

「哦，有了有了。既然來到二層附近，果然就是要吃這個啊。」

奧拉心想到底是什麼呢，於是湊過去仔細一看，發現在大迷樹的樹根所在的地面上開了幾個小洞。看來他似乎是在找這個。然而少年好不容易才找到，卻用沾濕的布蓋上洞口，然後迅速把這些洞完全堵住。

就這樣只等了一分鐘之後，少年低聲說了一句「差不多了吧」並把布拿掉……突然開始在地上用力挖了起來。結果，出現了出現了，他從地下挖出來的是形狀像牡蠣的雙殼貝，而且數量相當多，才開挖不到五分鐘就多到用兩隻手臂都抱不過來了。

「這些叫『迷宮土貝』——是一種森林性的陸生貝類。地上的洞是透氣孔，只要輕輕堵住，牠們就會為了尋求氧氣而來到地表附近。一旦對這裡開挖就會像這樣，大豐收大豐收啊。」

於是食材採集完成，再來就只剩下烹調了……而烹調方法非常簡單，就只是先將貝類放進鍋裡然後把鍋子直接架在火上。幾分鐘過後，鍋內傳出咔嗒、咔嗒聲響，貝殼以悅耳的節奏陸續開啟。少年熟練地用刀子把上面的殼挑掉，在裸露出來的飽滿貝肉上均勻灑滿了奶酪醬油和少量的酒。他將帶殼的迷宮土貝弄成另一個小火鍋，大顆的貝肉在鍋中一齊翩翩起舞。醬油的焦香，與貝肉煮沸的聲響，只是看著就讓奧拉的肚子咕嚕咕嚕叫個不停。

就在奧拉撐到忍耐的極限時，她終於得到了少年的准許。已經無法去在意外界觀感的她，把一整塊乳白色的豐滿貝肉丟進嘴裡。結果在這一瞬間，一股非常濃郁的貝類甘味在口腔中擴散開來。同屬於貝類的迷宮土貝風味與牡蠣相似，但濃郁程度卻有天壤之別。每咬一口飽滿的貝肉，凝聚的濃郁鮮味就在口中全面綻放。

依據少年的說法，「這種貝類吸取了豐富的大樹海養分。一旦知道這玩意，妳就會覺得地上的貝類味道清淡如水了」，因此其營養和熱量似乎非常驚人，不過對於已經在迷宮中走累的身體來說，這點程度的獎勵也是沒問題的吧。已經沒有餘力說話的奧拉不斷伸手取貝。

奧拉就這麼以少年都敬而遠之的氣勢將貝類嗑光，並大大嘆了口氣：

「呼啊～吃飽了吃飽了～！」

舒適的飽足感讓奧拉滿心歡喜，原本在探索迷宮時所積累的疲勞與緊張彷彿都融化了，果然美味的食物就是生存的活力。奧拉如此深深感慨，無意間望向前方，身為大前輩的親鹿也在那裡悠閒吃草……不過，這頭母鹿並沒有形單影隻。不知何時，牠的周圍已經聚集了許多小鳥、老鼠、松鼠等小動物。

「尤里，你看！有那麼多動物！」

「是啊，是牠的同伴吧。別太吵啊，會給人家添麻煩的。」

看樣子牠們跟我們一樣，似乎也是為了尋求安息而來到這處沙地的。

只不過，奧拉忽然想到一個疑問：

「話說回來……為什麼只有這裡是安全的呢？」

儘管她在最後營地時也在意過，不過這片灰色的沙地到底是什麼呢？是迷界考量到「因為是最難的迷宮所以好歹為大家弄個休息地點吧」之類的……不可能會有那種事吧……？

正當奧拉如此苦思的時候，少年輕描淡寫地回答了。

「因為有骨頭喔。是『澤爾貝奧特』的。」

「咦!?」

「『澤爾貝奧特』是超級雜食性動物，也因為這樣會攝取到毒素和雜質，如果就這麼置之不理的話身體機能會出現異常，所以牠具有將攝取到的無用物質積累在骨頭當中的特性。因此『澤爾貝奧特』的骨頭含有毒素，有大量遺骨的地方不但不會有植物生長，連昆蟲也不會靠近過來。對界相而言或許是負面遺產，不過對我們來說就成了值得感謝的安全地帶。」

雖然他在形式上又補充一句。『啊，只要沒有直接吃到就不會對人體有害，所以不用擔心』，可是問題不在那邊。自己正站在那頭恐怖的亞龍遺骸上面……光這麼想就有很強的厭惡感。不過，如果跟活生生的『澤爾貝奧特』比起來的話，是要好上太多就是了。

即使這樣，牠在死後依然會侵蝕大地嗎。亞龍果然是非常不得了的生物。

「果然亞龍都好可怕呢……」

奧拉不由得脫口說出，而少年則聳了聳肩：

「這個嘛，不能一概而論啦。只有這傢伙特別麻煩而已，絕大多數的亞龍都很正常。」

「這、這這樣嗎？可是像『艾諾希蓋歐斯』之類的，就已經十分可怕了耶。」

奧拉苦著臉回憶上一次的冒險。那頭比島嶼還巨大的海中怪物……那個時候的恐懼感，自己應該一輩子都忘不了。

「這個嘛，雖然我也的確不想跟牠交朋友……不過那傢伙是用牠的方式維持生態系的平衡喔。妳仔細想想看，既然有那麼巨大的軀體，要把『海王樹』的橋完全破壞掉應該很簡單吧？然而牠沒有那麼做，而是一點一點的把一隻又一隻的動物吃掉。當然這並不是在說『艾諾希蓋歐斯』很仁慈之類的事，而是某種反向的推論。假如那頭怪物烏賊具有一口氣把老努卡全部吃光的習性，那個界相的生態系早就已經崩潰，『艾諾希蓋歐斯』也會餓死。總結來說，亞龍還活著就代表那種亞龍不會破壞生態系。」

總覺得這段話的原因跟結果還滿混亂的。奧拉好像可以理解又好像沒辦法理解，緊皺著眉頭；而少年則是對她說了一句「而且呢」之後，繼續補充說明：

「真正不具力量的亞龍也是存在的喔？」

「是這樣的嗎？」

所謂亞龍，是立足於生態系頂點的生物才能獲得的稱號。可是「弱小的亞龍」聽起來就充滿矛盾……。

「應該說，克雷提西亞的新亞龍也是這樣的——妳看，剛好就在那裡喔。」

「咦——？」

少年往奧拉的背後一指，她嚇了一跳轉頭回望……可是，自己身後依然只有一片森林，連亞龍的「亞」字都沒見著。

「真是的~你老是這樣嚇人!!」

奧拉憤慨說道，少年則慌忙辯解：

「不是啦！妳要仔細看。那裡也有，這邊也有啊！」

既然他都說成那樣也就沒辦法，於是奧拉再度望著背後的森林。結果，她注意到某個小東西在葉子上蠕動。

蓬鬆的毛、圓滾滾的身體、可愛的翅膀、短短的手腳……那是一隻指尖大小的小不點蜂，看起來像是瓢蟲和蜜蜂的混合體。

「啊，好可愛……」

奧拉忍不住低聲說道，不過她很快就向後閃避。雖然外表可愛但可不能被迷惑。尤其在這個界相，不管是任何對手都不能掉以輕心。

……雖然她這麼想，少年卻毫不在意的讓那隻小蜂停在掌心並笑著說：

「哈哈哈，用不著這麼防備啦。這些傢伙是『大氣蜂』……沒有毒也沒有螯針所以危險性是零。牠們過於無害以至於歷代冒險者們都不去理會，就連名字也是我們葉卡隊取了之後才有的。」

「這樣的話，為什麼要把這東西叫亞龍……？」

「因為這些傢伙，的確站在生態系的頂點啊。」

少年明確的如此斷言。

「這個界相的植物有一大半都是仰賴授粉繁殖，而一手包辦花粉媒介工作的就是『大氣蜂』。講得極端一點，如果明天『大氣蜂』突然滅絕，『克雷提西亞』就完了。從牠們對生態系具有絕對影響力的意義上而言，也只能尊稱這些傢伙是亞龍了。不過嘛，這麼稱呼的人也只有我們就是了。」

「哦……原來這麼可愛的孩子在從事如此重要的工作呀。」

不過有一件事情很讓人在意。如果牠們完全沒有戰鬥能力的話，又是如何贏得那樣的地位呢？結果少年先一步回答她了。

「因為這個界相在『澤爾貝奧特』造成大規模滅絕事件之後，生物種類曾經極端稀少。這些傢伙是授粉生物中唯一在那時候倖存下來的物種，因此在生態系復甦時『大氣蜂』就成了一切的基礎。如果要追根究柢的話，樹海的一天循環也是這些傢伙造成的。『大氣蜂』的成蟲壽命只有一天……為了比其他競爭物種更吸引牠們來授粉，植物開始讓自身每一天都依照大氣蜂的喜好變化。」

奧拉又一次觀察在少年指尖上徘徊的蜂，看來這隻可愛的蜂是這個界相的人氣王。

「話又說回來，你們還真能夠注意到這樣的事情呢。果然葉卡隊的所有人都很優秀呀！」

竟然發現了誰都沒有去在意的真正迷宮之主。奧拉覺得尤里的同伴們果然都是真材實料，於是誠心稱讚起來。然而少年卻不知道為什麼冒出一聲「唔！」並將目光移向別處。

「老、老實說只不過是偶然啦。隊長只是因為『很可愛』就迷上了這些傢伙，然後嘗試對牠們進行研究才知道現在這些事實。」

「因為那種理由就去調查……？」

「是啊，隊長很隨心所欲，總是在路上閒晃，沒想到會在徨龍沉睡的界相裡研究這種小不點羽蟲。」

尤里一臉懷舊的笑了。

「不過嘛，因為這樣我對『大氣蜂』很了解喔？像是這些傢伙喜歡的音樂、不喜歡的氣味、以及亞種的分辨方法之類……對了，我來特別教妳一個祕訣吧？其實這些傢伙跟地上的蜜蜂一樣，都可以運用舞蹈來交流，而且還很複雜，不過很有趣……」

「啊，因為好像會講很久所以就不用了。」

「……這樣啊……」

雖然他的表情悲傷得像隻被訓斥的小狗一樣，不過不行就是不行。如果聽少年講那些深奧知識，耳朵會真的長繭出來。

就這樣，太陽真正下山了。

休息過一陣子的奧拉，如今正在沙地邊緣的小湧泉中清洗身體。雖然地表沒有流動的河川，不過像這種小規模的水池可說是隨處存在。順帶一提，由於「克雷提西亞」的地下水含有大量的特殊礦物質，據說美膚效果比地上任何溫泉都要來得好。雖然不是基於這種事情才做，不過奧拉還是仔細清洗身體。這處為大自然所環繞又具有豐富功效的美麗泉水，就某種意義而言是最棒的名勝……但有一個問題。

少年所在的營火實在是太近了。

用來代替屏風的只有一塊小岩石，對方只要繞過來一點就馬上看得到自己，當然洗澡的聲音也清晰可聞。

自己就在緊挨著少年的地方，暴露裸體洗澡。光是意識到這件事就覺得水溫好像上升了10℃。說不定他會跟「希萊尼亞」那時候一樣過來偷看……。

（等一下，才不會才不會才不會！）

沒錯，那時候只是單純的事故。是意料之外的意外事故。理智的尤里不可能會做出這種事……就在自己胡思亂想的時候，背後忽然傳出聲音。那聲音似乎刻意壓低，毫無疑問是腳步聲。

（真、真的來了～!?）

在偷偷接近的腳步聲之後，她感覺有一道火熱的視線從岩石背面窺視這裡。這已經百分百不是自己想太多，自己毫無疑問是被看到了。

奧拉忍不住想要轉過身去……不過，自己在最後一刻改變心意不去動作了。

沒錯，不管尤里有多麼理性，他也是個健全的青春期少年，有那樣的慾望也是沒可奈何的事。畢竟連涅茲米都說過「男人的內在都是色狼啦」，責備他在這裡偷看不是很可憐嗎？如果這對他造成創傷讓他產生女性恐懼症就糟糕了。這樣的話……自己該做的只有一件事。

「啊、啊～洗澡好舒服啊～（平板語調）」

奧拉決定故意假裝沒有察覺到。不對，不如說她假裝洗澡並試圖擺出稍微有點性感的姿勢。在後背感受著那道火熱～的視線時，她總覺得背脊不斷的打顫。光是想像那個少年為了自己的身體一直在原地不動，全身就跟沸騰一般亢奮。

然而，正當她還在品味這種優越感的時候，一件完全出乎意料的事情發生了。——原本在岩石背面的他的氣息，又過來得更近了。

（咦、咦、咦咦～～!?）

本來以為他只是偷看而已，想不到還打算要更進一步嗎？看樣子自己似乎是福利放太多。就跟涅茲米所說的一樣，少年變成色狼了……喔呵呵，這代表我原來這麼有魅力嗎？現在不是沉浸在這種「其實也不壞」的心情的時候呀。

「對、對不起，尤里，我、還沒做好心理準備……啊、可是可是，我也不是討厭……應該說是相反……」

奧拉羞澀的轉過身來。結果……。

「你知道的，這種事情的順序果然還是很重要……呃，啥？」

在她轉過身後，看到的是一個被少女的嬌豔肌膚迷住的色狼……才怪，只是一頭母鹿。這頭悠然啜飲泉水的親鹿，瞥了一眼表情呆滯愣住不動的奧拉，彷彿在嘲笑她一樣用鼻子噴出聲音來。

「什、什、什……！」

極度的屈辱和羞恥，讓奧拉的臉迅速漲得通紅。

怎麼會有這麼丟臉的誤會。看來自己是對鹿擺出性感姿勢了。

「……嗚嗚……好想直接消失呀……」

奧拉感覺水溫又上升了10℃。

※※※※

不論如何在十分鐘之後。

沐浴結束的奧拉，滿懷難以言喻的敗北感回到了營火旁邊。

結果，她看到少年正在火邊對吃剩的土貝進行煙燻加工。

「喔，洗得清爽了嗎？」

尤里保持背對這邊的姿態並扔來一條毛巾。比起年輕美少女的沐浴，他似乎更投入於製作眼前的保久食物。

都已經把我玩弄成那樣了還說。當奧拉嘟起嘴唇這麼遷怒少年時，忽然發覺，這條毛巾有點溫暖，而且好像還有花的芳香。看來他在用營火烘乾毛巾時還順便運用煙燻的要領添加香味，這種體貼反倒讓她莫名討厭……可是，她又覺得自己還有一點點開心，這讓她感到有點不甘心。

「怎麼了？別呆站著快過來這邊啊。會感冒喔？」

奧拉依照少年招手指示在火旁邊坐了下來。已經沐浴過的少年身上散發出一絲肥皂香味。

「『岩紋椰子』的碎片很香，用它煙燻過的干貝可以熬出很好的高湯。明天的早餐，就敬請期待吧。」

待在這個「嘿嘿嘿」傻笑著的少年身旁，肩膀的力量就會不自覺放鬆下來。簡直就跟在地上的時候沒什麼兩樣。

安心感，就這個意義而言，遠征的旅途的確是很不錯的。因為在迷界中，沒有什麼事情能夠比大量人類在附近還令人心安了……不過，奧拉是這麼想的：像這樣只有二個人在一起，自己果然很喜歡。就算一萬名陌生人的目光沒了，只要有他的溫暖雙眸就十分足夠。應該說，就是因為沒有人來打擾才更開心。奧拉想著這些事，同時偷偷往少年移近了一個屁股的距離。

……只不過，所謂只有二個人在一起，看樣子是她的誤會。

有腳步聲慢慢走近過來，彷彿是要打擾這段寧靜的時光。腳步的主人正是剛才那頭親鹿。才想說牠到底要來做什麼，結果這頭母鹿毫不客氣的開始在火旁取暖，簡直在主張這是牠的正當權利。而且，尤里別說把牠趕走了，他甚至還專門為鹿開始調節火勢，總覺得有點像女主人和僕人一樣。

雖說的確開始冷起來了，所以也不是不能明白牠的心情……不過是不是有一點厚臉皮了呢？

「哈哈哈，不要擺出那張臉嘛，又不會少塊肉吧？」

尤里笑著說，似乎是看穿了她的心思。雖然奧拉想反駁表示二個人在一起的時間減少了，但她又不想被認為是心胸狹隘的女人，所以忍下來沒說。

「我、我又、沒有什麼不滿……應該說，動物不會怕火嗎？」

「啊啊，這些傢伙很聰明，所以牠們知道火跟人類都不危險啊。怎麼說，臉皮如果沒有厚到這種程度的話，可沒辦法在這裡生存下來。」

「再說了……」尤里繼續補充說明。

「拜牠這份膽量所賜而得到幫助的，可不是只有我們這些冒險者而已喔。」

這句話讓奧拉察覺到，在這頭優雅坐臥於地面上的母鹿四周，已經聚集了比剛才還要多的小動物。在這個由蟲與植物主宰的界相中，這些動物平常應該都偷偷潛伏起來吧？看樣子尋求母鹿引導的並不是只有人類而已。

就像對自己來說在少年旁邊會很安心一樣，對牠們來說那頭母鹿也是歸宿吧……想到這裡，就覺得算了，即使是傲慢的態度也不是不能原諒。

就在奧拉思考這些事的時候，那位女主人將視線移向這裡，彷彿有話要說。奧拉心想，不會是要我們把飯送過去吧？又好像不是這樣。

「原來如此，夫人您想要餘興節目嗎。」

尤里苦笑起來，開始跟「黑牙之谷」那時候一樣用附近的樹葉製作草笛。

「畢竟那些傢伙討厭高音啊……嗯該怎麼辦才好呢……」

在為了選曲煩惱了一陣子之後，少年點點頭說了一聲「好」，然後將折得很複雜的樹葉疊了三片，放在唇邊並輕輕吹了口氣。

剎那間，美妙的旋律流淌而出。

這首由溫和的低音編織而成的曲調，開始靜靜的，卻又輕盈的，傳唱一段故事。當然，這是一場沒有歌手的獨奏會，既沒有歌聲也沒有歌詞，不可能知道這首曲子蘊含了什麼樣的意義。

可是，為什麼會這樣呢？只要閉上眼睛眼皮底下就會浮現出某個地方的情景。那裡有自由的天空、有廣大的海洋、有無際的草原、有茂密的樹林、有燃燒的火山，有凍結的冰川、還有……極端遙遠的星辰。沒錯，她清楚明白，這就是異界旅人的詩篇——冒險者之歌。

而在她有所察覺的時候，旋律停止了。不知何時已經聽到入神的奧拉，猛然回神，仔細一看，母鹿也在甜美的音色中陶醉的閉上眼睛。牠看起來一副心滿意足的樣子。實際上這演奏是如此美妙，牠的反應也是理所當然。

只不過，奧拉不知為何這麼想著。明明是如此美妙的旋律，又明明是如此精湛的技藝——

「……總覺得，是首寂寞的曲子……」

在她下意識喃喃自語的這個瞬間，少年露出了意外的表情。

「……妳是這麼認為的嗎？」

「咦？啊！對、對不起，我、說了失禮的話……！」

事到如今奧拉才發覺自己禍從口出，連忙對少年道歉。

我到底在說什麼呀，竟然對那麼美妙的曲子吹毛求疵。

然而，少年卻靜靜的搖了搖頭，說：

「不會，沒什麼關係啦……這是一首歌頌冒險者的曲子。壯烈求生，壯烈死去，是一首述說冒險者理想生存之道的曲子。很久很久以前的冒險者們在挑戰危險的界相之前，似乎會聽這首曲子來鼓舞自己。」

冒險者的勇氣之歌——果然會覺得「寂寞」只是因為自己的感覺怪怪的。……不過，少年的話語還有後續。

「……不過呢，我也是這麼認為的。這首曲子是寂寞啊。追逐夢想，為夢想殉死……這對冒險者來說可能是理想的人生吧。不過，我果然還是會怕死，也不喜歡看到誰死掉。不壯烈沒關係、不實現夢想沒關係。什麼事情都做不成也不要緊。像這樣只是吃飯、只是在星空下睡覺、為小小的幸福而笑，為小小的不幸而哭，有時候演奏一下樂器……我認為像這樣散漫的過著渺小的人生明明也很好，只要活著就好了。」

那些曾經憧憬這首曲子，跟這首曲子一樣壯烈死去的人，少年應該是理解他們的吧。當然，他們應該是心滿意足的。哀憐這些人，反而只是對他們的侮辱。所以，想必少年總是以笑臉為他們送行吧。之後……也總是獨自一人被拋下來了。

看著少年寂寞的側臉，奧拉感到內心一陣刺痛。

他現在，正試圖追尋已故同伴的足跡。明知這很空虛，依然執著追尋過去，彷彿在說不要拋下我走掉。即使明知其結果，就是在這座迷宮的某處孤獨死去。

奧拉用力咬住嘴唇……這樣子，不是很過分嗎。

「尤里，我們一起回去吧！」

奧拉明知會破壞曲子餘韻，依然脫口而出。

然而，少年淡然的聳了聳肩，說：

「喂喂，妳又在提那件事啦。答案妳不是早就知道了？還是說，妳想到了讓我回去的祕招？」

「這個……還沒有……」

她低下頭去，尤里也只是嘻嘻一笑：

「好了，差不多該睡了。妳安靜的時間只有現在，畢竟睡眠很重要啊。」

「啊，等一下……」

少年這麼說完就迅速躺下，其他動物們也都已經睡著了。現在不是一個人可以吵鬧打擾的氣氛，奧拉也只好心不甘情不願的躺下。然而……。

（……不可能睡得著呀……）

一閉上眼，浮現在眼皮底下的是剛才少年的側臉。

光是回想那寂寞的表情就讓內心煩躁到不行，這種狀態是要叫自己怎麼睡得著？

「……還是回去啦……」

奧拉自言自語般的對虛空低聲說著。

結果——

「……嗯……」

「咦!?」

對方回應了一句意外的答案。

奧拉忍不住奮力起身看向旁邊的少年……不過，她很快就失望了。

「……唔嗯唔嗯……」

少年臉上浮現的是悠閒的睡臉。看來他只是在說夢話。這麼說來，記得他好像講過「不論什麼情況都能當場睡著才是一流的冒險者」之類的話。

這個人真是的，完全不知道我這邊的心情。雖然她怒瞪了一眼，但對熟睡的少年沒有效果。

只有在睡著的時候才會這麼老實嗎。奧拉傻傻的看著他的睡臉，感覺自己的心情變得有些怪怪的。

平時那個臭屁的笑容消失了，浮現在臉頰上的是符合年齡的稚氣表情。他的膚質細膩得令人吃驚，簡直就像絲綢一般。就是因為容貌還滿端正的，這樣看下來甚至還像個清純可愛的少女。再加上那混合了肥皂與剛晒過被單的味道，是既樸素、又溫柔、且暖和的陽光香氣……啊啊，為什麼呢，臉頰好燙。是因為營火太旺的關係嗎？嗯，一定是這樣。

在熾熱的火焰影響下，奧拉小聲呢喃著。

「……我想到把你帶回去的祕招了。……就、就是、美人計……」

奧拉如此低語，同時將手伸向毫無防備的少年臉頰。她在細膩的肌膚上滑動手指，悄悄的將礙事的頭髮撥到自己耳後，接著觸碰少年外露的嘴唇，並呵護般的以指尖溫柔撫摸。那甜美柔軟的觸感，吸引奧拉將嘴唇靠近過去——這時候她忽然感受到一陣視線，隨即反射性抬起頭來，發現母鹿正張開一隻眼睛一直注視著這邊。

被看到了——奧拉的臉頰漲得通紅。

「……色鬼。」

她懷著怨恨低聲說完，母鹿隨即用鼻子噴出聲音，彷彿在說「妳才是吧」。

——……

——……

第二天一早，經過了讓整座森林重生的魔幻三十分鐘——「黎迴期」之後，大迷宮又一次變成未知的形狀。在這座剛誕生的樹海中，奧拉打了一個大大的哈欠。

「呼啊啊啊……」

「嗯?怎麼了，妳昨天沒睡好嗎?」

少年對這個不像女性會打的大哈欠驚愕的眨著雙眼。

奧拉連忙將嘴閉上並全力否認。

「咦？不、不是，我完全睡得很好！睡得很熟！」

「是嗎？身體不舒服的話要馬上說喔。」

在準備收拾行李的少年旁邊，奧拉撫著胸口鬆了口氣，心想好險好險。

沒錯，如果昨晚的事情曝光，事情就大條了。如今回想起來，昨晚的自己到底想做什麼不得了的事呀。光是回想就覺得臉都要熱出火來了……不過，還是有點可惜呀，這樣的心情也是有的。

「那就差不多該出發嘍。」

「好、好的！」

總之那是永遠的祕密，就藏在心裡吧。

就在她下定決心並打算出發的時候，背後感受到自己已經很熟悉的視線。

「抱歉……是不是有誰在用力看著我……？」

她回頭一看，果不其然站在後面的是親鹿，牠好像一直緊盯著這邊。是警戒嗎……也不對。雖然說不上來，不過好像在催促什麼……。

結果，尤里苦笑著點了點頭，說：

「好啦好啦，我知道了。」

他邊說邊從懷裡取出兩顆方糖，接著將它們放在母鹿前面並悄悄後退。親鹿確認少年離開之後，先輕輕聞了聞味道，然後把兩顆方糖都吃掉了。可能這樣就讓牠很滿意吧，這頭母鹿以一貫優雅的步伐走進樹海離開了。

「每次都感謝您，如果有緣再見的話就拜託您嘍。」

奧拉看著低語目送母鹿背影離去的少年，不禁如此詢問：

「剛才你在做什麼？該不會是、餵食……？」

「是報酬啦。畢竟都讓人家帶路了，這是理所當然的吧。」

少年回應的答案聽起來就像把對方當人類一樣。雖然不是不能理解，但就算這樣……。

「會不會有點給太多福利了？都給到兩顆方糖……」

方糖以其含有純粹的糖分，在迷界是貴重物品。對獸類給了兩顆這樣的東西，感覺有點太大方了。

結果，尤里說了一句令自己感到不可思議的話。

「這是因為要給兩頭的份啊。」

「兩頭……？什麼意思？」

「還什麼意思，就是字面上的意思啊。妳沒有注意到嗎？那頭親鹿，肚子大大的。也就是說……還有一頭在牠肚子裡。」

奧拉聽到這句話之後目瞪口呆。不過，她也莫名覺得合理。

原來如此，所以那頭母鹿才會那麼優雅又如此健壯呀。母親到底有多強大，這件事奧拉是很清楚的。

「好了，那麼這回真的要走嘍！」

「好的！」

於是二人再度開始迷宮行腳。

依照預定計畫，在前進到二層附近以後，接下來的路線就是要繞一大段路並以返回門為目標。雖然路途越接近二層就越險峻，不過幸運的是沒有感受到追兵的氣息，應該已經把巴倫茨隊遠遠甩開了吧。想不到能夠輕易甩掉國家的正規部隊，雖然不是自己的功勞，奧拉還是覺得有一點驕傲。

就這樣在經過了三天之後的某過黃昏。

「呼~總算找到了啊。」

「最後一刻才到呀……」

二人一起安心的鬆了口氣，在灰色遺骸的安全地帶上一屁股坐下。

今天的迷宮格外複雜，出乎意料之外耗費不少時間，結果直到最後一刻才滑進好不容易找到的安全地帶當中。

不論如何安全是成功確保了。二人休息過一陣子後就立刻開始準備晚餐。

今天的菜色是「鎧蟲」蛋包飯，和使用「富良野樹芽」製作的山菜天婦羅。甜點則是「迷無花果」的果凍。

首先從具有堅硬外殼的「鎧蟲」蛹中取出內容物。雖然這麼說聽起來感覺有些獵奇，不過實際上超級簡單。只要將蛹在鍋邊敲打二、三下外殼就會裂開，黏糊糊的內容物就會流出來。一開始奧拉也很驚訝，覺得這簡直就像是在打蛋。根據少年所發表的深奧知識，處於變態過程當中的蛹大致上內容物都是液態化的，實際狀態確實跟蛋很相似。而且，這個界相的昆蟲都是攝食營養豐富的植物成長，牠們的蛹必然也是營養滿分。不僅外觀像蛋，其味道和營養價值甚至遠勝於地上的雞蛋，用這蛹所製作出來的「蛋」包飯簡直是入口即化的美味。在添加用「棘紅茄」果實加工製成的果醬之後，這一道餐點即使端到高級西餐廳也不會讓人有話講。

而下一道餐點是採用名為「富良野樹」的新樹芽下去油炸的天婦羅料理。油是以「富良野樹」的果實提煉而成，麵衣是用磨碎的「雛蒼耳草」製成，蛋黃則用剛才的「鎧蟲」代替。這道全部使用大自然素材烹調而成的天婦羅，只要咬下一口就有清新的春之味滲出。順帶一提，天婦羅的沾醬是用「迷宮土貝」的干貝熬製的高湯，不過少年只講了一句「行家都用鹽」就堅持不肯用沾醬，看樣子他是有一些奇怪的原則。

最後一道點心是甜蜜的「迷無花果」果凍。「鎧蟲」在這道餐點當中也能派上用場，不過這回使用的是原本不需要的外殼部分。由於「鎧蟲」的外殼含有豐富明膠，因此先用鍋子將明膠熬煮出來之後把雜質全數去除，再將「迷無花果」的果肉和果汁投入鍋中，接著用冷水冰鎮一段時間之後，一道口味當然好，從滑順的口感到華麗的外觀等各方面都是頂級的點心就完成了，真的是到了覺得吃下去都很可惜的地步……不過她當然是一口不剩都嗑光了。

奧拉認為這裡雖然是難攻不落的恐怖樹海，不過其中的食材每一樣都是非常美味且營養豐富，這點還是可以正面評價的。

就在她正滿足口腹之慾的時候。

「對了，奧拉，這個給妳。」

一封信突然交到了她手上。

「這個、是什麼呢？」

「用來代替車票的東西。調查地質中的弗羅文隊就在這一帶。明天應該就可以碰到了，我打算在那裡把妳交給他們。」

「咦……？等一下，你在說什麼……」

「啊啊，妳不用擔心。那裡的隊長很會照顧人，只要商量一下，對方應該會願意帶妳一個人回去。因為弗羅文隊應該會回第三門之城，所以妳到了以後就去城裡的墨丘利商會分部。只要把這封信交給他們，對方應該就會幫妳辦好回利伯塔斯的手續了。」

少年快速說明。然而，奧拉不是因為擔心才反問的。

「等、等一下，怎麼這麼突然……！」

「不算突然吧。我一開始就應該說過要送妳回去，因為這個方法好像最好，所以就這麼定了。」

少年只是淡淡的如此告知。

這種事她也知道。可是，她從來就沒想過少年會這麼急。突然就把自己推開，不是很過分嗎。

然而，責備少年的她在內心深處其實是理解的。他有留餘地給自己，也給了自己充分的時間。即使這樣，到頭來自己還是想不出阻止他的方法。這在某種意義上也是理所當然的。少年在這裡是為了實現已故同伴的夢想，也有捨命的覺悟。身為局外人的自己要如何阻止他這麼做？畢竟不過就是讓對方救過一次的關係而已呀。

結局很簡單——她不過就是失敗了。

「好啦，妳要好好收起來啊。」

「可、可是，我、還是……」

面對這封急著交給自己的信，奧拉以顫抖的聲調表達抗拒。她很清楚這麼做是沒用的。不過，她覺得如果收下這封信，一切就真的結束了。

「我、還是、想跟你……」

「喂奧拉，妳也差不多——」

正當尤里加重語氣的時候。

一陣突如其來的爆炸聲打斷了少年的話語。同時，一道紅色的煙霧在夜空中大肆擴散。

求救信號——而且就在附近。

這一瞬間，少年的眼神變了。

「妳待在這裡！」

尤里一面叫喊一面奔跑而去，他的眼瞳燃燒著鮮紅的意志。

只要有人出聲求救，無論何時何種狀況都會一定趕到——這已經是刻進本能的救援者使命感……只不過，這也正是奧拉所恐懼的。

「我、我也要去……！」

她到這裡來就是為了要阻止少年亂來，不可能獨自留在安全地帶。奧拉連忙緊追在少年後方。雖然四周是錯綜複雜的迷宮，不過只要沒有看漏他的背影反而不會走錯路。如今的她拋下一切並將全部精神集中在腳上。

在她這麼跟了十幾分鐘之後，少年原本向前的腳步停了下來……然而，等在那裡的人——並非虛弱的求助者。

「——唷尤里，又見面了啊!!」

森林深處傳來一道聲音，同時現身的是奧拉曾經見過的那名身懷巨大斧頭的女子——

「妳是……卡納莉亞……!?」

「哎呀，你好厲害啊真的，我好佩服！連在這座大迷宮都不會迷路還過來救援，這不就是救援者的模範嘛！」

突然登場的卡納莉亞不斷鼓掌。

不過，少年的表情卻沒有一絲笑容。

「為什麼妳會在這裡？你們是跑第一的，正常來說，現在應該已經抵達二層中間才對。」

「啊啊，你問這個啊？那裡我們已經去過了。都到二層盡頭了。」

「什麼！」

對方乾脆的回答讓少年難掩驚訝神色。對他而言，這樣的攻略速度也是出乎意料之外的吧。

「可是不行啊。雖然事前聽說過，但『三層之壁』上面沒有洞，所以就回來了。當然了，尤里，我是回來找你的！不過話說回來，在這片樹海裡還滿不好找的，於是我就想到了——既然你是救援者，我只要發出求救信號，你不就會來找我了嗎！」

卡納莉亞用手指彈出響聲並說：「這點子很好吧!?」少年則是繃著一張臉，先對奧拉悄聲說：

「……奧拉，準備好逃跑。」

接下來尤里就一直正面看著卡納莉亞，說：

「我說、妳知道嗎？偽裝求救是違反冒險者規則的。」

「哈哈，你真愛計較啊，我作為冒險者還是個新手，所以那些細節規則之類的，我都不知道嘍~只要結果好過程怎麼樣都無所謂吧？」

把責備當作耳邊風的卡納莉亞，先是說了句「比起那種事啊」——接著就跟談論明日天氣一般自然的——說出下一句話：

「——『葉卡報告』，可以交給我嗎？」

當這個詞彙從她口中說出之後零點一秒，二個圓筒就從尤里懷中掉在地面上。剎那間，圓筒炸裂，大量白煙隨即從筒內噴湧而出。

到底發生什麼——奧拉還沒來得及困惑，少年就抓住她的手：

「跑!!」

少年當場飛奔而出，應該是沒有說明情況的餘裕了。而且，他的速度可說是比以往還飛快。奧拉就這麼被抓住手腕跟著在樹海中狂奔，有好幾次都差點要摔倒。少年那反常的粗暴程度，可說是最直白的訴說狀況有多窘迫。

正當他們就這麼樹海中不停奔跑之際，周圍出現了異樣的變化。原本青翠的樹木開始枯萎，同時新芽也從地面冒出頭來——沒錯，破壞與再生的「黎迴期」來臨了。

樹木不斷崩塌，危險樹種突然現身，原本還稱得上是道路的地貌已不存在。如今整片樹海都是致命的陷阱，只要走錯一步就會被竄高的「大迷樹」夾擠化為一團肉塊。進退皆不得，這正是號稱迷界最難關的樹海真面目。

少年在穿越這座地獄的過程中，速度並未減緩。這是無數次只要走偏一步、只要慢上一秒就很可能必死無疑的瞬間之連續。他憑藉不以為意的精神力，以及連續在千鈞一髮之際選到正確選項的判斷力，感知、思考、判斷、執行——反覆進行求生存的過程，以穿針引線般的精密度掌握唯一的正確路線。雖然也可以稱得上是奇蹟，但這實在太像是活人在泥濘中的求生掙扎。

不知道到底就這麼跑了多久，就在奧拉連自己對時間的感覺都失去的時候，眼前出現了灰色的沙地。

那是一處僅有半坪大小的安全地帶。不過，這對二人而言卻是比百億黃金更加渴望的事物。——他們一滑進灰骨之空地，「大迷樹」的高牆就迅速在二人背後聳立上去。

「——呼、呼、呼……」

「——趕、趕上了嗎……」

二人總算抵達安全地帶，不約而同的癱坐下來。

心臟跳動到幾乎快要爆裂，肺部灼熱到彷彿快要燒盡，依然沒有心情去感覺活著。

不過，得救了。

二人不分先後對彼此微笑。

「不好意思啦，奧拉，總之在這裡就——」

就在這個時候。

「——咻~你果然很快耶。帶個累贅還可以這麼靈活行動的傢伙可不多見哦。」

背後響起輕快的聲音。

二人隨即回頭，看到卡納莉亞就站在那裡，一派輕鬆，連氣都不喘，以一副理所當然的表情看著他們。明明拚死逃命成那樣，她卻毫不痛苦的追上來了。

只不過——

「不過很可惜，就差一步而已呢。」

笑著說出這句話的卡納莉亞，正站在「大迷樹」之壁的另一側。只要再一步、再多個幾秒鐘，她應該就會在二人這一邊了吧。然而即使這樣，樹壁已經堅定的將她阻擋下來了。

——二人勉強算是受到迷宮的庇護了。

「話說你們不會很過分嗎？連話都不聽就逃跑了耶。」

透過空隙窺探這裡的卡納莉亞笑著聳肩這麼說。

雖然這個抱怨在某些情況下是很有道理……不過尤里用鼻子哼了一聲要她別開玩笑：

「少裝了。都散發出那麼濃的殺意還好意思說。」

「哈哈，要謝我就不用啦。畢竟先前聽了你的優美演奏，就當作是回禮吧。」

卡納莉亞胡亂回答了幾句，又以一副無所謂的神態改變了話題：

「算了，那些事情都無所謂啦。重要的是，打個商量吧，尤里。你把『葉卡報告』……那份『原件』交給我吧。」

「妳不是不需要那東西嗎？」

「是啊，那個時候是不需要。不過現在我想要了。這有什麼好奇怪的嗎？」

卡納莉亞毫無愧色的如此回答。就算罵她只顧自己或是粗暴無理，似乎都沒有意義。

「……妳說打個商量對不對？如果我交給妳的話，妳會給我什麼？」

「我就不會殺你。怎麼樣？這交易不錯吧？」

卡納莉亞毫無愧疚，理直氣壯的明說了。

我不會殺你所以把我要的東西交出來，這根本談不上是商量，就是在搶劫。然而卡納莉亞的臉上看不到任何一絲罪惡感——她是真心認為這樣商量很公平，對奧拉而言這比什麼都可怕。

「我說尤里啊，你的事情我很瞭解哦。我從科蒙茲的諜報部聽說不少事。你是為了實現已故同伴的夢想而來，沒錯吧？這樣的話，你就更應該把東西交給我才對。這樣一來我就會確實攻略這裡，也可以幫你實現夢想哦？」

「很遺憾我拒絕，妳不是冒險者。」

「要這麼說的話尤里，你也是一樣吧？」

「這個嘛，確實是這樣啦。」

尤里說完這句話之後聳了聳肩……並堅定的搖了搖頭。

「不好意思，這個條件我不接受。不過，我有另一個提案。基於一些理由我不能把原件交給妳，不過如果是情報的話，我可以全部提供給妳們。所以相對的……妳要從部隊裡抽一部分人護送奧拉到地上去。一切都跟這傢伙沒關係。」

「什、尤、尤里?!你在說什麼……」

奧拉想要中途打岔，不過尤里沒理會她，繼續說了下去。

「怎麼樣，這條件不壞吧？」

不惜把重要情報交給對手，也要換取自己的安全；這種事情她從未這麼拜託過。奧拉想要衝上前去找少年理論……不過，卡納莉亞先一步打斷了談話：

「喂，喂喂喂，等一下，你是怎麼搞的啊尤里!?你的耳朵是壞掉了嗎!?」

卡納莉亞不知為何露出一副擔心的表情，接著便像在勸小孩一般慢慢重說了一遍：

「如果你沒聽到的話我就再說一遍哦。你聽好，我是這麼說的：『把原件交出來我就不會殺你』，我沒有提到那邊的小妹妹，而且這個世界上也沒有什麼『另一個提案』。因為，我就是這麼說了。」

在這段話中，她對自己話語的絕對性完全沒有一絲疑慮。面對不自覺啞口無言的少年，卡納莉亞拋出了最後的選項：

「我說尤里啊，事情很簡單，連三歲小孩都辦得到，『YES』還是『NO』——好啦，選哪邊？三秒鐘給我決定好。」

「喂，等一下，我們再談談……」

「——3——」

「聽我說！只要妳保證奧拉的人身安全……」

「——2——」

「卡納莉亞!!」

「——1——」

在根本就不能給出答案的情況下時間就到了——對她而言，這就是最好的答案。

「呵呵，呵呵呵……OKOK，我~十分明白啦。這樣一來，談判就順利破裂啦！也就是說……現在開始就是戰爭了！」

卡納莉亞的微笑反映她內心的歡喜。那是美得令人膽寒，卻天真無邪到極限，如同幼小女孩一般的笑容。

「不需要麻煩的規則！有想要的東西就去搶奪，有想守護的東西就去守護！咱們就互相照自己喜歡的去做吧！這才叫『公平』對不對!?」

卡納莉亞先以高昂的聲調如此叫喊，隨即轉變態度，以哀求的語氣低聲說：

「所以啊，尤里……我說你，可要認真努力點啊？賭上你的命，任何時候都不要鬆懈，思考、掙扎、畏懼，用你的身心靈全力抵抗啊。好嗎，拜託你嘍尤里？因為不這樣的話……我就沒有征服的樂趣了嘛。」

看著如此懇求的這個女人，奧拉總算理解了。談判並不是破裂，打從一開始就連對話都談不上。因為不論談判還是對話都是人類之間的交流。這個女人想必……不是人類了。

「哈哈哈哈，那麼下次見啦，尤里！」

卡納莉亞留下快活的笑聲，便踩著愉快的步伐消失在迷宮深處。

奧拉在對方離開的同時也長長的舒了口氣。看來自己好像下意識停止呼吸了。剛才的氣氛就跟自己在最後營地時所感受到的那股殺伐之氣很像……不對，還遠在那之上。如此壓倒性的威脅感竟是卡納莉亞單獨一人散發出來的。對方簡直就是行走的戰場，實在難以探知底細。

「……抱、抱歉，尤里……」

在卡納莉亞的氣息消失後，奧拉戰戰兢兢的對少年出聲了。

原本一直閉眼沉默的少年，低聲道歉。

「……對不起，是我預測失誤。雖然我早有覺悟總有一天會被她盯上……不過沒想到會這麼快……」

奧拉一直以為，敵人只有巴倫茨隊而已。然而這是賭上誰能攻略「克雷提西亞」所展開的爭奪戰。敵方部隊確實不限於一支。

「總之，現在要盡量和那些傢伙拉開距離。巴倫茨隊也一直在追過來。雖然要稍微加快腳步……不過請忍耐。」

少年以憔悴的神情如此告知，而奧拉只能點頭附和。她要不要回去的話題，如今已經不知所終了。

於是他們的逃亡之路開始了。然而這段路程的艱險程度卻遠超想像。

首先最大的威脅就是卡拉米提隊的熟練行動。原本是那麼輕易就甩掉巴倫茨隊的少年，這回卻怎麼樣都沒辦法拉開距離。即使以奧拉的眼光來看，二支部隊在追蹤能力上也有很顯著的差距。面對逃跑的二人，卡拉米提隊將隊伍分為四個分隊，以半圓形的寬鬆包圍網確實封鎖退路並緊逼而來。其高度統合的行動模式簡直就像一支正規軍隊。而且，隊伍每一個人的素質都有極高的水準，並以最精確的步調協同行動。這支部隊如實反應科蒙茲這個國家的絕大國力。

而另一個問題則在於迷宮本身。由於通往返回門的道路遭到封鎖，二人必然會被驅趕到二層深處，而樹海的危險程度也跟著增加，宛如阻攔二人去路的卡拉米提隊第五分隊。若是在逃跑時疏於防備的話，恐怕還不需要卡納莉亞出手就會先被森林輕易殺掉吧。

而在最後……從某種意義來說也是最難以忍受的，就是卡拉米提隊哼唱的「歌」。

科蒙茲合眾國國歌「麥克赫利要塞之星」——他們無時無刻不斷歌唱著這首讚頌戰爭與勝利的歌曲。不分清晨、白天、夜晚，就連在短暫休息時，四個分隊當中總有一個在合唱國歌。當然，如果用理性思考的話就知道，這不過是讓對手得知自己所在地點的愚蠢行為。不過，這麼做的效果卻超乎想像地巨大。

敵軍之歌大聲作響，不論是否回應都會刺激神經，令人意識到利刃正逼近自己的喉管。而且，自己是被迫不分晝夜不斷聽著那首歌。歌聲很快就會烙印在鼓膜上，在腦海中層層迴響。大半思考都會逐漸被歌聲支配，最後連夢境都會被歌侵蝕；再加上無法擺脫的焦躁感，讓那首歌遠比現實的鉛彈更加逼使二人走投無路。

要逃到哪個地方才能夠得救？

要忍耐到什麼時候才會結束？

這趟連終點都不知位於何處的逃亡之路，毫不留情的消磨著二人的身心。

沒錯，他們還沒有正面交鋒。不過戰鬥毫無疑問已經開始了。這是一場冰冷，寂靜，消磨心靈的戰鬥……而且其戰況，也未免太過絕望。

從他們開始逃走起算已經到了第五天傍晚。那一刻終於來臨了。

奧拉在短暫休息時的小睡中醒來，少年則在她眼前一如往常準備出發。他背對著奧拉默默整理道具。

正當她想要對他的背影出聲說話的時候，少年先開口了。

「……抱歉把妳捲入這種事。」

「咦……怎、怎麼了嗎，突然說這個……？」

聽到少年鄭重其事的語調，奧拉感到一陣令人討厭的不安。

少年彷彿印證了她的預感，繼續淡淡的說下去：

「我已經想盡了各種逃跑的辦法，不過果然還是不行的樣子。」

「請、請等一下，這種事……」

「卡拉米提隊太強了。那些傢伙，原本都是在獨立戰爭時代就享譽盛名的士兵。以戰鬥能力來說，隨便哪個地方的冒險隊根本不可能跟他們比。再繼續這麼逃下去，不管怎麼掙扎都是沒有用的。」

「請等一下，不可以放棄呀！」

奧拉試圖死命的激勵少年。

在接連不斷的恐怖追擊下，他的心終於被擊垮了嗎？

——然而，她的不安在某種意義上是對的，而在另外一種意義上則是錯的。

「不，已經不行了。抱歉，一切都是因為我能力不足造成的。……其實，我是不想使用這種手段的……」

「咦……？」

他還有別的手段？可是這樣的話，剛才他所說的又到底是什麼意思？如果不是放棄生存，那他放棄的是——？

就在奧拉懷著如此疑問的時候，她透過少年背後看到了。他正在整理的道具，並不是平常的繩索或衣物。

——槍械、短刀、煙幕彈、地雷、毒藥、手榴彈、鋼絲，還有其他各式物品……並排在少年眼前的，是散發昏暗光芒的無數暗器。即使是奧拉這個外行人也明白，這些不像是少年會用的物品，毫無疑問是為了單一目的而製造的——對人專用武器。

可能是察覺到奧拉看這些武裝的視線了吧，少年將它們收藏起來，隨即以比平時還陰沉的聲調這麼說：

「跟我來，出發了。」

——……

——……

在那之後大約過了二小時。

尤里在樹海中快步前進。

「抱歉，尤里，從剛才就想問我們到底是要走去哪裡……？總覺得這個方向，好像是往回走……」

跟在後頭的少女以擔心的語氣詢問。於是，尤里照實點頭說：

「啊啊，妳很清楚嘛。這一帶就是我們昨天走過的地方。」

「果然！但是往回走不是不太好嗎！我們得趕快逃呀……等一下，該不會，這裡的包圍網有漏洞之類的……！」

她似乎自己滿懷期待起來，不過當然不會有那種事。

「剛才我也說過啦，要從那些傢伙手上逃脫是不可能的。」

在這個存在無數叉路的迷宮裡，追蹤本來是相當困難的行為。然而，對手可是大國科蒙茲合眾國自豪的最強部隊。他們預測了所有的逃跑路線並穩紮穩打的逼近當中。即使是一隻老鼠也沒辦法從他們完美的包圍網中逃出去吧。

沒錯，所以……。

「既然逃不出去，那麼該做的只有一件事——由我們主動反擊。」

「咦咦!?等、等一下！這不就是你剛才說過作不到的事嘛！你都說對方每個人都強到亂七八糟的了！」

「啊啊，妳沒說錯。就算是非戰鬥員的醫療班成員，一對一單挑不用三分鐘就能殺了我。

卡拉米提隊的那些傢伙就是一群怪物。」

「那麼，你要怎麼反擊……？」

「這個嘛……就是用這玩意嘍。」

尤里終於停下腳步，指著位於狹窄死路盡頭的「某樣東西」。

在這個瞬間，他背後的少女驚嘆得發出「哇」的叫聲。

「這個是……好大的弓!?」

讓少女驚訝的這東西是一架木造的弩。而且，還相當巨大，弓長接近三公尺。這是一座被稱為「床弩」的固定式弩弓，已在弦上的弩箭甚至比成年人的手臂還粗。這東西在地上的戰爭中並非對人用，而是拿來當攻城用的武器。

「就算覺得稀奇也別碰啊。我在箭頭上塗了一點毒藥，只要有擦傷就會麻痺一整天動彈不得喔。」

少年如此忠告，奧拉則急忙將手縮回去。

「話說回來，這東西你是什麼時候造出來的？」

「昨天一大早的時候啊，又不是什麼很難的作業。」

雖然「攻城戰用的巨大弩弓」聽起來很誇張，但它的結構本身非常簡單，只需要製造弦、弩身、框架、箭，四樣而已，材料都能從樹海的樹木中獲取。實際上，這種武器早在一千多年前就已經於地上被發明出來了，因為很原始，製作起來也很容易。

只不過，這樣的簡易性換來的就是它能做的事很少，別說沒有連射設備跟移動用車輪了，就連最重要的裝填設備都欠缺。畢竟，為大型床弩搭上弩箭本來就是需要好幾個人去做的大工程。在只有尤里和奧拉二人的現狀下，就算安裝了裝填設備也沒意義。

因此，尤里借用了大自然的力量。他利用「大迷樹」生長時產生的龐大力量作為拉動弩弦的裝置，藉此安裝弩箭。

「我要用這玩意狙擊卡納莉亞。這樣一來就沒必要正面交鋒了，只要成功斬首，接下來就總是有辦法。」

從這座大型床弩射出的弩箭速度大約為時速250公里，威力堪比大砲，箭頭還塗上特殊的毒藥，正是連預測或反應都不可能的必殺一箭。即使是卡納莉亞也抵擋不住。

不過，事情沒有那麼簡單。

「可是，這東西沒有辦法移動吧……？你怎麼知道卡拉米提隊會經過對面的道路呢？」

弩的瞄準位置是距離這裡大約150公尺左右的另一條通道。雖然射線會穿過「大迷樹」之壁的細小空隙，不過說到底那條通道也只是數千條叉路之一而已。如果卡納莉亞沒有走過那裡，這東西就真的變成字面意義上的「無用之物」了。

不過即使如此，尤里還是明確斷言：「沒問題」。

「那傢伙十之八九會走那條路。畢竟，卡拉米提隊很優秀啊。他們知道要逼我走投無路，走那條路線是最好的。」

蹤跡探查能力、路線選擇精確度、障礙突破速度……卡拉米提隊具有這些能在任何情境下執行最佳解方的能力，因此他們絕不會出錯。他們應該會準確追蹤尤里遺留的蹤跡，並選擇最適合追蹤的道路。畢竟身為絕對強者的他們也沒必要為了採取警戒行動而繞遠路，作夢也不會想到前方會有致命的陷阱在等待。

沒錯，尤里一直虎視眈眈的看準這個機會。在這齣幾天來宛如地獄的逃亡戲劇當中，他假扮成一個逃到不知所措的無害獵物……實際上，則是在等待那個必勝的唯一絕佳時機到來的瞬間。而那個瞬間就是——現在。

「為了結束這場愚蠢的戰爭遊戲，我要殺了那傢伙……！」

尤里刻意說出明確的殺意。不用說，他是一名救援者。不管對方是什麼樣的人，他都會極力不去傷害，這毫無疑問是他的真心……不過另外一方面，他也不想裝出聖人君子的模樣。尤里沒有濫好人到會把生命獻給要來殺害自己的敵人，如果擊退敵人的方法只有殺害的話，他會毫不猶豫的下手。不論對手是自然、動物、還是人類，他都會為了生存而做必要的事，就只是這樣。尤其這次的對手是近身戰最強的女人，如果用不殺的念頭去挑戰才是真正的無禮。

「從現在開始一個小時……我會在那裡賭上一切，請妳絕對不要出聲。」

尤里說完這句話，便坐在固定於「大迷樹」樹幹上的弩旁邊。他採取了一個讓全身都不會有負擔的輕鬆姿勢，將事先把雙筒望遠鏡拆解後製作出來的模擬狙擊鏡拿出來備用，只要用藤蔓和針線加以固定就完成準備了。他的觀測地點位於狙擊鏡的準星前面四公尺處。考慮到狙擊地點的距離以及弩箭的飛行速度，只要在看到卡納莉亞出現於那裡的瞬間射出弩箭，就一定可以貫穿她。計算是完美的。

不過反過來說，也代表從觀測到發射的過程只要差個零點幾秒就會失敗。這座臨時搭建的床弩並沒有第二箭，而且說到底，一切在被她發覺的時候也就結束了。假如這一箭射偏了，當下尤里就輸了。

但正因為如此，他才賭上一切。

尤里靜靜地閉上眼睛，開始深深地大口呼吸。用整整一分鐘吸氣，再用整整一分鐘呼氣。他運用這種特有的呼吸法切換自己內在的開關。

弩的發射設備非常簡單。先用一根藤蔓將拉到極限的弩弦撐住，只要用刀子將藤蔓切斷就能發射，是一種原始的構造。因此尤里需要的，只有用來切斷藤蔓的右手，以及用來確認目標的右眼。除此以外的意識全數隔絕。沒錯，他該做的事情已經決定了。在右眼看到的瞬間，就動右手——除此之外都不需要。尤里在自己體內建構反射神經迴路。

就像是遇到閃耀的光芒會眨眼一樣。

就像是花朵一沐浴晨光就會綻放一樣。

就像是小鹿剛生下來就會發出啼叫一樣。

在這套生來就組織於肉體的系統當中，再刻寫一段條文：以右眼看、用右手斷。在極度集中到最後甚至連思考都加以隔絕，讓全身化為一道迴路的少年，簡直就像是一尊雕像。

什麼都不思考、什麼都不感覺，在既定的「那一刻」到來以前，這臺活體機器就只有呼吸的動作。現在的他，就算心臟被刀子刺穿也不會有一絲動搖吧。

當然，集中力並非無限的資源。要維持這種狀態，頂多一小時就到極限了。然而少年甚至截斷了「假如對方沒有來」的不安感受。既然骰子已經擲出，他能做的就只有等待而已。

就這樣在四十三分十七秒後——「那一刻」來臨了。

沒有任何預兆，沒有任何徵象，一個人影橫向進入觀測點。在思考那是誰之前，少年的身體就動了。

看即斷——在既定反射神經迴路忠實履行的這一瞬間，尤里恢復了意識。而在他剛覺醒的頭腦當中最先浮現的，是某二個字。

贏了。

在如同走馬燈一般的慢動作影像中，他的眼睛毫無疑問捕捉到卡納莉亞的臉。位置、速度、時機，一切都與計算相符。射出去的弩箭筆直逼近卡納莉亞。這是當然的。因為他就是為了能夠這樣而訂定計劃，進行準備，加以執行的。

……可是，就在那個時候。

在鏡片中看到的卡納莉亞，跟他對上眼了。

「……!?」

不可能——在濃縮為千分之一秒的思考後，少年的理性予以否定。距離有150公尺，還有樹木的屏障。她不可能會察覺到這邊。所以，感覺好像對上眼不過是單純的錯覺。不對，無論如何都無關緊要，畢竟要躲過這支時速250公里的弩箭是不可能的。

沒錯，少年是正確的。正如他的判斷，就事實而言卡納莉亞沒有躲過弩箭。

……只不過，她伸出了手，接著從背後拔出一把戰斧。

在那個瞬間，少年背上竄過一陣難以言喻的惡寒。當然，就算手拿武器狀況也不會改變。

畢竟在弩箭射出去的時間點卡納莉亞就完了，區區一把斧頭又能有什麼用。不過，不知道為什麼，他的腦海中浮現出一幕應該不可能發生卻幾可亂真的景象。——而現實的時間，彷彿就是要重現這幕景象一般開始流動。

這把斧頭拔出來的速度比眨眼還快，並優美的畫出一道弧線。它精準無比地逮住了飛來的弩箭——並爽快俐落的一劈兩斷——簡直就跟打掉煩人的蒼蠅一樣輕易。

「……啥……？」

對方只用了一秒的時間。就這樣，賭上一切的作戰化為烏有。尤里只能呆站在原地不動。剛才那是、怎麼回事？她為什麼會發覺到這裡？為什麼能夠對付那支弩箭？會有行動快到那樣的人類存在嗎？就算她來得及動作好了，為什麼她的手臂扛住了那種質量的弩箭卻沒有碎裂？應該說，如果一般人察覺到的話會想要躲開吧？為什麼有必要刻意正面劈斷？她想表達自己拔斧頭砍比躲開還快嗎？

一切都太不符合常規，完全不知道是怎麼回事。

不過，他在自己頭腦的一角其實已經明白了，一個可以回答一切疑問的簡單解答。

——因為她是卡納莉亞·卡拉米提。

理論、計算、常識，在她面前都只是空談。她就是單純且純粹的強大生物，砥礪到極致的絕對身體能力凌駕一切道理。

卡納莉亞就這麼朝向本來應該無法用肉眼看見的這裡，笑著僅以唇語說：

『找』『到』『你』『了』

「……奧拉，站起來，出發了。」

「咦，尤、尤里……？你說出發，是發生什麼事了……？」

奧拉看不見發生了什麼事，她只是不停眨著眼睛。不過這樣就好，應該說，這反倒是不幸中的大幸。

所以尤里勉力撐穩顫抖的聲調、勉強讓動彈不得的腳站直，極力將翻湧上來的恐懼嗚咽壓抑下去；並這麼告訴她。

「總之要走了。走快一秒也好，走遠一步也行……作戰，失敗了。」

——……

——……

在二層中間．灰骨地帶。

少年一直緊閉雙眼坐在地上。

他那一動也不動的模樣，從旁觀的角度看起來可能像是在打瞌睡。不過，在一旁靜觀的奧拉很清楚，少年的腦中正飛快運轉著思緒。

打倒卡納莉亞的祕招也就是狙擊失敗了，現在得趕緊思考出次佳的對策才行。少年正一個勁的在腦中不斷演算自己想得到的所有可能方案。……然而，從他如同作惡夢一般的表情很容易就看得出來，這項非同小可的思考作業並沒有太好的成效。他構思了如星辰般繁多的作戰計劃，卻也失敗了一樣多的次數。在無止無盡的腦內模擬當中，他到底被卡納莉亞殺死了多少次呢？

在痛苦掙扎的少年身旁，無能為力的奧拉什麼也做不了……就在奧拉低下頭來的時候，她突然想到了一件事。

「啊，對了……！」

在奧拉就這麼離開現場一小時之後。

「——抱歉，尤里。」

「……嗯……？」

奧拉戰戰兢兢的對還在思索中的少年出聲呼喚。不過，她只得到心不在焉的回應。奧拉又一次反覆叫喚。

「我說尤里啊！」

「……嗯～……」

「飯，已經做好了哦！」

「……嗯～……」

奧拉說完便試著搖了搖少年，但還是沒有效果。他的意識應該非常集中吧。

果然現在不行嗎……正當奧拉如此思考的時候，少年忽然抬起頭來：

「……嗯？剛才，妳說什麼？」

「我說，晚飯已經做好了啦！」

奧拉指著營火這麼說。

架在營火上的鍋子裡，正咕嚕咕嚕的烹煮著內有三種幼蟲肉丸的「三色肉丸湯」；每一種肉丸各自攙入不同的香辛料，是這鍋湯的祕藏美味。而在鍋子旁邊不斷冒蒸氣的，是先用高湯汁將保久食糧中的乾肉泡開，再將鎧蟲蛹當代用蛋烹調而成的「炸豬排風仿滑蛋蓋飯」；儘管食材都是仿製品，但味道卻勝過真材實料，就連乏味的乾肉也就這麼瞬間變身為像樣的料理。她也精心準備了「洋風生迷宮土貝片」當配菜，這道餐點只需將土貝肉切片，跟山菜沙拉擺在一起後再拌上富良野樹果油即可，不過料理重點是要先將土貝用酒稍微蒸過，如此一來風味就會變得更好。

以上就是今天的菜單。好像有句俗話說，要先顧腹肚才能再怎麼樣，空腹應該也想不出好點子，所以奧拉才代替已經沒有餘力的少年做了這些菜。

結果，少年在看到這些菜之後，不知道為什麼當場僵住了。

「尤里？喂～尤里～？」

「啊……呃，抱歉，我嚇到了……」

「？有什麼好驚訝的嗎？」

「因為，妳竟然會做飯……」

「有夠沒禮貌！我可是『雙葉亭』的看板娘呀！料理店的學徒怎麼可能不會做飯嘛！」

奧拉忍不住憤慨起來。真是的他到底在說什麼呀。……正當她還在生悶氣的時候，又被少年狠狠反擊了：

「因為……平常都只看到妳懶惰擺爛的模樣。」

「唔！……那、那是因為……這個……沒錯！都是尤里不好！就算我什麼都不做，你也會全部都先準備好！除了懶惰擺爛我也沒有事情可以做嘛！」

「喂，不要把責任推到別人身上啊！說到底，就是因為妳做飯的時候實在太慘烈，我才會下去做的吧！」

「那、那個時候我剛學做菜，只是有些小失敗而已啦！現在我已經成長了！」

惱羞成怒的奧拉如此反駁，硬是讓少年坐下去，彷彿要他別再擺架子了。

「真是的！總之你就快點吃啦！」

「我、我知道啦……」

於是奧拉半強迫地要少年握住湯匙，少年則戰戰兢兢的將手伸向鍋子。接著他將肉丸一口塞入嘴裡，突然就跟結凍一般僵住了。

糟糕，是烹調方法錯了嗎？奧拉真的不安起來了。……結果，還僵著不動的少年這麼低聲說：

「……好吃。」

「真、真的嗎!?」

奧拉不禁歡欣鼓舞，不過她很快就扭扭捏捏的補充說明：

「……這個嘛，因為這口味是尤里教的，所以當然好吃啦，嘿嘿嘿。」

「不對，這個跟我的不一樣。就算是我做的也不會變成這樣。」

「唔！這個嘛，多少是有可能會遜了一點點啦……」

奧拉有自覺，要超過少年還早得很。……不過，少年似乎不是那個意思。

「……不對，這個是妳的口味。比我做的好吃多了，真的。」

少年一反常態的坦率說出這句話，同時拿著湯匙專心開吃。平常不管什麼料理都會把最美味的部分讓給別人吃的少年，正以一副目中無人的神態默默進食。

原來他的肚子已經餓成那樣了嗎？奧拉微笑著在一旁靜觀。

當少年就這麼吃得乾乾淨淨之後，終於將湯匙放下來了。

「呼……我吃飽了。」

「嘿嘿嘿，粗茶淡飯不成敬意！」

能夠讓他吃得那麼專心，這頓飯也做得有價值了。奧拉微笑著收拾碗盤。

「不過話說回來，我非常驚訝，沒想到妳的手藝進步了這麼多，看來的確是有好好成長了啊。」

「這是當然的啦，畢竟我還在活潑發育呢！之後還會更加成長的哦！我已經跟艾伊達約好了，等這次遠征結束以後要請人家教我祕傳的湯品食譜！」

「遠征……結束之後……」

少年不知道為什麼反覆吟味著這段話。

「這樣啊……說得也是呢。那麼，妳就得要平安回去才行啊。」

「就是說呀！我會讓手藝變得越來越好，做出比現在更好吃的料理給尤里吃的！所以，你要打起精神來喔！」

在奧拉鼓勵過後，少年呵呵一笑……接著忽然低下頭去。

「……不好意思啦，奧拉。」

「咦……？」

「早知道一開始跟妳好好講就好了。我不該說假話，這樣一來或許就不會連累到妳了。我老是在犯錯。那時候也是、這次也一樣。」

「你、你怎麼突然說這些？」

他到底要說什麼呢。因為少年低著頭，看不到他的表情。

「呃，就是我終於明白了，那時候隊長的心情。」

「尤、尤里……？」

奧拉並不明白這句話是什麼意思。……然而，她有種非常不好的預感。

只不過，好像是自己杞人憂天了。少年再次抬起頭來，臉上又恢復了一如往常的無畏笑容。

「放心吧，沒問題的。我剛剛已經想到、回去地上的方法了。」

「真、真的嗎!?」

看樣子他終於想到妙計了。果然這個人很厲害。不管陷入多麼困難的處境，都能用智慧和機運加以克服。不論別人怎麼說，對奧拉而言少年就是世界第一的救援者。

© MAI OKUMA

……可是，為什麼呢？他的側臉看起來比平常更加遙遠了。

所以，奧拉忍不住詢問。

「尤里，你這句話的意思是……二個人一起回去、對吧……？」

少年對這個問題沒有任何回答。

「是你也會一起回去的作戰計畫吧？對吧!?」

在奧拉如此強烈逼問下，少年忽然說了一句奇怪的話。

「我說奧拉，妳、可以閉上眼睛嗎？」

「咦？啊、什麼……」

少年突然縮短距離靠近過來，溫柔地觸碰奧拉的肩膀。奧拉不由得向後退去，可是不知何時背後碰上了一棵堅硬的樹，而且少年還是沒有停下來，以彷彿要將奧拉推倒的架勢抓住了她的肩膀，又向前進了一步。

這是什麼？什麼狀況？話說，臉好近……！

因為事態發展太過突然而害羞到不行的奧拉，閉上眼睛想要逃避一切。結果在下一個瞬間，她的手腕出現奇怪的觸感。奧拉猛然睜開雙眼，發現自己的雙臂不知在什麼時候已經被緊緊綁在樹上。

「等、等一下，這……!?」

這到底是怎麼回事？奧拉用力掙扎，不過綁在樹上的繩子完全沒有一點鬆動。少年在確認這件事之後，為了不讓手腕疼痛而在繩子底下墊了一塊薄布，接著就默默轉身離去。

「請等一下！這是怎麼一回事!?你該不會、在想什麼奇怪的事情吧!?喂，尤里，拜託你……！說你要跟我一起回去……!!」

奧拉一面使勁掙扎一面大叫著。

結果，少年停下腳步並回答她：

「先前我是這麼跟妳約定過啊——我不會、再對妳說謊了。」

所以少年並沒有點頭而是轉過頭來。在他臉上浮現的，是一如既往的溫柔微笑。

「這是我的冒險。這種幼稚任性的行動，總不能把妳牽扯進來吧？」

少年只留下這句話，便消失在森林深處。

奧拉朝著他的背影大喊。喊出她能思索到的所有懇求，叫出她可以想到的一切咒罵。

拜託你一定要回來。如果不願意的話，至少……至少也帶我一起走吧。

可是不論她叫喊多少次，少年還是沒有回來。

——……

——……

在四周為寂靜所包圍的森林中，出現一名獨自站立的少年身影。

這名閉上眼睛不斷反覆深呼吸的少年，就只是靜靜等待著什麼。

而這個「什麼」，很快就到來了。

「——唷，捉迷藏玩夠了嗎？」

從森林深處現身的是一名女子——卡納莉亞．卡拉米提。這個令所有人畏懼的女強者正式登場了……然而，少年卻絲毫沒有呈現出動搖的模樣。

「啊啊，是有點累啦。話說妳一個人來嗎？妳的同伴怎麼了？」

「我想要一個人享用主菜啊。再說，這也算是給你的獎勵。畢竟我本來以為會是一場無聊的狩獵，結果卻得到了那樣的驚喜啊。」

卡納莉亞說完這句話便開心的笑了起來。

「剛才那發狙擊，相當不錯哦。沒想到會在這片樹海裡被弩箭打到，就連我也是初體驗呢。」

即使真的差點就遭到殺害，卡納莉亞口中說出來的卻是真誠的讚美。原來對她來說，那種程度的招式根本算不上什麼嗎。

「話說回來，我最驚訝的事情是那支箭頭上的毒，在我們隊上的醫療班可是引發大騷動了呢。毒性強到就算是龍只要稍微擦到一下也會動彈不得的程度……恐怕是『鉤爪螺旋蟲的神經毒素』吧。雖然我不太懂，不過是真的嗎？」

「這也能看得出來，妳的部下果然很優秀啊。」

雖然少年並沒有針對問題回答，不過這句話無疑表達肯定的意思。這讓卡納莉亞發出一聲「哦」並輕輕嘆了口氣：

「也就是說……那件事也是真的嗎。醫療班的人也這麼跟我說，尚未發現在鉤爪螺旋蟲體外維持那種毒性的方法，更不用說能讓這種毒素在塗抹於武器上時依然維持血液滲透性的調劑技術了；假如真的有那種技術，就是源自於那個第八門的『失落知識』了……傳說你是第八門之城的倖存者，看來好像是真的呢。呵呵呵，你是將『所羅門大圖書館』儲存在腦中的最後一位館員……所以才叫『大圖書館的萊因霍爾特』。沒想到那些很像唬爛的流言竟然是真的。」

卡納莉亞一邊笑著，一邊繼續對少年問道：

「可是，正因為這樣我才真的覺得很不可思議。像你這麼聰明的人……為什麼現在會出現在我面前？你應該是刻意不消除蹤跡引誘我過來的吧？難道你想自殺嗎？」

「理由很簡單。我也是男人，有時候也會想堂堂正正一對一決勝負，特別是跟妳這種強大的對手。」

「嗯，這不是很好嗎。男孩子就應該要這樣才行。你就好好努力吧……不過嘛，反正很快就會結束了。」

笑著說出這些話的卡納莉亞臉上盡是從容。那不是驕傲也不是輕忽，雙方在戰力上的差距實在太過絕對，她將這一點認定為理所當然的事實。

不過，這對尤里而言也是一樣的。

「是啊，妳說得沒錯。妳的確很強，就算認真開打我應該也沒勝算吧。所以，請讓我擅自搞一點小動作嘍。」

少年說完，便拔出刀子展現給對方看。

「正如妳所料，我在刀身上塗了鉤爪螺旋蟲的毒。當然，這是給妳專用的特別配方，混合了複數劇毒。簡單講、就是、擦傷，只要有一道——妳就會死。」

尤里明確的如此斷言。

「可別說我卑鄙啊。如果毫無策略就挑戰近身戰最強的妳，這才是對妳的侮辱吧？要有這點小動作才稱得上是公平。就這樣……是妳會把我的心臟打爆，還是我會讓妳得到擦傷，要不要試試看誰先辨得到啊？」

這是一句無聊到不行、很容易看穿的挑釁。不過，卡納莉亞卻高興的笑了。

「那就、一定要打嘍……！」

剎那間，卡納莉亞如子彈一般飛越大地。那脫離常軌的速度，絕非常人能及，快到連原本就有所預料的少年都來不及擺出架勢應戰……不過，就在卡納莉亞極度逼近少年咽喉的時候，某樣東西出現在她的視野中。那是一條架在樹木間且不易為肉眼所辨識的鋼絲——是反過來利用她的速度的卑劣陷阱。

「——不好意思啊，我剛才說要堂堂正正其實是騙妳的。」

選擇這個地方作為決戰之地的是尤里。當然，他不可能只是坐著等待，早已盡數掌握了四周的樹種與地形，並在這一帶的各個地方都設下陷阱。少年很清楚堂堂正正之類的話語並沒有任何意義。

……不過。

「是啊，你不這麼做就不對了嘛。」

從極速狀態瞬間反應，令速度急降至零的卡納莉亞，揮了斧頭一下便將鋼絲輕鬆斬斷。如果這女人會中這種等級的陷阱，也不會有人稱她為最強了。

然而，這也早在尤里的預料中。在鋼絲遭到切斷的瞬間，她的左右二邊發生爆炸，尤里趁爆炸煙霧瀰漫拔槍亂射。他早就知道鋼絲會被識破。因此，那終究只是用來讓她停下腳步的誘餌，真正的武器是透過鋼絲啟動的對人地雷。

當濛濛竄升的爆炸煙霧就這麼飄散之後……卡納莉亞一臉平靜的站在那裡，並以完好無缺的嘴唇笑著說：

「怎麼啦，你看起來好像相當著急啊？」

「唔……！」

就目前的狀況來說，少年很明顯占有地利。而且取得先機也是尤里。對方應該很清楚，這裡就是遍布陷阱的尤里城堡。從戰況來看應該要焦慮的人是卡納莉亞才對，對尤里而言現在的狀況甚至稱得上是狩獵的開端。……儘管如此，卡納莉亞說出來的是完全相反的台詞。這句話乍聽之下會讓人以為她似乎連戰況都沒能理解。不過，只有跟她對峙的尤里明白，她完全說中了。

這個女人，果然不是個只有蠻力的笨蛋。

鋼絲、地雷、火藥……在剛才的一連串攻勢中，少年已經耗掉手上的三張牌。也就是說，這等同於用來護身的鎧甲被剝掉了三層。在不可能徒手跟卡納莉亞對打的情況下，陷阱和工具對少年來說就等同於他所剩的生命。

換句話說，別說卡納莉亞會著急，她甚至沒必要做任何事，只要悠閒的觀望少年自己耗盡心力就好。

「好啦，我就來慢慢享受吧？」

正如卡納莉亞所說，她開始一點一點向少年逼近，以當真在散步的姿態行走在戰場上，同時破壞一個又一個陷阱。雖然尤里考慮到必須要在落入下風前一決勝負而急迫發動攻勢，但她就只是用平常心一一應對。

陷阱的損耗率一轉眼就超過了50％。明明少年占有壓倒性地利還事先設置周全的陷阱，但二人的立場簡直完全顛倒了。

而且狀況還朝著更令人意外的方向發展。

「嗯～……怎麼說～果然很無聊啊。」

當少年在懷疑自己是不是聽到這句喃喃自語時，巨大的戰斧已在下一瞬間發出呼嘯聲逼近他的臉。

「唔!?」

僅僅零點零一秒——尤里真就在千鈞一髮之際閃避了。她在彈掉弩箭時展現過那動作，彷彿連物理法則都完全無視。正因為已經見識過一次，少年才得以在意識的一角保持警戒。假如剛才那招是初次見到的話，想必他會因為無法反應而被對方劈開腦袋吧。

然而，就連這樣的動作對卡納莉亞來說也不過是在布局。

「嗯，視野良好。早知道一開始這麼做就好了吧？」

她投擲出去的斧頭，將中途遭遇的陷阱與樹木連根剷掉。斧頭劃過的軌跡就這麼成了一條道路。

而卡納莉亞則走過這條道路逼近少年。護身的陷阱已經沒了，少年在姿勢失去平衡後也沒辦法逃脫……但是，這樣就好。少年一動不動的握著刀子。只不過，他的姿勢並不尋常。他將全身縮成一團以保護要害，只讓刀子向前突出。這姿勢簡直就像是一隻受驚的刺蝟一樣，非常難看。不過外表之類都無所謂，在他持有一觸即死的毒針的情況下，這個姿勢就是最佳解……然而，這對卡納莉亞來說根本無關緊要。她繼續以突擊前進的姿態順勢踢出一腳，穿過防禦擊中少年的側腰。少年連反應的機會都沒有就吃下這一擊，隨即響起一陣不祥的肋骨斷裂聲，他的呼吸也在衝擊之下停止。更糟的是，這還不算完。卡納莉亞踢完之後直接用腳將少年舉上來，再以單腳將他的身體扔出去。少年就跟紙屑一樣被扔到空中，甚至還來不及採取緩衝姿勢就撞在樹上

——在那個瞬間，少年的右手臂受到劇烈的衝擊而往奇怪的方向扭曲。

「哎~呀，結束了啊。」

卡納莉亞露出同情的笑容，同時對倒在地面的尤里發動追擊。

憑那條手臂，恐怕連他所仰賴的刀子都揮不動了。

然而就在她將要把倒地少年的頸子踩斷時，少年的左手虛弱的張開，從那裡滾落下來的，是已經拔掉插銷的手榴彈——至少也要帶我上路，是這意思嗎？卡納莉亞在看到這顆手榴彈的瞬間，迅速原地轉身；她還沒有濫好人到會主動參與最後自爆的地步。……不過，本來應該要有的爆炸卻遲遲沒有發生。

未爆彈？——不對，說穿了打從一開始就沒有裝火藥。

「嘿嘿……就算是這種小道具，也能意外派上用場對吧……？」

尤里趁此機會起身站立，搗住扭曲的右手肘，接著似乎使勁用力一推……。

「唔……好痛好痛，不管弄多少次都沒辦法習慣啊，這個。」

少年因疼痛而皺著眉頭。可是，原本以為已經折斷的右手臂卻漂亮的回復原狀——他在衝撞的瞬間刻意放鬆力量，利用衝擊使關節脫臼以避免骨折。

「哈哈哈，你利用我的力量讓關節脫臼啦？還有那些肋骨，你是故意調整到容易斷裂的受力角度以免傷及內臟吧？我說你，其實還滿習慣跟高手對決的嘛？」

「這個嘛算是吧。如妳所見我完全就是個小卒，而很不幸這個世界上都只有強者啊。」

「這麼說來……我還可以再玩一陣子嘍？」

於是戰端再度開啟。當然戰力差距並沒有變，不過，這回卻令人意外的拖泥帶水。

無法分出勝負的原因，在於少年徹底採取被動反擊戰術。當然，本來的話不管少年防守有多緊，她都很容易一擊就把對方給殺了，畢竟一路走來這種專門伺機反擊的傢伙已經看太多了。只要將實力差距展現出來，大家也都不會再妄想要毫髮無傷取勝。「自損皮肉以斷敵筋骨」，再笨的人都會有這種想法。卡納莉亞則會把這些傢伙連肉帶骨一劈兩斷。

然而，這個少年跟那些人特別不一樣。他的目標就只是一道擦傷，為此他連肉帶骨都願意奉獻出來。他是很認真的在執行「自損筋骨以傷敵皮膚」的愚蠢作戰。

啊啊，真的是有夠難搞。不過……。

「那又能怎麼樣呢？」

卡納莉亞有些錯愕的笑了

這種被動反擊戰術的應對方式，簡單講也就跟對付剛才的陷阱一樣，只要不去硬挑心臟攻擊就好。手臂、腿腳、腹部……除了要害以外多得是可以下手的地方。正因為少年不可能應付這麼多部位，他才只能採用這種戰法。這樣的話自己只需要老老實實對這些部位下手就好了。

這一點一旦被看穿，情勢就發展成一面倒，已經談不上是戰鬥了。卡納莉亞一心一意猛攻已經蜷縮成烏龜模樣的少年。即使少年能防住致命傷，他也根本沒辦法伺機反擊。

然而……。

「——話說回來……我說你，打得還挺不錯啊。」

尤里已經有好幾次遭受沉重打擊而搖搖欲墜，不過他在千鈞一髮之際會踏步站穩，並再一次擺出完全相同的防禦架勢。

尤里並不是笨蛋。他應該早就察覺到卡納莉亞的戰法已經從瞄準要害切換為折磨致死。然而就算這樣，少年還是頑固的將被動反擊的條件僅限於心臟與頭部。他很清楚，假如自己試圖保護這二個部位以外的地方，就會在那個瞬間被奪去性命。

不過到頭來，這也不過是遲早的差別而已。是被一擊斃命，或者是被殘忍的折磨致死。沒錯，不管怎麼樣勝負早已分曉。在武術上二人根本無法相提並論，自己設置的陷阱也已經半毀，捨身反擊同樣被看穿，寄予厚望的毒刀甚至沒辦法劃到對方。少年的策略已經潰敗到一丁點不剩了。

即使如此少年依然死腦筋的維持相同架勢，卡納莉亞則靜靜的走近少年，說：

「喂，已經可以了吧？打夠了吧？」

這段從她口中說出來的話語，無疑是勸告少年該放棄了。即使是事實，在應戰的對手耳中聽起來可能也沒有比這更侮辱人的了……只不過，唯獨這一回不一樣，因為她的話語還有下文：

「所以……差不多該亮出來了吧，你的『王牌』。你是有的吧？」

「……哦，妳覺得我都這個狀態了，還會有那種東西嗎？」

「是啊，不會錯的……那個鉤爪螺旋蟲的毒，用它來對付高手可說是再好不過的殺手鐧。只要偷襲成功，不管是什麼樣的對手都可以用一道擦傷就幹掉。然而，你卻事先秀給我看，而且還故意淺白的秀了二次。這就是我的根據。」

卡納莉亞只是淡淡的如此告知。

「畢竟你不是傻瓜。所以打從一開始你就應該很清楚吧？就算你把鉤爪螺旋蟲的毒隱瞞不講，還是沒辦法在我身上留下『一道擦傷』。儘管這樣，你還是對我發動挑戰，而且刻意將毒秀給我看，讓我有所警戒為你爭取時間。你搞這種動作代表的意義呢，我能想到的也就只有一個啦？——你手上還藏著王牌，同時在找機會公開展示它。」

這句話剛說完，衣衫襤褸的少年先是「哎」出一聲嘆了口氣，接著以疲憊的表情……呵呵一笑。

「什麼嘛，妳已經看穿啦。這樣的話妳要早點講，我也用不著一開始就這麼辛苦了。不過嘛，我要訂正一個地方。我並不是『有』王牌，只是在『等』，等那些傢伙到這裡來。然後呢……讓妳久等啦，現在就是來的時刻。」

正當她還無法判定少年這番話算不算說完的時候，突然察覺到有氣息於四周湧現，而且不止一個，無數的什麼東西正聚集到這個戰場上。

難道是少年的援軍？不對，他沒有同伴，而且說到底……這根本不是人類的氣息。

「——不好意思啊，我剛才說要一對一也是騙妳的。」

「難道說，你……!?」

就在卡納莉亞察覺到來者真面目的時候，那些東西已經出現在樹上了。

如骷髏一般細長銳利的八隻腳，以詭異神態蠕動的左右複眼，會令人聯想到斷頭台鍘刀的殘忍下顎——這些色彩極度鮮豔的怪物名為「迷宰鬼蜘蛛」，體長超過六公尺，是全界相最大型的肉食蜘蛛，也是在澤爾貝奧特死亡之後統治這個界相的最強獵食者。

現在，這群迷牢鬼蜘蛛就跟環繞在餐桌旁邊一樣，齊聚在這裡將二人包圍起來。牠們在進食前夕摩擦鉗子的聲音此起彼落不斷重疊，四周則迴盪著像是骸骨滾動時會發出來的怪聲，令人毛骨悚然。

「原來如此，這裡是牠們的巢穴……你竟然能夠把牠們的蹤跡消除的這麼完美。原來你在被我們追趕的那種狀況下，還是刻意隱藏了實力。」

即使以卡拉米提隊追蹤班的實力都對蹤跡消除技能感到棘手。尤里全力運用這項技術隱藏的，正是這裡為蜘蛛群聚巢穴的蹤跡。不對，他不僅僅只有這麼做而已。不管是事先設置的無數陷阱、還是鉤爪螺旋蟲的劇毒，或者是讓自己被她當沙包打好玩，這一切都不過是為了讓她不去注意蹤跡，以爭取時間的誘餌。

當然，只要待在這裡少年也會死，不過這一點也在他的原本計畫中。沒錯，卡納莉亞這時才明白，少年並不是在賭命，打從一開始他就已經捨命。因此也不能怪卡納莉亞沒有察覺到他的策略，畢竟像這種打從一開始就以確定會死為目標進展局勢的人，她從未遇過。

而這一切，都只是為了達成一個目的。

「我跟妳都要在這裡作個了結。——只有奧拉，我死了也不會把她交給妳。」

這名面對死亡依然微笑的少年，以生命為代價達成了目的。接下來……就任憑大自然處置。尤里在心中向少女道歉，同時靜靜閉上雙眼。

瞬間，這群蜘蛛開始行動。

呈現在牠們複眼中的，是二隻蠢到闖進巢穴裡來的猿猴。而且，這體型大小似乎還滿美味的。在這個大型哺乳類絕跡已久的界相當中，這二隻看起來是多麼高級的美食啊。

因此，迷牢鬼蜘蛛爭先恐後向二人殺來。

卡納莉亞以迎戰牠們的姿態，在發出怒吼的同時也來回揮舞著戰斧。只見她精湛一劈，漂亮的將迷牢鬼蜘蛛的頭一分為二。她真的是近身戰最強的女人，本來需要百人合力才能勉強一戰的怪物，她獨自一人應戰，而且還一擊斃命。——然而，這在大局上並沒有任何意義。

數十隻迷牢鬼蜘蛛，如同海嘯般群集湧來。流著冷血的牠們原本就不存在恐懼或動搖之類的情緒，就算一隻同伴被殺也不會有任何感覺。牠們就只是聚集、貪食而已。在這種絕對的數量暴力面前，人類最強的女人也不過就是一隻獵物。

一隻、兩隻、三隻……卡納莉亞如同獅子一般奮勇進攻，不斷屠殺蜘蛛。然而在第四隻蜘蛛的頭落地時，她的視野有一瞬間被飛濺的鮮血遮擋；就在這一剎那，無數蜘蛛腳當中的一隻腳輕輕擦過了她的身——轉瞬間，卡納莉亞就跟紙屑一樣被擊飛。即使是無敵的卡納莉亞，也無法扭轉物種上的重量差距。

卡納莉亞以驚人的力道撞上了樹。在這樣的衝擊下，她的右手臂往奇怪的方向扭曲。這樣一來，她應該就沒辦法將自豪的戰斧舉起來了吧。

這就是終局。

一直在旁邊靜觀她的最後掙扎的尤里如此堅信。如今她已經失去一隻手臂，就算是卡納莉亞恐怕也撐不了幾秒鐘。

然而，就在這個時候。

「——呵呵呵……原來如此啊，這招確實很方便。」

他隱約聽見了卡納莉亞的低語聲。接著卡納莉亞就重新站起身來，先將已經折斷的右手肘按住之後再輕輕施力；結果，一陣低沉的喀嚓聲響起，她的右手臂漂亮的回復原狀——那技術跟尤里所做的簡直分毫不差，她似乎只看過一次就完美學會了。尤里非常清楚，這背後所代表的領悟力有多可怕。雖然乍看之下會覺得她只是個依賴力量的女人，但那只是因為平常的她還沒有需要去運用技術罷了。她原本也具備與力量同等優異的戰鬥技術。

尤里在理解到這一點之後打了陣冷顫。與亞龍並駕齊驅的壓倒性力量，以及卓越的戰鬥技能。如果是兼具這兩者的她，或許——

少年腦海中浮現出最糟糕的光景。彷彿這幅光景正在描繪呈現，惡夢正發展成現實了。

「哈哈、哈哈哈哈——啊哈哈哈哈哈!!」

卡納莉亞發出令人膽寒的開心笑聲，同時一直線衝進蜘蛛群中。這時候的她沒有什麼策略，有的只是磨練到極致的自身力量與技巧，這其實跟剛才沒有什麼不同。因此，理論上來說她只會重蹈覆轍。

然而，事實並非如此。

每粉碎一顆頭她就變得更強，每砍斷一具軀幹她就變得更快。她的力量與技巧越戰越淋漓盡致。就跟小孩在學習新玩具的玩法一樣，卡納莉亞也在不斷精進殺戮方法。沒錯，她一直在進化。這個界相的物種要花一天時間進行的進化，如今、這個瞬間的她，在每次揮動斧頭的一秒鐘時間裡就進行完成。

局面從這時候開始就一面倒。

統治這個界相的迷牢鬼蜘蛛——是「克雷提西亞」這個地方的生態系頂點。牠們是最強的，這件事可說是界相本身賦予的規則。自頂點下達生態系平衡規範的迷牢鬼蜘蛛，是任何人都不能冒犯的。——這樣的迷牢鬼蜘蛛，卻跟那些小不點的蟲子一樣不斷被殺，如今牠們的數量對她來說已經無法構成任何問題了。

一隻、又一隻，頸部被斬斷、頭被擊碎，軀幹被扯裂、體液慘不忍睹的噴灑、全身都被肢解。那是不該存在於這個界相的光景。尤里只能敬畏、只能啞口無言。

沒錯，如此極度純粹且具壓倒性的狂暴威力，甚至連大自然所制定的生態系法則都能夠破壞。這就是卡納莉亞．卡拉米提這個女人的力量。她的身影，簡直就像是曾經幾近毀滅這個界相的災厄再臨——

如今尤里才終於知道，她被稱為「無法無天」的真正理由。

「妳竟然、做到這種地步……！」

經過了宛如地獄一般的幾分鐘之後。

少年在恢復靜寂的森林中，呆呆的喃喃自語著。在他眼前的是散亂堆積的迷牢鬼蜘蛛屍體，全都已經不成原形。而站在血泊中心的女人，就只是一直在笑著。在她遍染蜘蛛血的身體上，連一絲傷痕都沒有。

沒錯，尤里用身心靈全力投入了這場戰鬥。他從一開始就設計了以自己的死亡為前提的策略，實際上這策略也成功了。然而就算這樣……他還是沒辦法在卡納莉亞身上留下一道擦傷。

「我說尤里，你別怪我哦？」

女人轉身望向跌坐在地上的少年，依舊愉快地笑著說。

於是尤里也回答了。

「是啊。我不怨、也不恨。」

智略也好，計謀也罷，全都遭到粉碎了。就只是因為那份純粹而單純的強力。不過這是理所當然的。強者勝、弱者敗。就跟卡納莉亞一開始說的一樣。「勝者通吃」——這個世界就是這麼成立的。不論何時弱者都會失去一切，這種事情實在理所當然，根本不該有什麼怨言。

不過，如果說、這時候他還懷有什麼情緒的話，那就是——

「只不過……我打從心底，羨慕妳啊。」

「嗯，你這讚美聽起來不錯。」

理解一切都已經結束的少年，依然將刀子拔了出來。

他對峙的災厄呵呵一笑。

下一個瞬間，尤里的世界陷入一片漆黑。

第五章 ——離別有時——

「——可惡！……為什麼解不開……!?」

夜晚時分，在月光照耀的樹海底下，一位少女——奧拉正死命掙扎。

她搏鬥的對象是，將自己的二隻手腕跟樹綁在一起的繩子。這繩子綁上了自己從未見過的複雜繩結，明明不緊也不痛但就是怎麼樣都解不開。奧拉從先前就花了好幾個小時艱苦奮鬥，最後終於當場癱坐下去。

「……到底在做什麼呀，我……」

少女的嘴唇不自覺吐露出軟弱的聲音。

自己一直大言不慚的說要救尤里，甚至不惜偷渡跟過來，在旁邊礙手礙腳到了極點，最後甚至連這種繩子都解不開，就這樣癱坐著。真是的，自己到底在做什麼？沒出息也要有一個限度。不過，比起這種無力感，另外一個疑問更令她煩惱得多。

假設繩子真的解開了……接下來要怎麼辦？

「——這是我的冒險——」

二人分別時，尤里的那句話一直在耳邊迴盪，久久不散。

那無疑是「拒絕」。「妳跟我沒有關係吧」——少年曾這麼說過。他的意思是，自己跟他連共同賭命的緣分都沒有。

不過，這也是理所當然的。

「……我、其實對尤里、一無所知呢……」

在「羅格斯尼亞」共同冒險，回到地上一起生活，然後又這樣一起旅行。儘管時間短暫，但對奧拉來說這段時光是無可替代的……所以，她擅自以為，自己跟他是心意相通的……啊啊，多麼愚蠢的誤會。就連他在這裡失去同伴的事實，都是卡納莉亞說出來之後自己才第一次知道的，怎麼好意思說理解少年所承受的痛苦和悲傷呢？這樣的自己根本沒資格與他共死。

因此，她不禁思考。假設這束縛真的解開了，自己還能再去追他嗎？如果真的為少年著想的話，不是應該要讓他靜一靜嗎？到頭來這一切不都只是自我滿足，只有讓他痛苦而已嗎？迷惑一旦從頭腦中竄出來，其束縛少女四肢的力道甚至比她手腕上的繩子還要緊上好幾倍。

什麼都不知道，什麼都做不了，乾脆自己就這麼在森林底下爛光算了——

——就在這個時候，突然傳來一陣嗚叫聲。

奧拉不自覺抬起頭來，發現那裡不知道什麼時候出現了一頭親鹿。她對那嬌小的身軀和圓滾滾的眼睛有印象。不會錯的，牠是最初遇到的那頭小鹿。

「我們又見面了呢。你也到這裡來了呀。……我說，這繩子，你能幫我解開嗎？」

儘管她主動發聲，但小鹿只是一直歪著頭。牠再怎麼聰明也還是個小孩子，而且不可能聽得懂人話，這是當然的。

「話說回來，你之前也是單獨過來的呢？媽媽怎麼了？跟你走散了？」

即使如此奧拉還是持續出聲。……不過，她也不期待牠會回答就是了。

「還是說，媽媽丟下你走掉了？是的話……就跟我一樣呢。」

奧拉如此低語，並低下頭去：

「……我、好想多知道一點、尤里的事呀……很想請他好好告訴我、更多的事……」

奧拉不自覺吐露了內心的煩悶。而在她再次抬頭的時候，小鹿已經不見了。小孩子就是隨心所欲，陪我這個龜龜毛毛的女人大概也煩了吧。

人家又丟下我走掉了呢。

奧拉以自嘲的語氣低聲這麼說，並又一次低下頭去——

『——哎呀，妳在這個地方做什麼呢？』

「咦……？」

第二次有聲音響起來。不過這次跟獸類的叫聲不同，很明顯是人類女性的聲音。

奧拉下意識抬起頭來，而那名女子就站立在她眼前。

對方有一頭烏黑豐盈的秀髮、微褐的膚色、蘊含深邃智慧的琥珀色眼瞳——年紀大概在三十五歲左右。這名散發成熟氣質的女性容貌相當奇妙，完全無法辨識出她的國籍，恐怕是同時具有各種不同地區的血統吧。……然而，如果要特別談論外表的話，她有一項特徵會讓人覺得國籍什麼的都無所謂了。

那就是，遍布全身各個部位的無數傷痕——四肢當然一定有，就連本該平滑的臉上也不顧情面的遺留了傷痕。

可是……。

（非常……美麗……）

奧拉甚至忘記自己所處的狀況，不由自主感嘆起來。

諸多慘烈傷痕深深刻在她的相貌上，不用說這對女性而言是多麼不期望發生的事。儘管如此，卻又為什麼呢？那些傷痕不但沒有損害她的美，反倒讓人覺得是將她的美貌襯托得更加凸顯。沒錯，她的年紀已經稱不上年輕，服裝也談不上性感，全身都是傷痕。然而就算這樣，她看起來依舊比奧拉至今見過的任何女性都要閃耀。

如果要比喻的話，就像觸動心弦的並不是裝飾在畫框裡的油畫，而是在斷崖邊綻放的一朵野花。

如果要比喻的話，就像吸引目光的並不是造形莊嚴肅穆的雕像，而是在野地裡漫步的一頭母鹿。

刻印在肉體上的那無數傷痕，比任何人工的裝飾品都更能襯托出她的魅力。因為那正是她至今曾經走過的路的美麗所在。

奧拉一直凝視著這名女性，過了幾秒鐘之後才總算回想起自己所處的壯況。

「抱、抱歉……拜託妳！請幫我解開這繩子！是這樣、我被壞人抓起來了……！」

雖然不知道她是哪裡的誰，不過在這座迷宮裡偶然遇到人簡直就是奇蹟。這種千載難逢的好機會當然不可能放過，於是奧拉死命的懇求。

然而，女子沒有回答……應該說，這名女子連看都沒看這邊一眼。要說她忽視自己、倒也

不是。她也不是沒聽見，說到底似乎完全對這邊沒有認知……。

奧拉這時察覺到某件事。

「這該不會是……龍想……？」

「克雷提西亞」固有的幻視現象——雖然她在先前的旅程中已經遭遇好幾次，但人類的幻影還是第一次遇上。不過仔細想想，這也不是什麼奇怪的事。如果說是過去發生過的事件重演的話，就算看到昔日冒險隊的幻影也不能說不自然。這名女性想必也是在某次遠征時探訪這裡的冒險者吧。

「這樣啊……說得也是呢……哈哈哈，我好像白癡……」

大自然的殘酷惡作劇，讓奧拉相當沮喪。正因自己得到了短暫的希望，失望也就更大。這種幻影還是快點消失吧。奧拉不甘心的將眼睛閉上。

不過，這場龍想卻出現了她從未預料過的後續。

『——啊，終於找到了~——！』

她再度聽到別的聲音，這次聽起來像是孩子的說話聲。當然，奧拉又不是白癡，她很清楚這只是龍想而已。……但是，奧拉卻猛然睜開雙眼。她不得不這麼做，因為那個聲音，自己曾經聽過。

「不會吧……是、尤里……？」

對方的年齡大約在十二、三歲，具有如少女一般稚嫩的相貌，以及稍微有點自然捲的黑髮，還有……跟營火的火焰一樣無比溫暖的紅色眼瞳。這個怎麼看都只像個可愛美少女的孩子，毫無疑問就是尤里的模樣。

是剛好撞臉……？不對，是本人沒錯。

在驚訝到不停眨眼的奧拉面前，少年尤里踩著腳步跑到了那名身上遍布舊傷的女子身邊。

『真是的～～不是一直跟妳說不要隨便消失嗎，艾莉森隊長！』

『哈哈哈，不好意思不好意思。其實剛才呢，那邊有一頭可愛的小鹿哦。』

那名似乎叫「艾莉森」的女性和藹地笑著說……不過，她所指的那個地方只有奧拉一個人在。當然在少年的眼中是什麼都沒有看到的。

『小鹿……？哪有那種東西啊！反正妳又跟平常一樣看星星看到睡迷糊了吧，上次也是這個樣子。重點是快點過來吧，飯做好了哦！』

『喔喔，這樣啊，那我就很期待了。畢竟你做的飯很好吃呢。』

『就、就算妳這麼說，也別以為誇獎我就可以把話題混過去啊！』

嘴上雖然這麼說卻掩藏不住開心表情的少年，以及溫柔微笑的看著這少年的女性，二人就跟相差很多歲的姐弟一樣……突然在這個時候消失了。

剛才那個、到底是……？

在幻影消失之後，奧拉依然驚愕了好一陣子。唐突出現、唐突消失。雖然她很清楚，要在龍想所呈現的幻象當中追尋意義本身就沒有意義，但還是難掩內心的動搖。

然而，那還只是序章而已。當奧拉還在驚愕時，面前的景色突然變了。周圍不知何時變成了一整片灰骨地帶。而且，她對那樣的廣闊程度有印象。——那是最後營地的光景。

令人驚訝的是，龍想似乎會連續出現。

只不過，這回她看到的人……不光只有少年跟女性。

『——嗯～～～～～我們終於來了啊，克雷提西亞!!』

幻影中的最後營地迴盪著吼叫聲。聲音的來源是盤據營地中央的一支大約有三十人的冒險隊。不過，這一團跟她至今見過的任何部隊都不一樣。

有老人、年輕人、男性、女性，還有女裝男子跟男裝女子，甚至還有性別不詳到看起來像男也像女的人。他們的膚色也是各有不同，根本不管國籍，也找不到部隊徽章，裝備規格也完全不一致，就連說話的語言都摻雜了外國語。總之這一團完全沒有一丁點統一感，應該也沒有別的部隊比他們更適合「烏合之眾」這個成語了。

如果說這個將雜亂拼湊起來的團體有什麼共通點的話……那就是全體成員，都吵鬧到了極點。

『你看那棵樹啊，那玩意我還是第一次見到喔！』

『這邊有看起來很好吃的蟲！我去抓一些過來！』

『喂喂，這塊石頭……到底是什麼造型啊……!?』

『вкусный цвет е вкусен（竟然有這麼鮮豔的世界啊）!!』

這個拼湊起來的團體成員，每位眼裡都閃閃發光。面對這群人，奧拉不禁目瞪口呆。

先前在營地中看到的每一支部隊都很認真。他們會害怕樹海、會做好死亡的覺悟、即使如此依然勇往直前，每個人都在認真的燃燒生命。這點就連那個可惡的巴倫茨隊也一樣……明明應該這樣才對，可這支部隊又是怎麼回事？全體成員都跟來野餐的觀光客一樣，一點緊張感也沒有。應該說，如此雜亂的烏合之眾還能叫部隊嗎？

就在這個時候，一位堪稱是奧拉的「心情代言人」出現了。

『——別鬧了！你們來這裡是要幹嘛的啊！』

背後響起了斥責的聲音。聲音的主人不是別人，正是幼時的尤里……只不過，不管是多麼嚴厲的斥責，用變聲期以前的尖細嗓音一叫都只會讓人覺得很可愛，就算鼓起臉頰生氣也一點都不可怕。

不對，現在不是觀察少年的場合。總而言之，奧拉開始慢慢明白了。現在的尤里差不多十二歲。而這片最後營地的光景，不會有錯，正是在四年前進行的第五次克雷提西亞遠征時的幻影。

也就是說，在這裡的這支拼湊部隊正是尤里曾經的同伴——葉卡隊。

面對尤里的問題，葉卡隊的這些成員們挺起胸膛如此回答。

『來這裡是要幹嘛？這種事還用說嗎！』

全體成員在擺出一副得意洋洋的表情頓了一拍之後，同時開口說：

『『『找龍！』』』

『不對～啦!!』

少年立刻吐槽：

『聽好了，我們是來執行先遣任務的！找徨龍是其次！這是迦太基的正式委託！我們得要好好把情報帶回去才行啊！』

即便尤里比手畫腳努力說明……。

『啊，這樣呀？』

『真的假的？第一次聽說耶。』

『是喔，尤里真聰明。』

大家卻都一副事不關己的樣子，似乎完全都是感覺有趣就來了。

這樣一來就連尤里這個小少年也開始憤慨：

『你們真的是喔～！再說，假設真的找到徨龍好了，之後你們要怎麼辦啊!?』

『什麼怎麼辦，這種事還用說嗎！』

眾人又同時回答了：

『單挑決勝負！』

『一定要進行生態調查！』

『請牠告訴我通往「伊甸」的路！』

『應該會成為很好的繪畫題材吧！』

『徨龍的尾巴是什麼味道啊！』

『想跟龍哥來一場演奏會！』

『你們也太各說各話了吧!!』

面對他們連目的都不一致的模樣，尤里憤慨的跺腳說道：

『話又說回來，你們這些回答是怎樣，全都有夠無聊的！你們每次都這樣！什麼美味的烹調方法啦、什麼吹草笛的技巧啦、什麼蝴蝶花紋的生成過程啦，腦袋裡頭都是些不重要的事！把資源花在這些毫無意義的事情上是要幹嘛啦！飯吃進肚子裡還不都一樣！樂器就算吹得再好聽也沒什麼用！沒有人會想知道蝴蝶的花紋這種深奧知識好嗎！除了對生存有必要的情報以外其他東西記了也沒用！這麼說吧，就是因為你們把錢花在興趣上的關係，才害我們隊上一直在缺錢！你們以為我為了籌錢有多辛苦啊!!』

少年以怒濤的氣勢不斷說教。雖然他說了許多相當嚴厲的話……不過這些當事人卻不知為何露出不懷好意的笑容。

『唔！……是、是怎樣啦你們，到底在笑什麼啊……！』

『哎呀，雖然講成那個樣子，可是我覺得尤里好像把我們喜歡的味道都記得很清楚耶？』

『呃！那、那只是……剛好而已……』

『前不久你也陪我一起開過演奏會了吧！』

『那、那也沒什麼，我、我只是想試一下肺活量的訓練而已…』

『尤里，我們再一起去觀察七色蝶吧。』

『喂、喂，我說過這件事要保密……！』

每當一件事實被公開出來，尤里的身子就越縮越小，葉卡隊的其他成員則滿面笑容的望著他。

看樣子他正處在喜歡鬧脾氣的年紀，不過他非常喜歡同伴這點是沒辦法掩飾的。

『總、總而言之！一直想這些無聊的事情可是真的會死掉的啊！給我認真嚴肅點！』
少年想要努力轉移話題。不過，他又微微低下頭，說：
『……尤其這個界相以我們的等級來說還太早了……我還是反對來的……』
如此喃喃自語的尤里，臉上浮現出揮之不去的不安神色。
然而，葉卡隊的每個人卻都笑著對他說：
『你～在說什麼啊？這裡可是我們這些冒險者夢寐以求的舞台，死都不會拒絕這樣的邀請好嗎？』
『是啊是啊，先前也都撐過來了，這回應該也會有辦法的。尤里你就是愛操心。』
『你們又在講這些沒有根據的話……！』
尤里又要對他們樂觀過頭的態度發火了。不過，他們的話還有下文。
『不對，要說根據的話是有的喔，而且還是最實際的。』
『啥……？』
『就是尤里，因為有你在啊。』
葉卡隊的一名青年自信滿滿的如此斷言。
『我們這些沒什麼實力的人之所以能夠被國家指名出任務，都是多虧有你來我們隊上當副隊長，所以這次也絕對沒問題！』
『那、那種事，算什麼根據……』
『不對喔就是有。畢竟這是被尤里救了五次命的我說的，不會有錯！』

『你、你幹嘛說得那麼自豪啊……』

『如果要這麼說的話，我可是被救了六次命哦？』

『就說你們幹嘛在計較這個啊！』

『太嫩嘍，我可是九次啊！』

『喂、喂，你們……』

沉悶的氣氛已經不知道飄散到哪邊去，轉瞬間一場被救幾次命的競標大賽就開始了。而且，這時候還有參加者登場。

『——嗯，你們正在做很有趣的事呢。讓我也來參加吧？』

以搖搖晃晃的姿態現身的人，正是剛才那名遍布傷痕的女性——艾莉森。而她一登場就迅速投下了驚人的炸彈。

『三十六次。』

她以謎樣的得意表情拋出一個壓倒性的數字。眾人在聽到這個數字的一瞬間全都當場僵住……但很快就發出噓聲並開始接連抱怨：

『隊長太賊了啦！』

『妳是例外吧！』

『作弊啦作弊！』

猛烈的噓聲蜂湧而出，直衝著她這位……理當是隊長的人。雖然大家做的事有點五十步笑百步的味道，不過看來她似乎違反了葉卡隊上的規矩。

然而，其中最不高興的人一定是尤里。

『喂你們，這可不是用來鬧著玩的啊！每一次都是我在處理你們胸口和肚子上的傷，你們也設身處地為我想一下吧！』

少年大喊起來，並把矛頭指向艾莉森。

『最誇張的就是妳啦，隊長！每一次都差點就死掉了！順帶一提，不是三十六次是四十六次！妳也稍微愛惜一下自己的身體吧！』

在尖聲叫出這段話之後，少年又小聲補充了一句。

『再說，這個……隊長妳是、女、女生……要是留下疤痕也不太好……』

『哈哈哈，沒問題啦，畢竟我在遇到你之前就已經傷痕累累啦？』

『就、就算這樣，受傷也不是好事！』

如此咬牙切齒的少年，眼神比本人還要認真太多。應該說，他還更像在對沒有自覺的艾莉森發脾氣。

可能是看出少年這副模樣終於有所察覺了吧，艾莉森在發出一聲「嗯」之後握拳擊掌，說：

『這樣啊，我終於明白你的心情了。』

『真、真的嗎!?太好了……這樣的話妳從現在起要更愛惜自己……』

『你很在意先前手術的傷疤對不對？』

『咦？』

『沒問題的，你不用擔心，沒有留下一點疤痕哦。你看，就像這樣——』

艾莉森不知道誤會了什麼，突然開始脫起衣服來。少年的臉漲紅得像蘋果一樣，隨即阻止她的怪異行徑：

『哇～～等一下，隊長！請妳要更有一點女性的自覺啊!!』

尤里臉紅得跟水煮章魚一樣，艾利森毫不在意的笑著，同伴們則對這二人瞎起鬨。這幕和平的葉卡隊幻影隨著風逐漸消逝。

不過，下一幕龍想很快就開始了。

場景轉換到「克雷提西亞」的樹海。從樹木的樣貌看起來，應該是在一層中間一帶吧。既然會在這裡，代表在那場最後營地的幻影之後應該也已經過了一個禮拜，原本還很吵鬧的葉卡隊也差不多到了體認迷宮有可怕的時候……雖然奧拉是這麼想，但完全不是那麼一回事。

『喂你看那棵樹啊，形態真美妙……！那該不會就是米亞·邁爾史通歌詠過的樹……!?我一定要素描下來！誰把顏料拿來！把顏料借我！』

『唔喔喔喔，這貝類超好吃的！跟奶酪醬油真是搭到不行～！再來一份!!』

『你看，又是「大氣蜂」的新舞蹈！到底有多少種模式了啊!?』

『Я хочу превратить этот пейзаж в поэзию（我要把這片景色寫進詩中）!!』

再次登場的隊員們，眼中依舊綻放閃亮的光芒。從身上已經破破爛爛的服裝看來，他們應該在迷宮中苦戰過相當一段時間，負傷者也很多。然而即便如此，他們眼中的光芒也沒有消失。

而且也不光只有他們還是老樣子。

『我說你們，趁我稍微沒注意又～在亂來了……！』

從他們背後現身的人是一臉不高興的尤里。他以鄙視的目光一瞪，隊員們就慌忙解釋。

『算啦算啦不要生氣嘛，這可是在調查啊，調查！』

『是啊是啊，這也是工作的一部分哦！』

雖然他們試著矇混過去，不過這招當然不可能會管用。

『哼，那你們就給我認真點做！說穿了你們的筆記寫得太潦草了！你們聽好，這也是會當成報告書的，最低限度要寫到讓人看得懂！不准使用自創縮寫！禁止寫自己國家的方言！最重要的情報和今天午飯的感想不要混在一起寫！話說回來，從根本上來講你們所有人的字都太醜了！我還以為是象形文字咧！』

今天的尤里還是跟汪汪叫的小狗一般進行說教。只不過，隊員們對這種事早就習慣了。

『咦～？可是反正尤里會幫我們整理所以沒差吧。』

『是啊是啊，尤里看得懂就沒問題。』

『就是說咩～』

眾人一副完全將所有事情都交託給尤里的模樣，他們似乎一點都不覺得讓一個遠比自己年輕很多的少年出面打理一切會有什麼罪惡感。

『這樣子世人不會認可你們吧！既然都賭命了就得要讓自己的名聲響亮起來！這樣一來你們才會有更多的資金，也就可以輕鬆買到好的裝備跟情報了！』

『話是這麼說啦～可是我對這種事沒興趣啊～』

『是啊是啊，我們只會做自己想做的事。』

『就是說啊～』

『唔！……你們這些傢伙……！』

不管好說歹說都無法將價值觀有效傳達，這讓尤里感到焦躁不安並咬牙切齒，終於使出了最後手段：

『隊、隊長妳也說點什麼吧！』

他求援的對象，是他們的領導者艾莉森。仔細一看，她的衣衫比部隊裡的任何人都要破爛，現在也是一副會當場倒地的模樣。然而在此同時，她的眼瞳卻也比部隊裡的任何人都要閃耀。

這樣的艾利森回應少年的求救，開口這麼說：

『算啦算啦，這樣很好呀，表示你就是這麼受大家信任啊。』

『哈哈哈，你看吧尤里，連隊長都這麼說了喔？』

『嗚唔唔，連隊長也……』

尋求協助卻沒想到產生反效果。對於隊長的背刺，尤里正面發動反擊：

『話說回來了隊長！就是因為妳是這～樣～的人，所以聚集在妳底下的才都是這～樣～的傢伙吧！再說妳都不會不甘心嗎，妳知道最近大家叫妳什麼嗎!?

——「愛鬧晃的艾莉森」，是這麼叫的喔!?本來還在想隊長好不容易也有了綽號，可是這種綽號其實跟講壞話差不多吧……！我聽完真的不甘心到了極點……!!』

少年咬著嘴唇，看起來是打從心底覺得委屈……不過，眾人在聽到這番話後卻爆出笑聲。看來關於這位有點脫線的隊長的綽號，在部隊成員之間已經成了笑談。

『這可不是什麼好笑的事啊！說到底隊長妳真的太愛閒晃了！先前明明只差一點就可以抵達「寶石蟹」的棲息地，都怪妳說什麼「對『不毛苔』的生態有興趣」還浪費時間調查，結果被人家搶先了；就連在界相「雷貝吉亞」也一樣，明明還差一點就能攻克，卻說什麼「要研究『點點香蕉』的味道」就折回頭去了！妳每次都是在差一點就到的時候繞去別的地方晃!!』

『哈哈哈，哎呀～我完全無話可說呀～』

『哇哈哈哈哈，幹得好啊尤里，再多說一點～！』

『就說這不是什麼好笑的事了!!』

可能是覺得自己被部下說成這樣也很不好意思吧，艾利森突然一臉正經起來：

『算啦算啦，你的心情我很明白。不過呢，我是這麼想的。閒晃，不是非常好嗎？迷界是這麼的廣闊，不繞個遠路晃一下豈不很可惜？而且最重要的是，閒晃未必就沒有意義。畢竟，說不定一顆微不足道的路邊石子就跟世界的真理有所關連……所謂的迷界就是這樣的地方啊，對不對？』

『呃，怎麼可能會有那種事……？』

『而且，如果要講「無謂的閒晃」，追根究柢，我們這些生命體正是如此。』

『啥？』

『因為是這樣沒錯啊？我們為什麼會誕生？為什麼要將遺傳基因延續給後代？反正總有一天一切都會成為虛無。從0到1，然後又回到0。如果這不叫無謂的繞遠路又要叫什麼？不過即使是那樣，我們還是像這樣在動作、在感受、在生活。如此偉大的閒晃不正是生命的本質嗎！』

艾莉森高調狂傲的發表演說。

不過……。

『……這個人在說什麼啊？』

這番話完全沒有打動少年尤里。

『咳咳。總而言之、呢，世界是廣闊的。閒晃很好，繞遠路更讚，就算迷路也沒關係。你也知道，就連那頭徨龍，也有人說牠只是因為不知道該回去的故鄉在哪裡才會迷路的。想到這裡就會覺得，我們的閒晃跟牠比較起來簡直就是小意思嘛？尤其你還只是個孩子，慢慢悠閒的長大就好，完全沒有著急的必要啊。』

在如此溫柔的勸說下，尤里低下頭去，小聲碎念著：

『……還不都是因為你們越衝越遠害的……』

說完，少年就像是在鬧彆扭般嘟起嘴來。

艾莉森看到他這副模樣呵呵一笑，以憐愛的動作摸了摸少年鼓起來的臉頰：

『這是當然的啊。畢竟我們是冒險者，是無時無刻向前進的生物！沒錯，就像在大海洋中一路猛進的鮪魚一樣！』

『笨蛋！妳打比方也要說個更帥氣一點的啊！』

滿臉通紅的生氣少年，以及對他哄堂大笑的隊員們。這幅和樂融融的葉卡隊日常風景，再度隨著風逐漸消逝。

奧拉看到這裡深刻明白了。

他們對少年來說是多麼無可取代的存在啊。大家都非常喜歡尤里，尤里也非常喜歡大家。少年之所以會煩人的碎碎念，就是在關心他們的安危。而葉卡隊的大家也十分理解這一點。他們就像是真正的家人一樣……不對，在他們之間，有比血緣還要更加深厚的羈絆。

奧拉在這個時候才理解到，尤里為什麼會對冒險者那麼親切。生來就是濫好人的性格當然是其中一個原因，不過也不光只有這樣而已。少年只是單純的喜歡。對於跟他們一樣同屬於冒險者的生物，少年就是會愛到無法自拔。

能夠知道這件事讓奧拉很高興。雖然說是幻影，可是能夠看到葉卡隊的日常片段實在很幸運。所以，她是這麼想的。

——已經夠了，我不想再看下去了。

因為她早就知道，他們這趟看似快樂的旅程，結局是無法救贖的悲劇。

然而這樣的想法終究無濟於事，這一連串不尋常的龍想並未停止。

一層盡頭、抵達二層、二層開端……葉卡隊的幻影陸續出現又消失。隨著場景的進行，環繞在他們四周的界相險峻程度也不斷增加，而這個界相也毫不留情的襲擊隊員們……終於開始有人傷重倒地了。但是，他們並沒有停下腳步。

往前、往前、往前——儘管為同伴之死流淚，但他們還是在流淚同時踏過死者的屍體，只是像著了魔一般的前進。沒有任何一個人提議撤退。

當他們就這麼抵達二層中間時，少年終於大叫起來：

『我說，可以折回去了……！』

原本有三十人的隊員，如今已經減到一半了。不管誰來看都會認為，他們的實力已經明顯無法應付之後的路程了。

『喂喂，尤里，你在說什麼啊。我們難得來到這裡了耶？講什麼回頭，這種話……』

『繼續走下去是不可能的！加雷安、尤伊卡、菲利西亞，大家都死了……我已經不想再看到同伴死掉了！」

少年殷切的懇求，他的眼中甚至噙著淚水。

不過……。

『不行，不可以。那些傢伙的確都死了。但是，他們的遺志跟我們同在。我說，那些傢伙最後說的話，你還記得嗎？』

少年被這麼一問，狠狠咬著嘴唇。

這是當然的。他不可能會忘記比自己性命還重要的同伴的遺言，一字一句都記得牢牢的。

沒錯，他們遺留的話語都一樣——只有『向前進』。

可是，即便如此……。

『我討厭這樣啊……！已經夠了吧，我們已經充分盡到先遣隊的職責了！這前面的路就交給更強的冒險隊吧！有了這麼多情報，一定會有別的誰過來攻略的！如果攻克克雷提西亞是夢想的話，這之後再過來也可以啊？』

『不對喔，尤里。我們就是為了要成為這個最初的「誰」才會在這裡。這裡是我們夢寐以求的大地……我們想用這雙眼睛，第一個看到那片誰都沒有見過的盡頭。因為這就是我們誕生的意義。』

隊員的這番話，讓大家紛紛點頭表示同意。他們的眼睛一致朝向某個遙遠的地方，不是這裡的遠方某處，唯獨少年不知道的夢想深處。少年雖然拚命打量那些視線的盡頭，不過不是冒險者的他什麼都看不見。

『……我……不明白……』

旅程就這麼繼續下去。

樹海險峻程度增加，同伴接連死去，即使如此他們的腳步也沒有停下。少年努力想要守護他們，運用自己所擁有的全部知識，用盡自己所擁有的全部力氣。可是，少年小小的手無法挽留逝去的生命。就像捧在掌心的水會從指縫間滴落一樣，同伴的生命也一個個從少年手中落下。不管多麼拚命想要抓住，水還是會一溜煙的從指尖逃走。

留在少年手上的，只有他們破損的筆記本。

之後，那一刻終於到來了。

第三層就在眼前。面對前人從未踏足之土地的葉卡隊，成了一支只剩二人的部隊。

『我們終於來到這裡了呢。我打算明天越過「三層之壁」。啊啊，真期待啊。』

艾莉森一如往常地笑著。

然而，另一位倖存者也就是少年，卻搖了搖他低下去的頭：

『……太亂來了……樹海的解析作業只弄好七成。就算越過了壁，也一定會在之後的某個地方失敗的……』

『是啊，正因為這樣，我更必須要踏出腳步來完成剩下的三成啊。』

可能是因為這個回答太不著邊際的關係吧，少年忍不住失聲大叫：

『我都說、這不可能辦得到了啊！妳在那之前就會死掉的!!』

為什麼連這種事都不明白呢？少年焦躁到面容扭曲了。

不過，這對艾莉森來說打從一開始就不是問題。

『是啊，應該是會吧。』

『呃！妳說得這麼輕鬆……！』

『沒問題的，我早就做好覺悟了……不過，這終究只是我的事。』

『所以……』艾莉森繼續說道：

『你就在這裡折回去吧。』

『啥……？妳、妳說什麼……!?』

『對不起啊，讓你受了這麼多苦，我們都真是壞壞的大人呢。不過你到這裡就可以了。已經足夠了，謝謝你。』

艾莉森微笑著，少年卻搖著頭死命懇求。

『不、不要，竟然留我一個人……！如果隊長要去的話我也要去！』

『不行，這不可以。這是我們的冒險，不是你該捨命的事。』

雖然這句話是在關心少年的安危，可是，對他而言卻等同於拒絕。

『為、為什麼妳要說這種話……？因為我……我不是冒險者？我不是真正的同伴？所以只把我一個人扔下來嗎？』

『呵呵，不是的，不是這樣。你是知道的吧？我們有多麼為你著想。』

艾莉森嘻嘻笑著，撫摸已經快要哭出來的少年的臉頰。

『這個呢，是我跟大家約好的事。打從決定挑戰『克雷提西亞』的時候開始，我們就很清楚，想必會死在這裡吧。所以，那時候大家就約好一件事：至少，絕對不能讓你的生命在這裡結束。』

這是少年所不知道的事實……但是，這並非他所希望的事。

『這、這麼擅作主張……妳叫我一個人逃回去能做什麼啊！』

『哎呀？你不是有個人生目標是成為出色的救援者嗎？』

『那種事情不重要！如果連隊長都救不了，我當上救援者也沒有用！只有我一個人活下去根本沒有意義……!!』

尤里像一個在耍賴的小孩一樣，頑固的不斷搖頭。

艾莉森溫柔的微笑著蹲了下去，讓身體跟這個少年的視線齊平。

『我說尤里，可以讓我看看你的眼睛嗎？』

艾莉森忽然提出這樣的請求，不過還在鬧脾氣的少年只是把臉撇向一邊去。即使這樣艾莉森也沒生氣，而是用一雙手掌溫柔的將少年鼓起來的臉頰整個捧住。接下來，她凝視著那雙淚眼汪汪的眼瞳，說：

『嗯，你的眼睛果然非常漂亮，比我在迷界見過的任何寶石都要美得多。所以，像是活下去根本沒有意義之類的話，這種悲傷的事情就請你別再說了。你的眼瞳是溫暖的燈火，是照亮迷界的光。我們一直都是受到這對眼瞳的救贖，才能走到這裡來。』

艾莉森凝視著少年的眼瞳並靜靜述說，接下來她先說了一句『所以……』之後繼續開口。

『這是第一次也是最後一次的隊長命令——活下去，尤里。只要在這個迷界中還有需要你幫助的人，就請你去幫助他們，如同你曾經為我們所做的一樣。請用你那溫暖的眼瞳，去拯救我們這些白癡到無可救藥的冒險者吧。直到有一天，你找到屬於你自己的冒險為止。』

艾莉森就這麼將少年用力緊擁在懷中……然後輕輕的往他的背部推了一下：

『好了，走吧。不要回頭，因為我們不在那裡。』

接到最後命令的少年凝視著艾莉森，似乎想將她的身影牢記於心。

妳不要走，讓我待在妳身邊。這些懇求的話語差點就要從他的唇邊流露出來。然而，少年緊咬著嘴唇，將它們又吞了回去。聰明的他很清楚，艾莉森並不希望自己這樣。所以……少年用牙齒把嘴唇咬到滲血，背對自己最喜歡的人，向前奔去，為了實現隊長的最後願望。

『沒問題的，尤里。你是個好孩子。所以，沒問題的。』

艾莉森微笑著凝視少年遠去的背影。在那雙眼中所蘊藏的情感，奧拉是很清楚的。因為，那正是母親經常浮現的表情。

接下來，場景再次轉換。

舞台是即將黎明的樹海，一棵「大迷樹」的樹根底下。奧拉並不知道，這一幕是幾天以後的事，又是哪個地方的場景。儘管如此，艾莉森是還活著。……只不過，她已經處在全身是血的狀態了。

她勉強還有呼吸。不過，她的全身劃上了無數新傷口，蒼白的臉頰已失去生氣。就連奧拉這個外行人也清楚知道──她已經，撐不了多久了。

然而就在這個時刻，艾莉森的嘴唇突然動起來了……

『……那裡……有誰、在嗎……？』

艾莉森斷斷續續的低聲這麼說，並靜靜的將視線移往這邊來。

不會吧，這個人看得到我？──奧拉嚇了一跳，不過看來事情不是那樣。

『……這樣啊，原來是你……好久不見……』

從奧拉背後現身的，是一頭親鹿。從大小看來還只是頭小鹿。

『果然是你啊……是你一直呼喚我吧……』

小鹿一步一步的走近已經在無意識囈語的艾莉森。在艾利森周圍徘徊的牠似乎正在表達擔憂的心情，但幼小的獸類也不可能做得到什麼事。

即使如此，艾莉森還是露出了笑容。

『謝謝……可是，不好意思啊……沒辦法實現你的願望……不過請放心……想必那一天不會那麼久……所以，如果那個時刻來了──請一定要代替我，引導他……』

這段話的音量非常細微而且內容極度不明確，奧拉無法理解其中意義。或許，那可能是臨終幻覺讓艾莉森說出一些無意義的囈語。

在艾莉森如此低語時，小鹿可能也察覺到她即將死去。只見牠悲傷離去，離開時還不斷回頭探望。

然後艾莉森又回到孤身一人……她吐了一大口鮮血。

『咳咳……哈哈，好了，差不多了吧……』

艾莉森慢慢的嘆了口氣，用盡最後的力氣仰望微明的天空。在她透過樹木空隙所見到的黎明前夜空中，閃爍的星星美麗得有些殘酷。

『啊啊，今晚的星星也好美……』

艾莉森如此低語，並向遠方的天空伸出手去。

她那雙映出滿天星斗的眼瞳，即使在面對死亡當下依然直視著夢想——她心想，即使是渺小人類的渺小腳步，有朝一日一定會抵達那遙遠的群星。

她伸出去的那隻手……並沒有抵達任何地方，就這麼掉落在地上。

——……

——……

一陣風吹過克雷提西亞的樹海。

隨著變幻莫測的夜風出現的淡淡幻影虛無飄散。愛哭的少年、遍布傷痕的女子、甚至連她最後仰望的星空，一切都如霧一般消散。這是當然的，全都是泡沫之夢，是絕對無法改變的過去，不過是早已終結的往昔殘餘。一旦短暫的餘韻消失，什麼都不會留下。

儘管如此，她的眼中依然留住了最後所見到的少年身影。

圓圓的眼瞳噙著淚水，稚嫩的臉蛋皺成一團，即使這樣還是為了實現最喜歡的人的願望，拋下她奔跑而去的背影……他依照艾莉森的願望活下來了。就這點而言，她的願望的確是實現了吧。不過奧拉明白。那不過只是在生物層面上沒有死去而已。少年在那個瞬間，已經將比生命更寶貴的東西扔在這裡了。

奧拉用力咬住嘴唇。自從四年前的那時候開始，少年的心就依然囚禁在這座大迷宮當中。他懷著後悔與罪惡感，背負著名為同伴之死的棺木，獨自一人不斷徘徊。自己還想要把這樣的他帶回去，這是多麼蠢的事啊。對失去歸處的少年說什麼「回去吧」，再沒神經也要有個限度，奧拉對曾經一無所知的自己感到無比氣憤。

……可是。

『請一定要代替我，引導他』——艾莉森最後遺留的那句話浮現在奧拉腦海中。當然，奧拉也知道那句話是對小鹿說的。可是不知道為什麼，她不論如何都還是不自覺的認為那其實是對自己說的。

沒錯，我曾經一無所知。可是，正因為這樣——

「這樣的話，就更不能不去了……！」

奧拉再度開始掙扎著要從束縛中掙脫出來。

沒有時間去扮演悲劇的女主角了，要後悔還是反省都可以之後再說。現在她只想早點衝到他身邊，哪怕快上一秒也好；要跑到那名正獨自一人在這座迷宮中迷路的少年身邊，就算扯斷這雙手臂也在所不惜。

正當她就這麼試圖強行把手臂抽出來的時候。

奧拉突然聽見了複數腳步聲，她以為龍想又要開始，全身僵硬起來。不過事情並不是那樣。隨著規律的靴子聲響出現的，毫無疑問是現實世界的冒險者們。

「——想不到，真的在這裡啊。」

一名男子露出意外的神情喃喃自語同時緊盯著這邊。奧拉對那張冷酷的面容有非常深刻的印象。

「巴、巴倫茨隊……!?為、為什麼你們會在這……!?」

尤里應該已經完全把他們甩掉了才對。為什麼會突然追上來呢？

對於這個疑問，巴倫茨將手伸向自己的懷中：

「妳問、為什麼?很簡單，因為我們收到了本人的邀請函啊。」

說完這句話，他便取出一張摺疊起來的筆記本紙頁。上面以尤里的筆跡畫了通往這個地方的地圖。

「這東西還很貼心的放置在我們的路線上，似乎是『想要談判』的意思。……所以，那傢伙在哪裡？」

「不、不在這裡啦！」

「哼，算了，我想也是。……所有人，警戒周圍。不知道這裡設下了什麼樣的陷阱，不可以大意。」

巴倫茨在命令部下之後，便自行開始搜查奧拉的行李，恐怕是在尋找他的目標，也就是葉卡報告吧。

「沒、沒用的哦，你要找的東西不在這裡！尤里拿走了！」

葉卡報告是同伴的遺物，尤里當然是隨身攜帶，不可能會在這裡才對。……不過，對方的反應卻是出乎她的意料之外。

「哦，是嗎？那麼……這是什麼呢？」

巴倫茨說完，便取出了一疊陳舊的筆記本，數量有二十八冊。……不會錯的，跟她在龍想中看到的一樣，是葉卡隊成員使用過的調查筆記。除了無法回收的艾莉森的筆記本以外，所有原件都在這裡。

「怎、怎麼會……!?」

為什麼這些東西會在自己的行李裡面？為什麼尤里把他珍惜的寶物留下來走掉了？雖然奧拉頭上浮現出問號，不過，對方卻提供了一個非常簡潔的答案：

「原來如此……以葉卡報告為代價，要我們保護女人，是這個意思吧。」

沒錯，少年的要求就是以報告為代價來保住奧拉的命。他之所以會將她留在這座迷宮之後就走掉，也是建立在把她交由巴倫茨隊保護的前提下採取的行動。

不過……。

「——呵呵呵，那是什麼鬼啊，他是白癡嗎？這根本就不是『談判』而是『懇求』吧？」

把奧拉現在的感想說出來的人，正是悄無聲息現身的修拉姆。

「哎～呀——什麼事不好做，偏偏要把這些報告放掉，他還真是笨到讓人意外。既然這個已經拿到手了，我們不就真的沒理由去聽他的話了嗎？」

修拉姆對少年如此嘲諷，可是奧拉無言以對。報告書確實是唯一的交涉籌碼，先把這樣的武器放掉實在是下下策。

「算了，這樣表示他也被逼到走投無路了吧？得要感謝卡拉米提隊才行呢。」

修拉姆悠哉的笑著，隨即突然在奧拉耳邊低聲說話：

「好啦……這樣的話，我接下來要怎麼處置妳呢？」

那簡直就是死靈的低語。如此令人作嘔到極點的惡意，令奧拉的背脊感受到一陣凍結般的寒氣……不過，對方的企圖在這時候被阻攔下來了。

「住手修拉姆。不要在我的隊上展露你的低劣品性。如果對手是冒險者的話隨便你怎麼做都可以，但這個小姑娘只是個平民。殺了她會玷汙隊伍的名聲。」

「啥？她都來到迷界了，就是自己要負責任了吧？還是說，所謂的冒險者都是這麼天真的嗎？」

「別得意忘形了賤人，不准你對冒險者的本質說三道四。」

「好啦好啦，我知道了啦。」

修拉姆不高興的聳聳肩離去。

「哼，令人不愉快的傢伙。不過算了，只要拿到這個，攻略克雷提西亞的榮譽就是我們國家的了……！」

巴倫茨神情亢奮的將筆記本打開。對他而言這是一直在尋覓的寶物，如此舉動也是理所當然……不過，他也只有在剛開始才這樣。巴倫茨的臉色隨著頁面的翻動越來越難看，雖然他焦急的打開一本又一本筆記，可是不管拿哪一本他的表情都一直很凝重。

就這樣，巴倫茨終於低聲說話了：

「……喂女人，這些到底是什麼？」

「你……你問什麼，就是你們一直在找的報告……」

「才不是這些東西!!」

隨著一聲怒吼，巴倫茨把筆記本往奧拉身上甩過來。筆記本的頁面順勢攤開，上面寫下了無數雜亂的記錄，像是「好吃的蛹的辨別方法」、「關於大氣蜂的方言舞蹈」、「今天午飯的感想」等等。這些內容真的很像奧拉在龍想中見到的隊員們會寫的東西，讓她差點就要忍不住笑出來……然而，對於不知道葉卡隊詳情的巴倫茨來說根本就受不了。

「這些胡鬧的雜記是什麼東西!?這本也是、這本也是，這本也是！都是一堆無聊的記述！可惡，這到底是哪裡的語言？一半以上都不能看！這種東西根本稱不上是冒險者的報告，只是塗鴉而已吧！」

可能對這些寫得這麼隨便的筆記已經忍受不了了吧，本來應該很冷靜的巴倫茨失聲大叫起來：

「回答我女人！突破第三層的關鍵在哪裡!?」

「我、我怎麼會知道那種事！再說，尤里不是一開始就說過了嗎？『你們這些人就算拿到手也還是沒辦法解讀』。何況，他也說過還沒有完成呀！」

「胡說，不可能有這種事！那麼他為什麼沒有立刻把原件交出來!?如果這些情報只有那傢伙才能解讀，交出來對他也不會有壞處才對！不惜與一個國家敵對也要守護這些塗鴉，必要性在哪裡!?」

對於講求合理性的他而言，這些都是無法理解的事情吧？但是，在看過那幾幕龍想之後，現在的奧拉深刻明白少年的心情了。

沒錯，在她第一次詢問有關葉卡報告的事情時，少年並沒有把守護它的三個理由當中的一個：「因為很無聊」明說出來。不過事到如今她已經明白了，這才是最重要的理由。

「你問我為什麼不交出來？這個問題的答案很簡單——因為那是他最喜歡的同伴的遺物，當然不可能會想要隨便交給外人呀……！」

「……！無聊的理由！」

巴倫茨難以接受這種理由，肩膀顫抖了好一會……不過，他顫抖的時間很短暫。在反覆深呼吸幾次後，巴倫茨平靜的命令部下。

「『黎迴期』很快就到了。所有人，五分鐘內紮營。曼森分隊警戒周圍，拉克斯分隊補充裝備，其餘人在紮營完畢後立刻著手解讀葉卡報告。從紙質來看毫無疑問是真正的原件，那些傢伙越過『三層之壁』也是事實，確定存在有益的情報，一定要找出來。」

不斷下達命令的巴倫茨已經恢復平靜。這名男子也是國家委以重任的正規部隊隊長，能夠控制自己的心情是理所當然的。

「隊長，這個女人要如何處置呢？」

「啊啊，這個啊……」

巴倫茨惡狠狠的盯著奧拉並遲疑了一會兒，冷酷的說出他的結論：

「把她和行李一起丟在那邊。畢竟解讀報告的關鍵掌握在萊因霍爾特手上，她應該可以當成跟那傢伙談判時的籌碼吧。」

巴倫茨隊就這麼各自分工作業，動彈不得的奧拉只能對他們乾瞪眼。

※※※※※

奧拉就這麼被綁在行李放置處又過了大約一個小時，她仍然徒勞無功的掙扎著。新的束縛沒有少年綁的那麼溫柔，她越掙扎繩子就越是勒進肌膚裡，少女的纖細手腕已然滲出血來。再加上，帳篷外面有大量巴倫茨隊的隊員，本來就已經很絕望的狀況變得更加惡化，還有不祥的腳步聲往這裡走近過來。

「——唷，妳有比較乖一點了嗎，公主殿下？」

把帳篷掀開並現身的人是修拉姆。剛才的他應該還非常不高興，可是他的臉上已經恢復了愉悅的笑容……應該是想到了什麼玩弄自己的有趣方法吧？奧拉的背脊一陣打顫。

「你、你來做什麼!?」

「哈哈哈，妳用不著那麼防備啦。我只是帶了好東西來給妳而已，妳看。」

他遞過來的東西，是已經擺很久的麵包以及鹹肉的罐頭，只附了一把用來代替開罐器的刀子，連餐具都沒有。這種菜色如果要當晚餐的話未免也太寒酸了。……不過，奧拉在看到這些東西的一瞬間，肚子就咕嚕咕嚕叫出聲來。畢竟這都是因為自己一直在掙扎的關係，害她的肚子已經餓扁了。

「呵呵，妳這回答真可愛呢。能讓妳這麼中意真的是太好了啊。來吧，我餵妳吃，說一聲啊～給我看看？」

修拉姆說完便用刀子把麵包一叉，從上方靠近過來。這樣的態度簡直就像是在餵食家畜一樣，看樣子他是來玩弄已經成為俘虜的少女的。……當然，她再怎麼餓也沒有道理去陪他玩這種遊戲。

「你這人好噁心！滾出去!!」

在奧拉大聲拒絕之後，修拉姆也大聲笑著準備離去。他的目的打從一開始就只是要讓別人不愉快，這種居心不良的打發時間方式真叫人想吐。

……不過，就在這個時候，奧拉突然改變了主意。

「……等、等一下。」

奧拉將修拉姆叫住，隱忍恥辱如此懇求：

「……還、還是，餵我吧。我肚子餓得受不了了……拜、拜託、您……」

儘管屈辱和羞恥讓奧拉滿臉通紅，她還是低下了頭。看見少女如此恥辱的癡態，修拉姆笑得非常高興。

「呵呵呵……我最喜歡坦率的女孩子了。」

於是修拉姆再度把麵包叉起來並伸到她面前。拜如此卑微的哀求所賜，看樣子他真的會好好餵給少女吃……不過，換奧拉沒有那個意思了。

就在奧拉即將咬下麵包的時候，她緊緊的咬住臼齒，接著用盡身心靈的力量以右腳使勁向上一踢，目標就是修拉姆那張笑得不懷好意的臉。當然，奧拉並沒有學過武術，但她繼承了她母親的適應體質，異界化之後的身體能力提升率甚至跟職業冒險者不相上下。如果她這記出其不意的上段踢能夠命中的話，就算是修拉姆也不可能毫髮無傷才對。

可是——

「哎呀好危險啊。好不容易要吃到的晚餐都掉地上了啊。」

本該出其不意的這一腳，被修拉姆面不改色的抓住，看來他從一開始就識破了奧拉的演技。奧拉被順勢輕輕一推，一下子就失去平衡倒在地面上。

「可惡……！我最討厭你了！讓我踢你一腳呀！」

「哈哈哈，好可怕好可怕，真是個不得了的潑辣公主呢。我也不想受傷，請容我就此告退嘍。啊，晚餐妳就放棄吧，畢竟錯的人是妳哦。那麼，拜拜～。」

可能是盡情玩弄少女過後也感到滿足了吧，修拉姆非常開心的離去了。以怨恨的眼神目送他背影離開的奧拉……立即飛身撲向修拉姆掉在地上的麵包。不用說，已經掉在地上的麵包沾滿了泥土，根本不是可以食用的狀態。……但是，這樣也沒關係。打從一開始她的目標就不是麵包，而是插在麵包上的刀子——沒錯，試著踢修拉姆一腳的動作不過是演戲，她真正想要的是刀子。

（還差一點，再差一點就……！）

奧拉用腳把麵包移到自己面前，並用牙齒去咬住刀柄。接著她將刀子壓在綁住手腕的繩子上，開始以摩擦的動作前後移動刀刃。由於刀子生鏽的關係割起來並不鋒利，更因為她用嘴巴操作的緣故也沒辦法靈活移動，有好幾次不小心傷到了自己的手。然而即使如此她還是死命反覆動作，一點一點的切斷繩子的纖維。就這樣經過一番苦戰之後，她終於成功切斷了繩子。

（成功了……！）

奧拉在內心發出歡呼之聲，同時迅速準備離開帳篷。然而在離開之前，奧拉突然停下腳步……把沾滿泥土的麵包撿起來毫不猶豫的往嘴裡塞。味道什麼的都無所謂了。為了要達成接下來要做的事，再少的能量她都要。

奧拉就這麼離開帳篷，往漆黑的森林奔跑。她的目的地只有一個，就是如今依然徬徨的少年身邊。當然她不可能知道他在哪裡。可是就算這樣，她也必須要去。畢竟她已知悉少年悲傷的過去，如今已經不想讓他獨自一人在這樣的迷宮裡了。

突然有個影子，在這名少女眼前橫越而過。原本以為是追兵而擺出防備姿態的奧拉，很快就發現到影子的真面目。

「你是、剛才的……!?」

站在奧拉眼前的，是親鹿的小鹿，也就是前不久她在經歷龍想以前遇上的那個孩子。在看到牠的身影之後，奧拉回想起來了。這麼說來，記得巴倫茨隊第一次追趕她的時候，也是這頭小鹿引導她去找尤里的。

不用說，那應該只是偶然吧。不過……就算是偶然，現在的她也只能依賴下去了。

「拜託你，再帶我去一次尤里那裡！」

在她如此懇求的同一瞬間，小鹿如風一般奔跑出去。奧拉毫不猶豫的跟在牠後面。一心一意的她，只想著少年的事。

一人一鹿就這麼開始在迷宮中前進。

——……

——……

一天開始時，醒來的瞬間是最重要的。

如果是被小鳥的鳴叫聲喚醒的話，想必這一天都能以清爽的心情度過吧。

如果是被烘烤麵包的香氣喚醒的話，這一天應該就會發生什麼幸運的事情吧。

如果是在心愛的戀人絮語中睜開眼睛的話，這一天將會成為人生中最棒的日子了吧。

以這樣的觀點而言——少年的醒來，可以說是他所能想像得到的最糟糕情況了。

「——唷尤里，你醒了？」

在全面漆黑當中響起一個人的聲音，聲音的主人不是別人，正是卡納莉亞。而且，他的眼睛被蒙上一圈眼罩，嘴裡被塞了一個異物，一雙手腕被繩子緊緊綑綁，差不多就是他所能預期得到的最糟狀況。

「感覺怎麼樣啊？……啊，這樣子你沒法回答喔。」

嘴裡的異物在她的笑聲中被取下來了。尤里在這時候總算可以開口，但他說出的來的卻不是早安你好。

嘖嘖嘖——他迅速、用力咋舌了五次。從回聲推斷，周圍是一座搭建在樹林中的簡易帳篷，附近包括卡納莉亞在內共有七人，不過在帳篷外面還有更多的氣息，她應該已經和分隊會合了。從大氣的氣味判斷，自己在被弄昏之後似乎也沒有經過很久的時間。……正當尤里確認情況到這個階段的時候，他聽見了卡納莉亞的笑聲。

「哦～這樣就能知道周圍情況啦？哈哈！簡直就跟蝙蝠一樣，你還真是多才多藝啊。那麼，也就不需要這東西了吧。」

他在聽到這句話的同時，眼罩也被對方隨手取下。卡納莉亞重新與尤里對視，依然露出一貫的無畏笑容。她那張臉沒有一絲疲憊感。屠殺那群迷牢鬼蜘蛛，對她來說大概只是飯後運動一下的程度而已吧。

尤里感受到一股深不見底的寒意，但他還是用平穩的語氣說出第一句話：

「……為什麼要留我活口？」

「喂喂，你的第一句台詞是這個嗎？真是沒意思耶。再說，你早就應該明白理由吧？——回答我，尤里。葉卡報告在哪裡？」

卡納莉亞尖聲碎念著，同時把尤里行李裡頭的東西全都倒在地面上，這當中就是沒有關鍵的葉卡報告。

沒錯，報告已經作為談判籌碼移放在奧拉的行李裡面，這時候應該已經交到巴倫茨隊的手上了吧。不用說，尤里並不信任他們。不過至少，巴倫茨具有身為背負國家重任之冒險者的自尊心，作為託付少女的對象，他應該比這些出身傭兵的無法之徒要適合好幾倍吧。

而他當然沒義務要特別把這件事情告訴這個女人。

「誰知道呢，到底在哪裡呢，我忘了啊。」

「哈哈，就知道你會這麼說。多半是交給那個小妹妹了吧？讓她拿去當成跟巴倫茨隊談判的籌碼？」

雖然他姑且試著裝傻，不過卡納莉亞已經看穿了。然而他並沒有驚訝或困擾，就狀況來看這是當然的推測，而且就算自己的計畫被識破，只要對方不確定奧拉的所在地就沒問題。從他們留尤里活口也看得出來，對方很明顯沒有別的辦法了。……沒錯，到目前為止一切發展都跟預料一樣。正因為這樣，尤里也早就知道接下來要開始什麼事了。

「哎……真是的，這下子可傷腦筋了啊。事情變成這樣的話我們能做的也就很有限了。喂尤里，你這個聰明人已經知道接下來的發展吧？」

在卡納莉亞柔聲低語時，一名部下把一只小箱子拿到她的面前。整齊排列在箱子裡面的，是鉗子、鐵絲、釘子等無數放出昏暗光澤的鐵器。雖然乍看之下像是工具箱，不過附著在各個鐵器上面的烏黑鏽斑最能夠說明它們的用途。——沒錯，這是赤裸裸到令人愕然的刑求工具。

少年的未來至此已成定局，那就是受到慘絕人寰的刑求之後死去。然而，少年對此表示理解，內心依然竊喜。

沒錯，這樣就好。妳們就刑求這個狂妄的小鬼，讓他對自己的出生感到後悔。刑求到妳們高興，怎麼弄都沒關係。在妳們這麼浪費時間的過程中，巴倫茨隊應該會帶著奧拉越走越遠吧。如果只用刑求的代價就能換取她的安全，這筆交易就真的是太划算了啊。

尤里堂堂正正的笑著面對可以預期的痛苦死亡。……不過，就是在這一刻，一場推翻少年預期之未來的「意外」發生了。

「……嗯？」

原本準備開始刑求的卡納莉亞，突然停下手來。尤里的耳朵也明確聽到了停手的原因。帳篷外面騷動起來了。

是意料之外的闖入者？不過是在這個時間點出現？會有這種巧合嗎？不對，如果，萬一，假設有這種可能性的話，那就是——

「——哈哈！原來如此，是這麼回事啊……！」

「——該不會，是那傢伙……!?」

二人都想到了某種可能性，正好在此同時，這個可能性衝了進來。

「——尤里!!」

這個現身時還在死命叫喊的人，竟然就是奧拉本人。絕對不應該出現在這裡的少女在此登場，讓尤里不禁錯愕。

「笨、笨蛋，妳，怎麼會在這裡……!?」

他所做的一切都是為了讓奧拉逃走而謀劃的作戰。可是她卻來到這裡，這樣一來不就白費工夫了嗎。然而在尤里抱怨之前，少女已經搶先揮出刁鑽的先制拳頭。

「笨蛋是你才對吧！擅自做那種事！誰拜託你做那種事了！什麼時候！誰！在哪裡！給我回答啊!!」

「呃、這個、是……」

尤里在怒濤洶湧的質問之下氣勢遜了一籌，不過這時候旁邊出現了幫手。……雖然，那其實是橫來一記、非常不值得感謝的槍矛攻擊就是了。

「哈哈哈，太好了啊尤里，這不就來了一個相當可靠的幫手嗎……看樣子狀況好像有變化了呢？」

卡納莉亞滿面笑容。他本人應該可以忍受任何刑求……可是如果讓少女在他眼前受到同樣的事情會怎麼樣呢？不用想也知道。這樣一來葉卡報告也就跟拿在手裡沒兩樣了。

……然而，意想不到的阻礙在這時候出現了。

「等一下，人家在說話的時候不要打岔好嗎！太沒有常識了！」

「……啥？」

卡納莉亞目瞪口呆。她做夢也沒想到會被一個普通少女說教。而且，少女更說出一句非常不得了的話：

「話說回來了，我說妳，想要葉卡報告對不對？那就請妳別找尤里了，跟我打一場吧！因為現在知道它在哪裡的人只有我而已！」

「喂、喂奧拉，不要說傻話……！」

這一瞬間，卡納莉亞傻眼到當場僵住。

她從懂事的時候以來就生活在鮮血與硝煙中，走過的戰場數量跟星星一樣多，也屠殺了相同數量的敵人。她所奪取的生命數量，應該比她的進食次數還要多吧……然而，在自己這段總是在戰爭的人生中，這無疑是第一次被一個普通的小妹妹挑釁。她驚訝到甚至連憤怒的感覺都沒有。

於是卡納莉亞……很乾脆的點頭說道：

「很好啊，妳，我很中意哦。所以……這場挑戰，我就接下來了。」

尤里聽到這個回答之後，臉色瞬間蒼白。這女的是個說到做到的女人，想必不會因為奧拉是外行人就手下留情，應該會毫不留情的花一秒鐘殺掉奧拉吧。

……不過不知道是幸或不幸，似乎已經有人先跟她約好要戰鬥了。

「只不過嘛……這要排在他們後面了。」

就在卡納莉亞低聲說出這句話時，有複數的腳步聲往帳篷走來，隨即大搖大擺走進帳棚裡……他們是卡拉米提隊的戰鬥員們。

然而，他們看起來有點不對勁。所有人臉上都沒有表情，一語不發往這邊走過來。而在幾秒鐘之後——他們就一齊倒下去了。

隊員們倒在大受衝擊的奧拉腳下，動也不動。這是當然的，因為他們已經斷氣了。每個人的脖子上都各自插著一根細針。

「咦……？什、什麼……？」

能夠僅用一刺就撂倒複數卡拉米提隊的老手，而且在屠殺過程中還讓對方無法發聲，會用如此恐怖的技巧下手的人是誰——其實對於尤里和卡納莉亞來說，不用問也知道。

「——唷，打擾啦。」

無聲、無息，如同幽靈般輕柔現身的是一名俊俏的男子。奧拉在看到這個身影的一瞬間，倒吸了一大口涼氣。

「你、你怎麼會在這裡……!?」

本來不該在這裡的這個青年——修拉姆出現在面前，讓奧拉驚愕不已。但尤里和卡納莉亞似乎早有察覺。

巴倫茨隊和一般冒險隊不一樣。他們是訓練有素且背負一個國家的正規部隊，一個外行的少女不可能逃脫他們的手掌心。儘管如此奧拉還是能到這裡來，也就只有一個理由——不過是為了讓她引導隊伍前往尤里的所在地，故意放任她自由行動而已。

「呵呵呵……妳這表情，好可愛哦。妳該不會、真的以為已經從我們身邊逃出去了吧？會不會太小看人了？不過算了，也沒差。畢竟多虧有妳，我們才能夠被帶到這裡來。對吧！隊長，我的想法也派上用場了吧？」

修拉姆愉快的笑著，巴倫茨隊的隊員一個接一個出現在他身後。而站在最前頭的巴倫茨則擦拭著沾滿敵人鮮血的刀子，並用鼻子輕哼一聲，說：

「哼，真是自作主張，果然我對你沒有好感……不過、也是，這次你幹得不錯，這樣一來事情就可以很快搞定。」

巴倫茨說完這些話，便正面直視著卡納莉亞：

「把那個小鬼交出來，卡納莉亞・卡拉米提。像科蒙茲這種沒有自尊也沒有傳統的小國，配不上徨龍的榮耀。我們才是葉卡報告的正當所有者。」

「哈哈，想不到你會說出正當兩個字，這笑話還真有趣，巴倫茨先生。想必你也很清楚才對？不是因為正當才會成為勝者，而是勝者才擁有正當性。」

「果然我對妳這種傢伙沒有好感。不過……我同意妳這句話。」

剎那間，氣氛緊繃到令人有打雷的錯覺。卡拉米提隊和巴倫茨隊之間產生的緊張關係瞬間繃緊到臨界點，令大氣為之震顫。在光是站著就令人感覺心臟驟停的緊迫感當中……卡納莉亞非常開心的笑了。

「那麼就開始吧。勝者通吃，規則就只有這條。快樂的戰爭時間到了……！」

就在這個時候，樹海發出了宛如野獸咆哮的吼聲，彷彿等待這場開戰已經很久一樣。「黎迴期」恰好來臨，而這就成了開幕的信號。

卡納莉亞拔出戰斧。

修拉姆露出滿面笑容。

雙方陣營齊聲吶喊。

交錯的刀刃織成銀幕，連綿的槍口奏響凱歌。由鮮血和腦漿點綴的戰爭舞台，在沒有觀眾的情況下不斷膨脹。

在舞台正中央，遭受卡拉米提隊士兵控制行動的尤里將視線朝四方游移。不管他看向哪裡，周圍全是敵人；不論哪一方獲勝，他都只有被殺的下場；可說就是他所能想像得到的最糟狀況。……不過，對他而言還有一件事情值得寬慰。

雖然一直發生各式各樣預期以外的事——至少時間點是完美的。

「趴下，奧拉！」

少年大聲叫喊，隨即向後捲起舌頭伸向喉嚨深處。他刻意沒有把翻湧而上的嘔吐感忍下去，就這麼嘔吐出來。隨著燒灼的胃液一同吐出來的東西，是兩顆小小的植物種子。它們在落到地面的那一瞬間，便依照內部的遺傳基因指令立即開始萌芽。

「暗煙樹」和「劍凱草」——二種危險植物突然出現在陣地正中央。原本抓著少年的士兵也不由自主向後退縮。尤里沒有放過這個機會。

他先用「劍凱草」的藤蔓切斷手腕上的繩子，隨即利用「暗煙樹」噴發的煙霧逃離原地。接著他跑到還在發呆的奧拉身邊，抓住她的手臂大喊著：

「總之快跑!!」

「好、好的……！」

四處亂飛的子彈、相互交錯的刀子、狂暴生長的樹木以及不斷迴盪的死前慘叫。二人使盡吃奶之力，從化為地獄熔爐的卡拉米提隊營地中逃脫。

——……

——……

戰端開啟之後，大約過了半小時。

在黑暗深邃的樹海底部，修拉姆靜靜的笑著。

「哈、哈哈、哈哈哈哈……！」

在鮮血之花盛開的花田中央，亡靈發出詭異的笑聲——那是這名暗殺者到訪之處必定上演的慣常光景。他這模樣會讓人聯想到佇立於彼岸的幽暗鬼魂，與他的「幽靈」綽號完全相稱……只不過，在這幕一如往常的光景中，有一點跟平常不一樣。那就是……染紅這一帶的鮮血主人不是別人，正是他自己。

「這、這是怎麼回事，太、太奇怪了吧……」

在恐懼與混亂下，修拉姆強露僵硬的笑容並虛弱的喃喃自語。一直躺在血泊中的他完全沒有要站起來的樣子……不對，應該說是「沒辦法」了吧。

曾經斬下無數首級，令自己引以為傲的雙臂，已經變成碎裂的肉塊。

曾經馳騁眾多戰場，令自己引以為傲的雙腿，已遭人扯斷隨意扔棄。

這副四肢在壓倒性的暴力下肢解分離的模樣，讓他簡直就像是慘遭一群兇猛野獸群襲擊的可憐犧牲品。不過，造成如此驚人慘劇的元凶，既不是猛獸也並非一群怪物，而是單憑一個女人之手。

而修拉姆則爬向這個俯視自己的女人腳下，死命懇求：

「拜、拜託妳，救救我……！從今以後我都聽妳的！我願意成為妳的東西！我、我可是幽靈啊，很有用的！在科蒙茲只要是可以用的人，不管是誰都會很受歡迎對吧!?所、所以，拜託妳……不要殺我……！」

修拉姆用他那具失去四肢的軀體如同毛毛蟲般在地面爬行，並以諂媚的笑容哀求著。

這個一直看著他的女人，眼中綻放的神色既不是憐憫也不是嘲笑，而是徹頭徹尾毫無感情的「無聊」。

「這樣啊，你什麼都願意聽我的？那麼，你就告訴我吧——為什麼你不多動動腦筋？為什麼你不多思考一下？為什麼你不多準備一點？你明明這麼的弱。」

「啥……？」

「好啦，思考一下，然後回答我。為什麼你會變成這樣？你要怎麼做才好？你要怎麼做才不用在這裡爬？」

「這、這個……」

修拉姆遭到冷酷的逼問，被迫開始回想，直到自己被她屠殺之前的每一步，其中有哪個地方出了差錯，那個地方是否有別的選擇。從出生到現在，他未曾如此死命思考過。

然而，他到最後得出來的結論只有一個。

「……我不該，跟妳戰鬥……」

「是啊，正確答案。所以我要給你一個機會當獎勵。如果想要讓我覺得你很有用，就重新投胎吧。下次你要強到讓我可以稍微開心點哦。」

就跟把玩膩的玩具扔掉一樣，卡納莉亞就這麼啪嚓一聲踩碎了修拉姆的腦袋，接著她將腳上的血隨意甩了甩……便回頭問部下們：

「好了……誰要來說明給我聽呢？為什麼會看不到那個小男生的身影？」

結果，一名部下吞吞吐吐的這麼回答：

「非、非常抱歉，我們讓他逃走了……」

「啥？在那種狀況下？怎麼逃的？」

「這、這個……他吐出了種子……我們認為，恐怕是他事先吞下去的……」

她往部下的視線盡頭一望，看到原本少年被抓住的地方突然長出了「暗煙樹」和「劍凱草」。卡納莉亞看到這些植物之後目瞪口呆了好一會——

「呵呵、呵呵呵……哈哈哈，這是什麼！竟然搞這種無聊的小把戲……！簡直就是小丑的宴會雜耍啊!!」

並開始發自內心愉快大笑。

「不過，很好……！很好啊……！所謂的弱者就該這樣……!!」

卡納莉亞就這麼高聲笑著踏出步伐，打算走向某個地方。

「請、請等一下，您到底要去哪裡？葉卡報告就在這裡！」

部下說完之後，便把他們從巴倫茨隊奪來的二十八冊筆記本取出來。明明尋找已久的葉卡報告就在這裡，隊長還要再去哪裡呢？

不過，卡納莉亞興致缺缺的揮了揮手，說：

「說什麼傻話。巴倫茨那幫人都拿到那些東西了，為什麼還要特意追來找尤里？多半是因為只有那些東西還不完整吧，解讀還需要那個小男生。」

卡納莉亞的語氣非常冷靜……不過，其實這種理由不過只是藉口。

抑制不住慾望的卡納莉亞赤裸裸地笑出聲來，說：

「話又說回來啦，那些東西已經怎樣都無所謂了，拿去煎煮炒炸都隨便你們沒關係。你們順便把巴倫茨隊的所有倖存者護送到門口，我還想和迦太基做朋友呢。」

「那、那麼，隊長您要去哪裡……？」

「我嗎？哈！這還用說嗎，繼續打啊。勝者通吃，規則無用，直到其中一邊掛掉——這就是所謂的戰爭啊。沒錯吧，喂，尤里……！」

卡納莉亞那渴望鬥爭的眼瞳，盯住了遠方少年的心臟。

——……

——……

在第三層前方，有一小塊孤立的灰骨地帶。

好不容易死裡逃生的尤里和奧拉，總算在這個地方停下腳步。

「呼……呼……我、我、已經不行了……」

奧拉癱坐在地上。她從巴倫茨隊逃出來之後，一直跑到現在。不管異界化程度再高也已經筋疲力盡了。

尤里悄悄的來到這樣一個少女身旁，蹲了下來。

「咦？呃，尤里……」

「別說話，坐好。」

少年在說話的同時，也將身上背著的背包放下來。這東西似乎是逃跑時順手摸過來的卡拉米提隊物品。少年從裡面取出簡易醫療箱，動作熟練的開始為奧拉包紮傷口。

由於一路穿越森林過來的關係，現在的奧拉確實全身都有擦傷，她之前試圖解開繩子時弄出來的傷痕也還留在手腕上，令人心痛。可是……。

「你、你傷得比我重吧……」

先前到底發生過多麼慘烈的戰鬥，讓少年全身殘破不堪呢？其中還有傷口滲出血來。即使如此少年依然不顧自己的身體，繼續幫奧拉包紮。奧拉對他這樣的身影無法繼續平靜看待，不由自主的低下頭去這麼說：

「對不起……都是因為我……」

「別說了，要道歉的是我才對。不好意思擅作主張，結果就是這副模樣，全部是我自作自受。」

尤里一副消沉的樣子。奧拉聽到這句話之後低聲說道：

「……的確，真要說的話，錯的人是尤里。」

雖然剛才在卡拉米提隊營地時遭到打斷，不過真要說的話她當時是很生氣的。明明沒拜託他卻擅自把人家扔了就跑，又擅自拿命去賭，這樣子會不會太過分了？奧拉直率的宣洩著事到如今才發作的怒火。

「那我就收回道歉！請尤里要多反省！」

她的態度翻轉的這麼快，就連尤里也沒辦法保持沉默。

「什麼……!?我、我對妳客氣妳這傢伙就……！要說亂來的話妳不也是一樣嗎！妳竟然敢找那個卡納莉亞幹架，實在太扯了！」

「就是說呀！我、都是因為尤里才會胡搞瞎搞亂來一通！我真的以為自己要死掉了！超害怕的！」

「那、那麼妳幹嘛還要來!?」

面對少年的問題，奧拉有些惱羞成怒的回答：

「沒有辦法呀！因為我看到了、你過去的事！」

「咦……？」

尤里一時愣住，不過，他似乎很快就理解這句話的意思。

「該不會、是龍想嗎……!?喂喂，這是什麼巧合啊……」

在幾千年的歷史中恰巧重現了葉卡隊的過去，這機率真的是低到不行。少年過度驚訝到全身無力了。

奧拉看到他這模樣突然感到不安，連生氣都忘了，戰戰兢兢的問道：

「……抱歉，你、你生氣了嗎？我擅自看了你的過去……？」

結果，尤里先是笑著說了一句「不會啊」之後，這麼說道：

「我並沒有在意喔。讓妳看到也沒辦法吧，又不是妳的錯。話說回來，現在才來看我高不高興是怎樣啊。明明都已經發那麼大的火了。」

「唔！就、就是一碼歸一碼嘛……」

正當奧拉想說幾句話辯解時，這回改由少年發問了：

「所以……怎麼樣？」

「咦？什麼怎麼樣？」

「我的同伴們啊。」

「這個、嘛，一言以蔽之的話……就是超級迷界白癡？」

雖然奧拉覺得有些失禮，不過倉促間她只想得到這種形容方式。結果，少年聞言立刻開懷大笑起來。

「啊哈哈哈哈！妳看、果然是這樣吧？那些傢伙真的全都是笨蛋啊。一直都只會亂來，所以……我不守護他們不行……」

在尤里的音量逐漸變小的同時，他原本明亮的笑容也蒙上了陰影。接著少年低著頭，低聲硬擠出這幾句話：

「……真的不好意思，看來我又失敗了……」

「尤、尤里……？」

「妳仔細聽好，奧拉。坦白說現狀是絕望的。卡納莉亞把報告拿到手了。但是，那傢伙一旦開始戰爭就不會馬馬虎虎的讓它結束。那女人確定會來殺我，而我已經沒有對抗那傢伙的手段了。想必她明天就會追上來，這樣的話……恐怕，妳也會一起……」

少年說到這裡就先打住，並用力緊咬著嘴唇：

「……結果，我從那個時候以來完全都沒有任何改變……只有自己無意義的活下來，最後又變成這副德性。……哈哈，仔細想想，如果我在那時候死掉的話，至少就不用連累妳了……」

少年所浮現的笑容中，隱約透露出無可奈何的自嘲與自責。對無能為力的自己的嫌棄、厭惡、無力感，比任何形式的刑求都更加執拗的鞭笞他的心。……不過這種漫無邊際的自我傷害，在少女的口中被阻擋下來了：

「——為什麼你要說那種話!!」

從少女的口中說出來的，是足以震撼大氣的怒吼，附近一帶的羽蟲嚇到紛紛逃竄。不過奧拉連這都不在乎，放任自己激動的逼近少年：

「你忘了嗎!?我是你救的呀！因為你活下來，我也才能夠活下去……！知道了好多好多快樂的事情跟幸福的事情！這全都是因為跟你在一起的關係……！所以……所以，你不要否定這些事！不管誰怎麼說，我都很高興你活著!!」

奧拉在如此死命的叫喊之後，便緊咬嘴唇低下頭去。

我到底在說什麼呀？我活下去了……又怎麼樣？對少年來說我不是重要的同伴，甚至什麼都不是，只是個給他添麻煩的寄居人。就因為這樣一個女人活下去，他的生命就沒有白費？自以為是也該適可而止，自己有這樣的價值嗎？連安慰一個受傷且絕望的少年都做不到，就憑這樣的自己？如果要說什麼是無意義的話，答案正是我。

沒錯，「自己對尤里來說是什麼人呢？」——這就是答案了。

自己是他曾經救過的眾多人士之一，是一個沒辦法拯救他也沒辦法成為他的助力、沒有價值的局外人。到頭來她得到的結論就是這個。如果跟到這裡來的人不是自己……而是曾經與他一起走過的某個同伴，事情就一定不會變成這樣才對。

悔恨不斷溢出並滲進視野當中，儘管如此奧拉也沒有心情擦拭，只是將雙眼閉上——然而，就在淚水即將從少女的眼瞳滴落的時候，溫暖的指尖將它拭去了。

「咦……？」

手指的觸感溫暖且柔和。她不由自主的抬起頭來，少年就在她的眼前微笑著。

「是我救了妳，嗎……是啊，這確實是很大的成果。連這種事情都忘記的我真的好傻。」

少年一邊說，一邊輕輕拭去奧拉的眼淚。那溫柔的動作彷彿像在確認生命體徵似的。

接下來少年直視奧拉的眼瞳，低聲開口。

「謝謝妳讓我想起來，奧拉。」

在這一瞬間，少女的心臟跳得好大聲。

輕撫臉頰的柔軟雙手，俯視自己的溫柔眼眸，在極近距離下聽到如此坦誠的話語，心情不就會變得有些奇怪了嗎？不對，應該說這可能已經不是自己想太多了。

（該、該不會這就是……那樣的發展……!?）

到剛才為止的苦惱心情已經不知道飛到哪邊去了。奧拉完全被奇怪的妄想俘虜，索性閉上了眼睛，接著以獻身的姿態主動讓嘴唇湊近過去——

——咕嚕咕嚕咕嚕～～～——

一陣蠢到不行的聲響在樹海中迴盪。

這道殺風景的怪聲，讓附近樹上的小鳥迅速飛逃，連原本已睡著的小動物也慌張地四處奔散。當然，在極近距離的少年也吃了一驚，身體向後一縮。

不過，比誰都驚訝的是聲響的來源……也就是奧拉本人。

（為、為、為……為什麼現在才這樣!?）

奧拉摀住了發出聲響的肚子。

確實肚子是滿……不對，是相當餓了。畢竟，她最後吃的東西只有一塊沾滿泥土的麵包。那麼一點卡路里在接連不斷的逃跑中早就已經消耗殆盡。所以呢，也不是不能理解肚子會有抗議的心情……可是，也不需要在現在這個時間點發作吧？

儘管氣惱也於事無補。奧拉抱著已經來不及阻止的肚子，只能在羞恥和悲憤中獨自生悶氣。

尤里看到少女這副模樣後……很不給面子地開始放聲大笑。

「呵呵、呵呵呵……啊哈哈哈哈哈!!」

少年毫不客氣地抱著肚子笑倒在地。到底是什麼事情讓他覺得這麼好笑，甚至還笑出眼淚來？奧拉不禁鼓起了腮幫子表達不滿。

「不、不需要笑成那個樣子吧！這也是沒辦法的事呀，只要活著肚子都會餓的！」

「啊哈哈哈哈，呃，抱歉抱歉，我沒有嘲笑妳的意思……噗呵呵呵。」

尤里在說這些話的同時，依然笑個不停。少年就這麼放聲大笑了好一會，然後才邊擦著眼淚邊這麼說：

「不過，是這樣沒錯啊。只要活著肚子都會餓。就算明天就會死……我們現在、確實是還活著啊！」

「就、就是說呀！所以剛才、不是我的錯！」

即便不太明白他的意思，不過奧拉還是為了辯解表示附和。總之這樣一來似乎就可以糊弄過去，自己也就安心了……就在她放鬆警戒的時候，少年突然這麼告訴她：

「我說奧拉，我也很高興妳能活著喔。」

這句突然冒出來的直白台詞，又一次讓奧拉的心臟高速躍動。這種出乎意料的攻勢不會犯規嗎？

對這位少女的內心一無所知的少年，以清爽的表情站了起來，說：

「那麼，我們來做點吃的吧。首先從尋找食材開始，走嘍，奧拉。」

「咦？啊，好的！」

於是二人在夜晚的樹海中前行。

情況沒有一點改變，她跟少年明天就要被殺了，這是無法抗拒的事實。不過，二人的心情卻有些開朗。

單純為彼此的生命感到喜悅——這對於命中注定即將死去的二人來說，是多麼沒有意義、又是多麼渺小的安慰啊。不過就算這樣，這份微不足道的心意卻不可思議的讓人感到內心溫暖。

（啊啊，是這樣啊……）

奧拉突然知道理由了。

即使明知只有一日的生命，也要盡全力活下去——這點跟棲息在這個界相中的所有生命是一樣的。就是人類因為獲得智慧而相對遺忘的簡單存在之道。「死之前、活下去」。二人在回想到這一點之後，如今終於從不請自來的異物轉化為這個界相的一部分了。

或許正因為這樣的關係吧？奧拉已經不再覺得這片樹海很可怕了。她跟少年二人，以散步的姿態走在黎明前的森林中。他們採摘果實、觀賞野花、聊著無關緊要的事情、度過一秒又一秒。

樹海溫柔的包容著他們，並在最後送上了一份極度美好的禮物。

「喔……喂，妳看那個，奧拉。」

少年突然停下腳步，悄悄指向天空。

奧拉在他的引導下將視線上移，滿天繁星遍布於二人頭上遠方。

「哇啊，好壯觀……！」

「是啊，能夠看到這麼漂亮的星空還真難得，我們看到了好東西呢。」

二人相視而笑。

奧拉覺得無比幸福。她跟少年並肩而立，仰望美麗的異界夜空。想必現在這個瞬間，在這個世界中觀看這片閃亮群星就只有他們二人了。這是專門為他們準備的寶物，二人得到了「克雷提西亞」的一切奧祕。只要是少女，都曾經夢想過這種宛如童話一般的情境。沒錯，每位少女都不斷尋覓的真正浪漫，就在這裡。

……呃，本來應該是、這樣才對的……。

仰望星空的奧拉，終於低聲碎念了起來。

（……嗯～怎麼說呢……）

「……不怎麼感動呀……」

她跟少年二人獨處，觀賞只屬於二人的星空——這毫無疑問是自己會憧憬的情境……儘管這樣，她卻莫名覺得內心完全沒有想像中的悸動感。即使她努力用腦內旁白試著將氣氛烘托出來，但還是沒辦法否認感覺就是差了那麼一點。

正當奧拉還在煩惱為什麼會這樣的時候，她突然察覺到一件事。

既視感……沒錯，是既視感。因為她覺得自己曾經在某個地方看過完全一模一樣的滿天繁星。無論景色多麼壯麗，第二次看到時的感動就會減半，這是理所當然……呃，不對等一下，這很奇怪。這是她第一次在這個界相看到星空。因為這片星空跟地上的星座並不一樣，所以當然不應該會有「看過」這種事。如果以理性思考，這樣的既視感是不可能存在的。可是，她越看就越覺得自己果然在某個地方看過……。

「……啊，原來是這樣。」

就在這個時候，奧拉回想起來了。

沒錯，這片星空真的很像——在龍想中，艾莉森臨終前仰望的那片星空。

奧拉在察覺到這件事的瞬間，心臟悸動了一下。

「該不會，就是這裡……？」

「嗯？喂奧拉，妳要去哪裡？喂、喂，等等我！」

奧拉保持仰望星空的姿勢，搖搖晃晃的踏步走著。少年的制止並沒有傳到她的耳中。

沒錯……可是，又不完全一樣。所以我必須要讓二者對得起來。

真的就偏了一點點，差異跟指尖般細微。為了弭平只有她才知道的差距，奧拉奔跑起來。

她想要再一次伸手，探向本已終結的過去。

奔跑之後沒過多久，奧拉就抵達了那個地方。

「……！」

在青翠茂密的樹海中，有一處宛如遺世獨立的小小空地，這處空地中央聳立著一棵大迷樹。明明應該是如銅牆鐵壁一般群生的品種，卻不知道為什麼只有這棵樹孤立生長，簡直就像是在等待某個於遙遠的過去就約好會來的人一樣。

奧拉站在這棵樹的底下仰望天空，然後她確認了。

啊啊，果然是這樣。

從這個地方抬頭看到的星空，跟她在那一幕龍想中深刻見證的悲劇瞬間一模一樣——每顆星星的位置、角度、與光芒，所有的一切都分毫不差的一致。

沒錯，在這個每晚都會改變形態的界相中，只有一樣事物歷經數千年都不會改變，那就是懸掛在遙遠天空中的群星。換句話說，奧拉如今所站的這裡，正是過去與現在重疊的場所——

「喂、我說奧拉！妳突然走掉是怎樣!?」

少年追過來時表情非常擔憂。從他的角度看來，應該只是覺得她突然陷入錯亂了吧。

不過，現在的她連說明的空閒都要省下來。奧拉繼續背對著少年，往大迷樹的樹根蹲下，接著……就開始一心一意地挖掘地面。

她沒有明確的證據。不過，她有明確的信心。

這樣的她就像一個以樂園為夢想而開拓荒野的拓荒者，也像一個為了尋找新天地而航向大海洋的水手；此外，更像一個追逐無盡理想而潛入異界的冒險者。不安、猶豫、後悔，全部往背包裡塞，少女只是看著前方並伸手探了過去。

——而事實，就真的在那裡。

彷彿等待這個瞬間已經很久了。從泥土底下冒出頭來的是……一個酒瓶。玻璃在經年累月之下已經變得混濁，看不清楚裡面裝了什麼東西。

奧拉小心翼翼的將它挖掘出來……並輕輕的交給少年。

「這個是……『藏酒』嗎……？到底是誰，又為什麼要藏在這種地方……？」

「這還用得著說嗎？種樹是為了讓後人乘涼呀。」

奧拉說出一句從少年那裡學到的銘言。

「好了，請你收下吧。因為這個是……寄託給你的東西。」

雖然少年臉上浮現困惑的表情，但還是在她的催促下抓住了瓶子。結果，完成任務的玻璃就像沙子一樣輕易地散掉了，從瓶中出現的是……一本用油紙包起來的筆記本。

「唔！……怎、怎麼會，怎麼會有這個……!?」

在看到它的一瞬間，少年的表情僵住了。驚愕、動搖、困惑……至今從未見過少年如此慌亂。他以顫抖的聲音低聲說道：

「為什麼隊長的筆記本會在這裡……!?」

沒錯，藏在瓶子裡面的是葉卡報告的最後一塊拼圖，也就是昔日少年未能回收的第二十九份遺物。而且……是他敬愛的隊長艾莉森．葉卡留下的手記。經過四年的歲月，如今它就在少年的手掌上。

然而，即使實物就在眼前，尤里仍然不願意接受。

「不、不對，不可能有這種事……！因為，隊長去了三層……把、把我留下來了……所以，她不可能會在這種地方……！」

少年否認時，臉上浮現出明顯的恐懼神色。

奧拉明白，少年其實已經完全理解到這本破舊筆記本的主人就是艾莉森。然而即使這樣他依然試圖去否定，是因為他害怕誤認時會失望。假如不是的話，他很清楚自己無法承受今後的絕望……就跟昔日的奧拉也懷抱過的心情一樣。

正因如此，奧拉輕輕的握住了少年顫抖的手。

「沒問題的，尤里。其實你很清楚吧？答案非常簡單——艾莉森小姐是想要回去的。她要回去找的並不是任何人，而是你。」

沒錯，在探索第三層之後負傷瀕死的艾莉森，選擇了拖著殘破不堪的身體折回頭去。這並不是因為她害怕死亡。奧拉在龍想中看到的她，對自己的死亡有明確的自覺，即使如此，她的表情當中也沒有任何恐懼。既然這樣，她鞭笞著瀕死的軀體回來的理由只有一個，那就是曾經眼淚汪汪的將「不要走」這句話吞進肚裡去的少年……到最後的最後，她還是想要回到他身邊。

而正因為她明白這樣的願望已經無法實現，她才會決定把這本筆記留下來吧。在這個環境變化劇烈的界相，任何物品都會很快風化。所以艾莉森將這本筆記藏在瓶子裡。即使在自己的遺骨回歸塵土之後，還是要讓這個東西流傳到未來——這一切都是為了自己所珍愛的少年，他總有一天會回到這裡來的。

當然，事到如今已無人知道她的本心。不過……就算沒有明確的證據，她還是有明確的信心。因為她看到了，在少年身後靜靜守護的艾莉森，那無比珍愛的眼神。

「這樣啊……原來我……並沒有被扔下來嗎……」

少年如此低聲自語，緊緊抱住了已然損傷的筆記本。接著他深情地撫摸著封面，打算翻開頁面。然而，他的手卻在這個時刻停住不動。

這是重要的人臨死以前遺留的手記，會害怕讀它是理所當然的。所以奧拉輕輕地將自己的手放在少年的手上，說：

「我也一起看，所以不用害怕。」

「……嗯。」

於是二人將筆記本翻開，裡面以艾莉森的筆跡密密麻麻寫滿了文字。只不過，在一旁瀏覽的奧拉完全不知道寫了什麼。畢竟是以極快的速記將米粒大小的文字密密麻麻地寫在頁面上，還使用了很多從未見過的符號，恐怕是自創的縮寫吧。真不愧是那位葉卡隊的隊長，字裡行間透露出迫不及待想要將發現記錄下來的情緒。想必解讀難度也是隊員之最。

少年一頁一頁翻動這份雜亂的手稿，同時露出極度懷念的微笑。可能是墨水的氣味同步喚起快樂的過去記憶了吧。這是迷界的神明贈送給即將赴死的二人最棒的禮物。

……不過，這樣的表情只持續到中途。

「尤、尤里……？」

隨著少年繼續閱讀筆記，他的面容開始逐漸僵硬，同時翻頁速度也越來越快。原本還頗具細膩品味姿態的翻閱動作已不再出現，如今他的翻動速度飛快，表情凝固如冰，只有眼睛以驚人的速度掃視文字。

到底發生了什麼事？無法解讀內容的奧拉是不知道的。

「你、你怎麼突然這個樣子!?上面寫了什麼!?」

少年突然變了個人，讓奧拉驚慌失措。如果上面寫了會讓他大受衝擊的事，要怎麼辦才好？

然而，事情並非如此。

「……情報……」

© MAI OKUMA

「咦？」

「這是情報啊……！竟然有這麼多只有在三層才能得到的情報……！那個人，到最後的最後都還是個冒險者……」

少年低聲讚嘆。

聽到這裡，奧拉理解了少年全神貫注的原因。少年如今正在腦中，將艾莉森賭上性命遺留下來的一切情報牢牢記住，不放過任何斷簡殘篇。

當尤里就這麼翻完最後一頁時，他大大的嘆了口氣並仰天說道：

「……隊長，妳、妳已經看到這個地方了嗎……？」

尤里喃喃自語，彷彿在詢問那位在遙遠之地的女性。當然不可能會有任何回答，少年再次將視線落在筆記本上。……這時他發現，在最後一頁的左下角空白處，有一小行寫得很潦草的文字。

少年在看到那行文字的瞬間，笑著自問自答了起來：

「開～玩笑的啦，不可能會有這種事吧。」

那行文字記錄了什麼樣的內容，從奧拉的位置是看不清楚的。不過少年以豁然開朗的表情闔上筆記本，接著就站起身來……突然這麼說：

「我說奧拉，能不能麻煩妳準備食物？可以的話做個五人份……不對，希望妳做十人份出來。」

「咦……是可以……但你有這麼餓嗎？」

「沒啊，這是為了補充營養。其實有個有點麻煩的事情要辦了……哎，本來想說至少在最後一刻讓自己懶散一點，不過迷界真的就是這麼不盡如人意啊。」

少年一邊耍帥一邊回頭看向奧拉。奧拉在看到他的眼睛時，驚覺到一件事。

浮現在少年雙眸中的，已經不是不久之前的平靜神色，是為了求生存不管多痛苦多醜陋都會持續掙扎的救援者意志。那是一對大膽、臭屁、死纏爛打到底、不懂得放棄的鬣狗之眼。

她不知道筆記本的情報是什麼樣的內容，不過可以確定一件事：在少年讀了那些東西之後，二人獲得美麗終局的機會已經完全消失了。或許那只會帶給二人無謂的痛苦。不過就算這樣，奧拉依然心想。

果然他的紅色眼瞳，比較適合這樣的表情。

「嘿嘿嘿，難得到傳承之地來了。我們在這裡，也得要來一場足以流傳後世的華麗演出才行。準備OK了嗎？做好覺悟了嗎？來吧奧拉，我們上了——去盡情驅除怪物吧……!!」

少年手握破舊的筆記本，一對紅色眼瞳燃起生命之火，大膽狂傲的笑著說。

奧拉也用力點了點頭：

「好的!!」

※※※※※

自從那場在卡拉米提隊營地的戰鬥結束之後，剛好過了整整一天。

在破壞與再生的時間到來前，一名少年的身影，獨自站在昏暗籠罩的樹海中。

少年閉上眼睛不斷深呼吸，只是靜靜的等待著什麼。

而那個「什麼」，沒多久就到來了。

「——唷，捉迷藏玩夠了吧？」

從森林深處現身的是一名女子——卡納莉亞．卡拉米提。

而卡納莉亞一上來，就開始嘻嘻笑著這麼說：

「呵呵呵……好似曾相識的感覺啊，尤里。這簡直就像上次的重演，我好擔心喔，擔心結局會不會也跟上次一樣呢。——你不斷想策略，我把它們粉碎，然後贏的還是我。不是嗎？」

「很遺憾，不過不會一樣的。這回我沒打算死……而且也不是一個人來的。」

卡納莉亞聽到這句話之後，將她的視線稍微偏移一點。一名少女的身影，正遠遠的在少年後方一臉擔心的靜觀事態發展。

卡納莉亞忍不住嘻嘻笑出聲來：

「哦，這還真是個可愛的幫手。所以，這回和上次不一樣的地方只有這點小變化嗎？你想說憑這個就可以贏過我？」

「這個嘛，誰知道會怎樣呢。不過，整個世界都可以僅僅一天內就全面翻轉了，我就算變得可以贏過妳也不會很奇怪吧？尤其是，在這個界相啊。」

少年繼續靜靜的低聲訴說：

「妳看，又到了世界重生的時間。妳在下一個『今天』，還可以當女王嗎？」

敵意與敵意相互對撞，這一帶的樹木彷彿受到驚嚇，開始發出嘎吱聲響。「黎迴期」終於來臨了，不過二人都沒有撤退到安全地帶的打算。因為這就是最後的決戰，其中一方會確實死亡。既然這樣……一開始就在地獄當中廝殺還更省事。

樹海就這麼開始集體崩塌。這就是開始的信號。

「來吧尤里，抵抗給我看看……!!」

這回開啟戰端的人還是卡納莉亞，她一拔出戰斧就筆直對著少年逼近過去。佯攻跟小伎倆都沒有用，她早就已經看穿了。在上次的戰鬥之後只過了一天，少年在那場戰鬥中已經用掉手上的牌，如今已經沒有可以玩弄的策略了。

卡納莉亞就這麼輕易逼近到致命的距離，對準少年的頸子揮下斧頭。……然而就在這個時候，意料之外的阻礙出現了。

在站立不動的少年前方，大迷樹之壁倏然向上伸展。卡納莉亞對突如其來的阻礙咋了聲，同時迅速原地橫向轉身。……可是，原本還在那裡的少年身影消失了。

（嘖——！）

在察覺目標不在的這個瞬間，卡納莉亞立即扭轉身體。霎時，一顆子彈撕裂了她的頭部於零點一秒前所在的空間。發射子彈的兇手不用說，正是潛伏在大迷樹背後的尤里。在這個連麻煩的狀況都可以即時化為助力的少年眼中，閃耀著赤紅的生存意志。她都已經好幾次展現二人之間的等級差距，但他依然認為自己才是獵人的一方。

「哈哈！真是臭屁！不過，就是要這樣才對！」

卡納莉亞以大凡人類幾乎不可能會出現的速度將身子一轉，毫不畏懼筆直衝向槍口。如果是像先前那種出其不意的招式也就算了，不過只要看得到扣動扳機的手指，那麼不管是瞄準還是開槍時機都可以看得一清二楚，這樣一來要被這種只能單點攻擊的槍彈打到反而比較困難。於是卡納莉亞完全沒有減速，逕行越過彈幕。

再過三秒……少年的頭就要和身體說再見了。卡納莉亞如此堅信，但在這個時候又出現了意外。她的眼前突然有『暗煙樹』長出來。不用說，如果只有這樹的話還是很容易踏步迴避……本來應該是這樣的，但少年發射的子彈卻恰好射穿了「暗煙樹」的花粉囊，樹在這種刺激下立刻噴發煙霧。而且這樹似乎還是經某棵有毒樹授粉過的雜交種，孕育著足以讓周圍樹木枯萎靡爛的劇毒煙霧。就算是卡納莉亞面對這煙霧也只能大幅度後退。

然而，在她退避的地點是有陷阱的。這是貼近地面設置的鋼絲陷阱，是利用她自身的速度以斷其腿腳的機關。話雖如此，她早已掌握了自家裝備被少年偷走的情報，這種陷阱當然在她的預料中，只要輕輕一躍就可以了事。但就在這時候，大迷樹意外在她的旁邊發芽生長。雖然那棵樹本身不構成威脅，但被樹木拉扯的鋼絲以彈跳的姿態從中斷裂，累積到臨界狀態的張力，讓鐵絲彈跳出低沉的嗖嗖聲響，宛如一道凶惡的鐵鞭對卡納莉亞的脖子露出獠牙。原本不過是鋼絲陷阱，卻在樹海的惡作劇之下變成了斷頭台。

然而……。

「……嗯～～果然是我看走眼了嗎？」

卡納莉亞輕鬆伸手抓住鋼絲，無聊的喃喃自語著。利用地形的陷阱、活用樹木的巧妙行動、再加上複數意外，少年的確是沒有放棄。但是，這些全都遠遠比不上卡納莉亞。實際上如果真要講，從戰鬥一開始少年就已經死三次了。現在這個瞬間少年之所以還可以呼吸，不是基於他的實力或其他原因，單純只是因為運氣好，不過是在「黎迴期」時生長出來的植物全都站在他那邊罷了。

沒錯，就在她思考這些事的當下，又有麻煩的毒草擋在本應已經被自己追到陷入絕境的少年面前。又沒殺成，也厭煩到有些不行了。……只不過，她的腦海在厭煩的同時也浮現了一個微小的疑問。戰鬥開始才不過短短數分鐘，少年在這麼短的時間裡就被森林救了四次命，簡直就像是樹海本體在守護少年一樣。要說是偶然的話……無論如何也太剛剛好了吧？不如說，這樣的想法還更有道理：

少年是依據某種確證，藉由穩固的必然性守護自身——

（……不會、吧……）

就在她因為這個突如其來的「假設」分心的時候，少年突然丟出一把刀子，這種對敵方的細微鬆懈都不放過的洞察力實在很了不起。不過，就因為是倉促之舉，這一次攻擊也就顯得單調且毫無技巧可言。不管注意力再怎麼渙散，這種攻擊就算打瞌睡也躲得開。

可是就在她理所當然即將躲開的這個瞬間，又有一棵大迷樹像要斷絕她退路一般，生長出來。在雙重突襲之下，銳利的刀刃直接命中卡納莉亞的臉……不過，這招根本不成問題。卡納莉亞輕鬆的用牙齒咬住了刀子，她不慌張，也不生氣——反倒露出了非常開心的笑容。

啊啊，果然是這樣。巧合？偶然？幸運？——不對，不是這些東西。

剛才那招讓她清楚明白一件事。少年是知道的，知道大迷樹會在那個地點、那個時機發芽生長。他就是在這個前提下丟出刀子引誘對手走進表面上的退路。

至此卡納莉亞理解了。理解少年在這一天達成了什麼——

「哈哈哈，這樣啊……！你終於完成了嗎——葉卡報告……！」

這份報告匯總了「克雷提西亞」的情報——假如他在真正的意義上完成了原本不完全的它呢？又如果他成功解析了原本公認是隨機的樹海生成流程，有能力預測這個界相「明天」會重生成什麼樣子的話會如何？如此就可以說明這種稱得上是預知未來的異常現狀了。

「回答我，尤里。你到底是怎麼在短短一天之內完成報告的？該不會、是傳說中的龍告訴你未來了吧？」

面對情緒亢奮的卡納莉亞，少年靜靜搖了搖頭。

「不是，才沒有那麼誇張。妳看……答案就在那裡啊。」

在他所指的位置，有一隻輕飄飄飛舞的蜂。

「這傢伙是大氣蜂——這個界相的花粉傳播完全由牠們跟牠的亞種承擔。妳知道這代表什麼意思嗎？什麼時候、在什麼地方，什麼品種和什麼品種交配，大氣蜂都很清楚。這表示，牠們知道接下來會在什麼時候長出什麼樣的樹。這些傢伙其實擁有『克雷提西亞』的『明天的地圖』。」

對大氣蜂群來說「克雷提西亞」是專屬於牠們的花園。想種什麼是牠們的自由，想淘汰什麼也是牠們的自由。這個界相的真正統治者，是這群連用來戰鬥的螫針都沒有的小不點羽蟲。

不過，卡納莉亞聽到這番話之後，卻覺得荒謬可笑並搖了搖頭。

「假設真的是那樣吧，那又如何？你要怎麼從蟲子那裡問出情報來？」

「很簡單，妳只要稍微側耳傾聽就行了。這些傢伙可是很愛嘮叨的。」

「喂尤里，我看起來像是喜歡猜謎的女人嗎？」

少年被她這麼一瞪，先是說一句「真是性急啊」之後，聳聳肩繼續說：

「是『舞蹈』。這些傢伙不是用言語，而是用飛行方式對話。這種意思傳達方式也可以在部分地上的蜂類身上看到。不過論其複雜程度，地上的物種就沒辦法跟牠們相提並論了。三十八種飛行法、九種振翅聲、四種費洛蒙、十三種觸角振動……牠們將這些全部組合起來形成了一套語言系統。如果要我講，這些傢伙的語言可要比人類高等太多了。不過嘛，不同巢穴的方言差異巨大是滿讓人傷腦筋就是了。」

卡納莉亞聽著少年以輕快的語調說出這番話，同時皺起了眉頭。她並沒有懷疑所謂舞蹈的說法。在這個關頭根本不可能精心編造這樣的謊話，他說的應該是真的吧……然而，正因為她相信才更難以置信。

沒錯，假如少年的話語是事實，代表這些蜂的語言具有遠遠凌駕於地球上現存語言的多樣性和複雜性。他的意思是將這些全部破解並掌握了嗎？不對，假設他辦得到，問題也不是只有這樣。先把範圍限定在以這附近為領域的巢穴好了，他以為一個巢穴裡到底有多少大氣蜂？要解讀每一隻蜂的舞蹈，從解讀結果反過來推算已經進行過的授粉交配，還必須要調查原來的樹木並從遺傳的顯性隱性推導出下一棵發芽樹木的特性。更不用說還要把範圍擴大到這附近一帶的所有區域，思考作業也會膨脹到非常難以想像。

那會是一組包含無數的變數且複雜交纏的計算式子，就跟一臺可怕的巨大精密機械一樣。假如有任何一個地方，哪怕只是對一個小不點蜜蜂的行動判讀錯誤，一切就會在那個瞬間失控。他到底具備了多麼強大的集中力跟耐心，才能駕馭如此怪物一般的算式呢。

跟自己擁有的絕對「武力」不同，這種弱者所隱藏的異質「利牙」，讓卡納莉亞突然感到一陣寒意。少年悠閒的對這樣的她說道：

「好了，謝謝妳陪我聊這些深奧知識。妳比我想像的還要守規矩，真是幫大忙了……託妳的福也到了剛剛好的時候呢。就這樣，我們差不多可以重新開始了吧。畢竟在落幕之前還有一段滿滿的預定行程要跑。」

少年挑釁地笑著。看樣子他已經看到了，通往勝利的每一個步驟。

啊啊，真的是一個有趣的孩子。

「不錯哦，那麼我也奉陪到底吧……！」

就這樣戰端再次拉開帷幕。不對，應該說現在才算開演重頭戲。

彷彿在呼應二人的戰鬥一般，森林的轟鳴聲變得更加激烈。「黎迴期」達到了高峰，到處都有未知的植物群發芽生長，戰場的形態每一秒都不斷在改變。在這座每一片刻不停流轉的森林中，「安全」或「確實」之類的詞彙已經無法成立，踏出去的每一個步伐都是賭命的巨大賭博。這也正是「克雷提西亞」的本來面貌。

然而對卡納莉亞來說，最大的威脅並非森林本身，而是尤里這個指揮者的存在。燒灼肺部的毒霧、穿透心臟的棘刺、截斷四肢的葉片……不管這些物種有多危險，一旦到了卡納莉亞的等級要一一應對並沒有那麼難。不過，如果這些物種再加上他的話，狀況就完全改變了。槍擊、擲劍、有時還有陷阱，這些準確搭配危險樹種發芽時機的攻擊，讓應對變得驚人困難。這已經不是無秩序的植物叢了。得到少年這個指揮官的樹海，宛如一支受到高度統率的軍隊。如今所有的樹木都是守護少年的盾，所有的樹木也都是威脅卡納莉亞的劍。也就是說，她的戰鬥對象，簡單講就是這個界相本體——

事已至此，卡納莉亞不得不承認。

如今支配這個戰場的人，毫無疑問就是少年。擁有什麼作用的樹，會在什麼時候，在什麼地方發芽——在這個界相掌握這些事情，也就等同於看到了未來。而他所擁有的頭腦跟技術能夠將這種看到未來的能力發揮到百分之百。本來這個少年應該是無足輕重的弱者，如今，他已然成為「克雷提西亞」的統治者。

而在跟這種不可見之利牙對峙的卡納莉亞……則逐漸被逼入絕境。

如同將死的棋局般，對方的每一步棋都讓她的生存餘地不斷消失。她感覺自己正在被看不見的手逐漸掐緊喉嚨。壓迫感讓她無法呼吸，焦躁感讓她飽受煎熬，耳邊更聽得見悄然而至的敗北腳步聲。這種「被狩獵」的感覺，打從她出生以來還是第一次體驗。她如今就像一隻落入蜘蛛網的蝴蝶，被好幾層策謀之絲纏繞不放，越掙扎只會越接近死亡。

曾經被譽為「近身戰最強」、無法無天的卡納莉亞——不受任何規則束縛，不受任何人阻擋，甚至連國家都無法駕馭她的無敵強者——如今，卻像個小丑一般被迫在少年那小小的掌心上跳舞，多麼難看、多麼恥辱。被她屠殺的數千名死者若是親眼見到這副醜態，想必都會放聲大笑吧。

然而，這個令人顫抖到難以忍受的屈辱事實……卻比任何事物都讓她愉悅。

「很好……很好哦，尤里……！這樣很好……！」

即使被迫陷入明顯的劣勢，卡納莉亞依舊表情恍惚的舔了舔嘴唇。

掌握界相的少年，如今已成為堪稱亞龍的存在。不過，正因為這樣才更有征服的價值。

「你的表現遠在我的期待之上，太棒了……！所以，我也告訴你一件事當回禮吧，就是你所不知道的世界真相……！」

少年確實憑藉那份「智力」得到了絕大的武器，就算說他重獲新生也不為過。不過，那在卡納莉亞看來也不過是虛有其表。不管在什麼時候，真正能改變世界的都是簡單的「暴力」。

智慧、悟性、數學……人們將這些智力的結晶稱頌為高尚，將武力和暴力蔑視為下等。但在她看來完全相反。

不管是眾人公認多麼偉大的知識分子，在戰場上也會被大字不識的一介兵卒殺死。區區10公克的鉛彈就能讓一切化為烏有，這就是「智」的脆弱。

所謂的高度文明，被戰亂滅絕了多少次？

所謂的高尚藝術品，被戰火燒毀了多少次？

所謂高貴的愛，拋棄了多少哭喊的弱者？

即使廣受吹捧、崇拜、保護，在眾人守護之下依然輕易滅亡，這高尚在哪裡？在這一點上，「暴力」就不一樣了。即使被萬人指責為惡，依然不可能會在這個世界上消滅的絕對強者——這就是暴力的概念。這是當然的。就連科學和技術的根基，歸根結柢也是戰爭。大凡所有的知識跟文化，追根究柢也不過是為了殺害他人、或者是為了保護自己的副產品，所以打從一開始就完全贏不過暴力。

沒錯，鬥爭才是這個世界的真實。一切都由戰場誕生，又死於戰場。這就是只活在死地的她所得到的絕對真理——而這種戰爭的體現者，正是卡納莉亞。她就是貪婪吞噬萬物的戰禍本身，是帶來災厄的烈火與鋼鐵風暴。如果說少年已經與森林合而為一，那麼她就化身戰火，直到將這一切燒盡。

在死亡迫近的危急關頭，卡納莉亞的動作更加帶有人以外的味道。以狼的速度疾馳大地，以鷹的銳利揮舞利斧，以獅的威力拆折樹木。即使面對界相本體，依然僅憑一人擊潰一切。如此一騎當千的架勢，簡直就是掌管戰禍的鬼神本尊。沒錯，就跟迷宮鬼蜘蛛那時候一樣——她正以驚人的速度適應這種絕境。

而這種加速的「進化」，終於到達了臨界點。

剷掉樹幹、踐踏樹根、斬落樹葉，卡納莉亞以舞動烈火之姿在戰場上奔馳。在她令人毛骨悚然的威猛氣勢下，就連應該還處於看到未來狀態中的少年也來不及指揮。——她的進化速度終於快到連未來都超越過去了。

「逮到你了，尤里!!」

用蠻力突破大樹海包圍的她，終於踏入必殺的距離。她對著少年的腦袋揮下戰斧。而就在卡納莉亞要砍下那顆腦袋的那一剎那——大迷樹在她的周圍同時發芽生長。

這是自損皮肉以斷敵筋骨，以自己為誘餌的捨身陷阱。少年也不認為自己能夠不冒風險就戰勝這個女人。

……不過，卡納莉亞對這陷阱以鼻子發出冷笑。的確，如果是戰鬥開始前的自己應該就不得不迴避了吧。然而，進化到現在的她已經連樹木的生長速度都嫌太慢。沒有退縮的必要，在大迷樹生長完成前先踏出一步——這樣就分出勝負了。

卡納莉亞在剎那之間微笑起來，朝向榮耀的勝利踏出那一步。

——然而，本來應該輕而易舉的這一步卻踏不出去。

「……啥？」

腳動不了。不是因為有陷阱，也不是因為受到妨礙。儘管這樣，卻不知道為什麼無法踏出最後的一步。卡納莉亞因為這種未知的感覺而大吃一驚。不過，理由卻極度單純。

「——果然妳沒有察覺到啊。妳的確是個怪物……但只要是生物，即使是怪物也是有極限的。」

少年這句話讓她理解了。

腳動不了的理由，其實是再單純也不過的「疲勞」所導致的。自從戰鬥開始以來，她就持續毫無喘息的與界相本體戰鬥，這在某種意義上是理所當然的代價。

當然，一般人類在變成這樣之前應該就會察覺到極限了吧。然而不幸的是她太強了，先前從未經歷過疲勞的折磨。畢竟她只要全力以赴，不管是什麼樣的敵人都會在一分鐘之後變成肉塊。她不可能會知道體力有極限，也感受不到有知道這種事的必要性。

但少年就不一樣了。他相信這種情況一定會到來，所以一直在持續觀察。從呼吸、脈搏、出汗、血色、眼球運動乃至於一舉手一投足，所有徵兆他沒有一個放過。然後他看穿了，連她自己都不知道的她的極限。

——沒錯，對卡納莉亞來說，最大的敵人不是少年也不是樹海，而是因為最強的緣故對自身的無知——

不過，事到如今才察覺到也已經太遲了。

大迷樹之壁發出轟然聲響，在來不及逃走的卡納莉亞周圍不斷脹大。它化身為巨大的老虎鉗，從四面八方擠壓著卡納莉亞。超過五十公尺的異常巨木以爆發性的速度生長，其間產生的能量……這種壓力壯大到無法用言語形容。在前後左右同時襲來的龐大質量夾擊之下，卡納莉亞的全身發出慘叫聲。

「啊、呃、啊啊啊啊……!!」

肌肉受到擠壓，骨骼咯吱作響，內臟在壓迫下瀕臨破裂。即使是卡納莉亞，在構成這座迷宮的大迷樹面前也非常無力。更何況，還有進一步的追擊。少年對死命承受大迷樹以避免被壓碎的卡納莉亞，毫不留情擲出刀子進行追殺。

（媽的王八蛋……!!）

正因為是她才明白，這把擲來的刀子，正以完美的速度和時機逼近她的咽喉。在這個動彈不得的狀態下，她無法防禦也無法躲避。刀子應該會扎扎實實的貫穿她的脖子。

啊啊，原來如此。這樣一來我就輸了吧。

在宛如走馬燈的一瞬間，卡納莉亞坦率的認栽了。她並不是那種無法將事實認知為事實的笨蛋。換句話說，她是在這個地方敗北了。

……只不過。

「——輸的人，是一秒鐘前的我……！」

的確，她現在被迫認知到自己的極限，也被逼得要承認自己的敗北。不過，這還不算結束。就跟先前適應樹海的攻勢一樣，她真正的本領在於進化本身，無敵的力量不過是進化的結果罷了。因此，她現在就要進化，將剛剛才知道的這堵名為極限的牆擊破，進化到足以征服眼前所有障礙的地步——

「啊啊啊啊啊啊啊啊啊啊——!!」

卡納莉亞用身心靈全力咆哮。

不用什麼策略。

不需要什麼道理。

理論什麼的就隨手扔一邊吧。

單純明快、千真萬確、毫無雜念的蠻力施壓。將自己的一切傾注於四肢，正面挑戰大迷樹之壁。這或許看起來很容易被認為是愚蠢的掙扎，不過打頭陣的人看起來也總是很愚蠢。而就是要踏出如此魯莽的一步，才會開闢出新的道路。

剎那間，阻擋她的樹壁開始嘎吱作響。

「大迷樹」——這種以非凡的堅固程度為特色的全界相最大樹木，形塑了「克雷提西亞」大迷宮的骨幹框架。任何人都不被容許越過這些樹前進，甚至沒有人敢嘗試這麼做。它本身就是「克雷提西亞」絕對不容動搖的根源法則。

——如今，這樣的大迷樹，就這麼被純粹的力量摧毀了。

大迷樹隨著轟鳴聲被攔腰折斷。在這幕無法想像會發生的光景上演時，一把刀子飛來試圖阻止它。

是她會先摧毀大迷樹的束縛呢，還是白刃會先貫穿她的咽喉呢？兩者相互交錯，之後——

——勝利的是卡納莉亞。

刀子略微擦過她的肌膚，僅在臉頰留下一道傷痕，刀刃刺進了她背後的樹木。——只差零點一秒，卡納莉亞更快一點。

在這個瞬間，她將「克雷提西亞」的一切都征服了。

「呵呵……呵呵呵……啊哈哈哈哈哈哈!!」

以轟然倒塌的大迷樹為背景，卡納莉亞發自內心開懷大笑。緊接著大迷樹在一陣地鳴聲中轟然落地……一切回歸寂靜。

戰鬥開始三十分鐘後，「黎迴期」來到了結束的時候，樹海如同死去一般不再動彈，而這代表的意義只有一個——

「看來是你輸了啊，尤里？」

少年藉由看到樹海重生的未來，將界相本體作為武器而取得優勢。然而，一旦「黎迴期」

結束，這武器也就消失了，留下來的只有等同於全裸的弱者。當少年在那三十分鐘沒能分出勝負的時候，他的敗北就是確定的。

沒錯，結局跟卡納莉亞說的一樣，結果還是和上回沒有兩樣。少年不斷想策略，她把它們粉碎，而贏家還是卡納莉亞。弱肉強食——世界就是用這種方式運作的。

而被迫認知到這件事的少年……卻不知道為什麼，平靜的微笑著。

「哎呀，敗給妳了敗給妳了。妳真的很強，這下我可打不贏妳了。」

少年坦率開口投降。不過，果然他的表情一整個平靜。虛張聲勢……看起來也不是。卡納莉亞看到他這樣，微微皺起眉頭。

不是這個樣子吧？

他輸了，不會有錯，輸得一敗塗地。他接下來就要被扭斷脖子慘遭殺害了。這樣的話，他臉上浮現的表情應該不是這個樣子。跪下、低頭、在地上爬、哭著喊叫乞求饒命，敗者應該有的表情應該是那個樣子才對。儘管這樣，他為什麼還會微笑成這個樣子？簡直像……簡直像在說，自己才是真正的勝者一樣。

這已經違反規矩了吧？

為了埋葬這個桀驁不遜的敗者，卡納莉亞向前踏出了一步……可就在此時，她察覺到了異樣。

身體異常沉重、頭部莫名暈眩、雙腿使不上力、五感全都變得模糊，簡直就像自己不再是自己一樣。這種情況還是頭一回。沒錯，打從出生以來，她從未親身體驗過不自由的感覺，只要她想就隨心所欲地動，一路制服所有敵人到今天。就連剛才的疲勞極限也一下子就克服了。對她來說，自己的肉體是最棒的夥伴……儘管這樣，這又是什麼情況？彷彿全身被五花大綁一般的封閉感。出生以來第一次感受到不如意，讓她連走路都不能隨心所欲。

「我真的很羨慕妳。如果有妳那種力量，不管什麼我都可以守護了啊。」

少年悠哉悠哉的對狼狽的卡納莉亞這麼說。

但她已經模糊的思考已經顧不上那些話了。

到底我被怎麼了？骨頭沒斷、肌肉也沒事、那點無聊的疲勞應該早就克服了才對。說到底，雖然被逼到絕境，但卡納莉亞都在千鈞一髮之際防禦了所有攻擊。別說致命傷了，她根本沒有受到一次有效打擊。既然是毫髮無傷的取得完全勝利，應該沒有被怎麼了才對。

沒錯，如果要說有什麼稱得上是傷的，頂多就是最後擦過臉頰的那把刀吧。不過這點程度，說是負傷都會嫌蠢，真的就是微不足道的擦傷——

（唔……!?該不會……？）

就在這時候，卡納莉亞察覺到一件事，並轉動麻痺的身體向背後望去。

在她的視線盡頭，是那把本來應該沒有命中的刀子——那並不是少年從卡拉米提隊搶到的戰利品，而是他自己一直藏在身上的武器。

她用朦朧的腦袋努力回想。當少年緊握那把刀子，向她第一次發起挑戰的時候，他說了什麼來著——？

「是啊，妳的確很強。可是呢，這點事我一開始就很清楚啦。」

沒錯，少年早就很清楚。就算借助界相的力量，結果還是打不贏卡納莉亞。他也知道不管怎麼進逼，她都一定會在危急關頭進化並超越過去。

因此，他的目標從一開始就只有一個。不是斬落首級，也不是摘下心臟，因為那是強者取勝的方式。

弱小、脆弱、渺小的弱者能做到的事情，就是——

「一道、擦傷——總算擦到了。」

傾注身心靈的，致命一刺。一切動作都是為讓他持有的唯一武器刺中。

少年那渺小的針，終於觸碰到最強的女人。

「——呵、呵呵呵……呵呵呵呵呵……」

理解到真相的卡納莉亞，用麻痺的嘴唇呵呵笑著。

她只是，打從心底感到快樂的不得了。這麼愉快的心情已經很久沒有過了。

「不錯啊，真不賴……啊啊，就該這樣才行啊，尤里……!!」

卡納莉亞如此笑著說，同時踏出一步。鉤爪螺旋蟲的劇毒已經擴散到全身，一般情況下應該早就當場倒地才對。可是，卡納莉亞的腳步並沒有停止。一步、兩步、三步……她紮紮實實的向少年逼近。

沒錯，「如果是常人」之類的假設沒有任何意義。她是卡納莉亞……世界最強的女人，卡納莉亞．卡拉米提。鉤爪螺旋蟲的毒算什麼？不管它有多強大，她要做的事情也不會和平常有什麼不同，克服、進化、征服，就跟她至今已經如此粉碎了所有阻礙一樣。這樣的生物就是無敵的卡納莉亞。在她將這個世界上的一切都征服的時刻到來以前，誰都不能阻止她的腳步。

受劇毒侵蝕的卡納莉亞，依然在大地上奔走。她的目標只有少年的首級。如今「黎迴期」早已結束，已經沒有什麼東西可以保護他。只要有三秒鐘就能輕鬆殺掉他。

看吧，果然還是我贏了。

堅信必勝的卡納莉亞猛然發出勝利歡呼，同時舉起戰斧——在斬下少年首級的前一刻，轟然原地倒下。

「……下、下一次、一定要……征服……你……!!」

她倒地之後瞪著少年，眼中寄宿著至今依未熄滅的鬥志，而這就是卡納莉亞最後的動作，這回她真的失去了意識——總有一天，她會獲得連鉤爪螺旋蟲的毒都無法撼動的抵抗力吧……但看起來，還不是這一回。

樹海就此恢復寂靜。

彷彿先前的死鬥不是真的一樣，世界就這麼風平浪靜。

……不過，有個事物打破了這樣的靜寂。那就是，一直在旁邊屏息見證勝敗的奧拉。

「尤里!!」

奧拉從樹蔭裡衝出來，激動地喊出少年的名字。

他贏了，他打敗了那個無敵的卡納莉亞！不對，其實勝敗都無所謂。尤里現在還活著，光這樣就可以讓自己高興到不行了。

一整個放心下來的奧拉欣喜地跑到少年身邊……可少年就這樣在她眼前咕咚一聲，跪倒在地。

「你、你怎麼了!?難道說，你傷到哪裡了……!?」

雖然卡納莉亞在最後那個瞬間的攻擊，在奧拉看來似乎是沒有命中，但少年說不定還是受到了什麼傷害……奧拉想到這裡臉色一陣蒼白，不過看來是杞人憂天了。

「嚇、嚇、嚇——嚇死我了~……」

「咦？」

勝過最強女人的少年說出來的第一句話，令人吃驚的遜到不行。

「妳、妳看到了嗎奧拉？那傢伙真的把大迷樹攔腰折斷了！而且中了鉤爪螺旋蟲的毒還能動啊!?我為了以防萬一還事先把濃度提高到三倍耶!?哎呀真的，這太可怕了，真的太可怕了。絕對會讓我做惡夢的……」

少年臉色鐵青，不斷喃喃自語著「太可怕了太可怕了」。他的腳則像剛生下來的小鹿一樣不停打顫。看來他跪倒的理由似乎是嚇到腿軟了，這跟敗北之後依然正大光明公開宣戰的卡納莉亞大不相同。這樣一來都不知道誰才是勝者了。

「真是的~請你振作一點！」

「可是啊……」

平常他那種沒有意義的耍帥都不知道跑到哪裡去了。奧拉看著少年這副跟害怕上醫院的小狗狗一樣的醜態，大大的嘆了口氣。

這件事就先不管了。

「請問……這個人、要怎麼辦呢……？」

奧拉將目光投向昏迷的卡納莉亞。雖然現在毒藥是生效了，但剛才奧拉已經非常充分的認知到她是超乎尋常的怪物，就算她隨時醒來發動襲擊也不奇怪。

結果，少年掏出槍來代替回答。

「這還用說嗎——就這麼辦啊。」

話音剛落，少年的手指就扣動扳機。

在這個瞬間，少年射出的子彈撕裂大氣——在晨空中綻放出巨大的閃光。

「卡拉米提隊的人看到剛才那個應該就會注意到了吧。」

少年說完這句話便將閃光彈收起來，讓倒在地上的卡納莉亞平躺在安全的樹根旁邊。接著他為她蓋上了外套，甚至還仔細治療了她臉頰上的傷口。

奧拉看到這一幕，感到非常不安。

「沒問題嗎……？我不認為，這個人會放棄……」

對方過來時是殺氣騰騰的，而且剛才還發表過復仇宣言。當然不是說要「殺了她！」，不過是不是應該多做些防範措施會比較好？

然而少年卻很乾脆的聳聳肩說：

「啊啊，沒什麼問題啦。我可是救援者哦？如果每次戰鬥都把冒險者殺掉，我就沒客人了。」

少年又先說了一句「而且啊」，才繼續說下去：

「說到底，這場戰鬥也太不公平。畢竟我們這邊可是三十個人聯手，這樣也算勝之不武吧。」

他之所以能打敗卡納莉亞，終究是因為有界相的力量庇蔭。而讓它成為可能的情報，正是來自於艾莉森所遺留的筆記本。

上次遠征時收集的情報，這次旅途中得到的情報，以及艾莉森所遺留的三層之後的情報……少年將這一切串連起來，才終於得以完全解析大氣蜂的舞蹈。換句話說，這一次的勝利是葉卡隊三十個人合力硬搶過來的。

「……不對，應該說是、三十一個人吧。」

少年微笑著說出這句話，讓奧拉的臉羞紅了。……不過遺憾的是，她這紅暈很快就消失了。

「不過嘛，說實話妳講得也沒錯。卡拉米提隊的那些傢伙，馬上就會怒氣沖沖地趕過來了。而且等這傢伙一醒來，應該也會立刻追上來的。」

「咦咦！這果然還是很不妙吧……」

仔細想想就知道這是理所當然的。對方是國家派遣的部隊，就算沒有卡納莉亞也不會中斷任務；而且扣掉卡納莉亞還是聚集了一群菁英，如果他們來真的，二人根本沒有勝算。想靠這場戰鬥就解決全部的問題，當然不可能會有這麼美好的事。

不過即使承認這一點，少年依然一直笑著：

「是啊，相當不妙呢，非常非～常的不妙。所以我們不逃到那些傢伙抓不到的地方去就不行呢。」

在聽到少年這麼刻意的表達方式之後，奥拉明白了。

沒錯，對少年來說，跟卡納莉亞的戰鬥根本就無所謂。畢竟他到這裡來的理由，打從一開始就只有一個。

「好了我們走吧，路只有一條，就是我們本來的旅程——去攻略『克雷提西亞』嘍!!」

第六章 ——夢的盡頭——

KISEKAI TRAVERSE

「克雷提西亞」，是號稱為未攻克領域的迷界最高難度界相，有迷宮、危險物種、龍想……等各式各樣數也數不清的冒險者障礙。不過如果要問其中最為堅固的關卡是什麼，十之八九的冒險者應該都會這樣回答——「三層之壁」。畢竟在歷經五度的遠征史中，越過此壁的人類就只有一個人而已。

在「三層之壁」聳立的三層盡頭，有兩個人的身影。

「——這、這就是，『三層之壁』……！」

奧拉誇張的將眼睛張大。……不過，她的表情立刻恢復原狀。

「嗯，是在哪裡呢？」

在歪頭表達不解的她眼前，是一大片平常到已經看膩的樹海。沒錯，這個界相本來就到處都是由大迷樹與危險樹種構成的樹壁，就算鄭重其事的稱呼為「三層之壁」，也會讓人覺得沒什麼了不起。

「說穿了，雖然大家一直都說『三層之壁』、『三層之壁』的，可是那到底是什麼呀？」

她一直以為按照字面意思會有一堵牆壁，可是事實並不是這樣。既然如此，又是什麼問題讓大家這麼頭大呢？

然而，少年回應的答案一整個模稜兩可。

「嗯～～妳問我是什麼喔，這有點傷腦筋啊。」

「？不太清楚的話不就不能通過了嗎？總而言之往樹木靠近就行了吧？只要找到繞過去的路線不就好了。」

奧拉焦急得如此提議。到目前為止他們都是這麼不斷繞路跟迷路之後才抵達目的地的，這次不也是那樣嗎？再說，這次的目的地可是那棵巨大樹木，絕對不可能會看漏，也不用擔心弄錯位置。正因為它夠大，可以到達那裡的路線應該有非常多吧。以目標物的意義來說，沒有比那棵樹更簡單的東西了。

「啊，你看，那邊的路怎麼樣？好像可以走到裡面去哦！」

奧拉這麼說，同時指著一條位於她右手邊、向前延伸的道路。她好歹也到這個地方來了，對於迷宮的行走方式多少也了解一點。當然，她只是多少了解一點，並沒有確切的證據……。

然而，尤里令人意外的爽快點頭這麼說：

「啊～說得也是。好啊，就走那邊吧。」

「咦，可以嗎？」

「喂喂，是妳說要走那邊的吧？不管怎麼樣我們都得要找路，在這裡拖拖拉拉也沒用。好啦，走吧。」

於是，二人開始在奧拉選的道路上行走。雖然一開始還有一點不安，不過前進之後才發現這條路線的危險樹種少，也沒有變成死路。走起來還滿舒適的。這回我的選擇還真不錯呀。奧拉在前進了大約一小時之後如此心想，但她又突然感到不對勁。

為什麼呢？那棵位於遠方、一抬頭就可以看見的「夢見之大樹」，它的大小從剛才到現在完全沒變。也就是說，從一小時前到現在，自己與樹的距離完全沒有變化，好像只是沿著三層外圍走圓弧路線前進而已。可是真的會有那種事嗎？她完全沒有迷路的感覺，明明應該是一直順利前進的……。

「……啊，該不會……？」

「哦，妳發現了啊。比想像中還快呢。」

就在奧拉領悟的這個瞬間，少年用力點了點頭，說：

「妳推測的沒錯，這就是『三層之壁』的真面目──以這個距離為界，通往『夢見之大樹』的路線一旦越界就會連本身都消失。整片樹海都在拒絕人去接近那棵樹啊。」

即使在先前的旅程中，他們也有多次沒找到方向。像是找不到大迷樹之間的空隙，或者是在想走的路上出現大量危險物種之類的事件。只不過就算這樣，這個界相中的路不管好壞還是多不勝數。因此，只要嘗試去走當下遇到的路線還是找得到目標，最糟也不過就是等一天讓迷宮結構改變就可以輕鬆通過。他們就是這麼想盡各種辦法朝著目標方向前進。

不過，看樣子接下來的狀況似乎跟先前不一樣了。姑且不論原因是什麼，不管改走多少次路，經歷多少次「黎迴期」，通往三層內部的路線就是不出現。所以如果在一無所知的情況下還是跟先前一樣找路繞過去的話，似乎就只能永遠在外圍繞圈圈了。

「可是為什麼會變成這個樣子？是因為森林密度太高嗎、好像也不是……」

奧拉歪著頭表達不解，少年則回應了一個令她意外的答案。

「這是因為呢……其實根本就沒有壁啊。」

「哦，原來如此………嗯？嗯嗯嗯??」

問號在奧拉的頭上大塞車了。「有壁但沒有壁」，這是什麼意思？正當她對這個突如其來的機智問答歪頭表達不解的時候，少年嘻嘻笑了起來。

「算了妳來看吧，用妳的眼睛去確認最準了。」

於是少年沿著來時路稍微折返了一小段距離，接著就站住不動並說了一句「很好，就這邊吧」。那裡確實有一條往「夢見之大樹」的方向延伸的小路……不過，那條路有個大問題。

那就是茂密叢生到彷彿將小路全面覆蓋的褐色矮樹——「百足灌樹」。它是危險樹種，其葉片生長了大量類似動物體毛的極小棘刺，一旦碰到就會立刻讓全身長滿水泡並飽受劇痛，不用幾分鐘就足以致死。然而即使是這樣的植物依然稱得上溫馴，畢竟它還不會主動過來殺人。這片樹海果然是一個非常不得了的地方。

總而言之，少年在這些「百足灌樹」前方停下腳步後，只說了一句「妳仔細看好」。而在奧拉正思考他要做什麼的時候……少年已經大搖大擺的踏進毒樹叢中。

「什……!?」

無數棘刺輕易穿透衣物、刺入皮膚，少年的皮膚立刻冒出嚴重的水泡。可是，少年這個當事人卻毫不在意，就這麼消失在灌木叢的深處。留在原地的奧拉，只能一直目瞪口呆。

怎麼辦，繼續那樣下去會死掉的——就在奧拉臉色鐵青的時候。

「——喂～這邊這邊。」

從灌木叢的另一頭傳來了少年的聲音，毫無疑問。而且聽起來好像精神很不錯，完全無法想像是一個起水泡到快要死掉的人的聲音。

「你、你沒事嗎!?」

「啊啊，當然。」

少年隔著灌木叢如此回答，接著又告訴她一件事。

「畢竟……『百足灌樹』，只是幻象而已。」

「咦——？」

下個瞬間，原本還在眼前茂密生長的「百足灌樹」忽然消失，出現了一條上面空無一物的安寧小路。而毫髮無傷的少年則在路的另一頭不停招手。

「咦、啊、哎……？」

奧拉忍不住眨了眨眼睛。的確、剛剛、是在眼前沒錯……正當她一臉茫然的時候，突然想到了解答。

「啊，難道說，剛才那個是……」

「沒錯，是龍想。像為了要攔路的定點龍想……就是『三層之壁』的真面目。」

之所以看起來沒有路，是因為幻象的緣故。所以少年才沒辦法回答壁是什麼。畢竟，它的真面目不過是沒有實際存在的幻影。

「可、可是，你還滿清楚的耶，知道這個是龍想。」

明明外觀跟實物分毫不差，他到底怎麼判斷是假的呢？

然而，少年反倒一臉理所當然的聳了聳肩，說：

「這個嘛我是知道啊，因為『百足灌樹』不可能生長在這個地方。明明應該是這樣卻還是有這些樹，除了它們是幻象以外也沒別的可能性啦？」

「嗯嗯？總覺得這個、順序是不是反過來了？怎麼可能一開始就知道不會有……」

奧拉正要說下去時，想到了一件事。

「啊，對哦……是『大氣蜂』告訴你的吧！」

「就是這樣。按照那些傢伙的說法，這一帶並沒有『百足灌樹』的授粉交配。所以我才懷著堅定的信心走過去。」

沒錯，少年已經擁有了真正的「地圖」，因此不管是多麼精巧的幻象都騙不了他。奧拉在這個時候，才總算理解葉卡報告為什麼會被視為越過『三層之壁』的關鍵了。

……只是，即使扣掉這個問題，還有一件事讓她在意。

「可是我、果然還是不太懂……龍想，真的也會用這樣的方式出現嗎……？」

於地上徘徊的徨龍之夢——這就是龍想。想出現就出現，想消失就消失。她一直認為這有點像不定期的自然現象。

可是，剛才看到的龍想很明顯偏離了這個定義。不但出現場所限定在「三層與二層之間的境界」，還出現了形態跟周圍樹海相互契合的幻影。要說是偶然，也未免太假。簡直就像是，幻象本身是有意識的一樣……。

「我一開始也說過啦，關於龍想的真相有許多種說法。所以我沒辦法斷言哪一種才是對的……只是，我可以告訴妳一個我相信的說法。」

少年說到這裡，先是講了一句「不過」，接著繼續說道：

「在這之前有一個重要的前提要講啊……妳看、那個，知道是什麼嗎？」

在少年所指的天空當中，聳立著一棵巨大的樹。

「你問什麼……是『夢見之大樹』吧？」

「喔，很厲害哦，正確答案。」

「……你在把我當白癡嗎？」

自己不可能會把那麼大的樹認錯吧？奧拉用鄙視的眼神瞪了少年一眼……不過接下來的話語，卻讓她不得不睜大了眼睛。

「其實那個啊……不是樹。」

「……啥？」

明明是「夢見之大樹」卻不是樹，這是什麼意思？咦，這感覺有點似曾相識。奧拉眨了眨眼睛，不過也在這個時候，她理解到了驚人的真相。

「啊……!!我、我、我好像懂了……!其實『夢見之大樹』也是龍想對不對!?並不真正存在於現實中……咦，等一下，可是這樣一來這片森林也是龍想……咦咦!?那、那那那那該不會，連這個迷界本身其實也是……!?」

「暫、暫停暫停！妳的說法很有意思，不過再往下想妳就回不來了哦！」

尤里把差點就要踏入禁忌之超自然領域的奧拉拖了回來。

「我說不是樹的意思呢，是從學術分類的層面上來講的。正確的說，那是由菌類構成的菌絲組織結構物……簡單講就是蘑菇。」

「蘑、蘑菇、嗎……？」

「嗯。學名叫做『網傘冠狀蕈』……是公認在澤爾貝奧特時期遭到滅絕的物種之一。當然，它原本也沒有大成那樣，反倒是一個很小的寄生性物種，會從地面伸出孢子囊等待獵物，當宿主也就是松鼠之類的小動物經過時就會散布孢子。孢子經由鼻子吸入體內後會寄生在下視丘，並在宿主的腦內生長。長大到某種程度之後就會從宿主體內分離出來，又回到土中。據說『網傘冠狀蕈』在分離前夕從鼻子伸出來的時候看起來還滿像雨傘的，所以才叫這個名字。」

奧拉想像著一隻從鼻子長出蘑菇來的松鼠。總覺得這種畫面非常超現實。

「本、本人難道不會發現這種東西嗎？」

如果是我自己絕對會把它拉出來拔掉呀。奧拉懷著這樣的心情隨口發問，少年開心的用手指彈出響聲。

「沒錯！這正是重點。『網傘冠狀蕈』會直接對宿主的大腦下命令，不但讓宿主不會對自己產生不對勁的感覺，還會讓宿主攝取多餘的營養。到了分離時還會刻意讓宿主帶自己到下一個獵物會經常路過的地方。所謂控制腦子就是這麼一回事。」

「好、好像突然變成恐怖故事了呢……」

原本以為這是超現實的蘑菇才會這麼問的，結果少年講得讓她更覺得像是操縱殭屍的司祭了。

「是啊，不過這不僅限於『網傘冠狀蕈』。很多寄生物種都有通過分泌荷爾蒙或化學物質來操縱宿主的本領。比方說讓宿主自己跳進水裡，或者是讓宿主養育自己的孩子之類的。就算在地上也是有一大票物種會做更超過的事呢。」

「唔呃……」

「那麼言歸正傳，那棵『夢見之大樹』是『網傘冠狀蕈』的近親種類。如果要問為什麼會如此判定的話，最早可以追溯到第二次遠征時特拉科夫隊所留下的驗屍解剖報告，幾乎所有檢體的下視丘都發現了特殊的發炎痕跡；只是在那個時候因為與直接死因無關，也沒有表現出病症，所以被忽略了。不過之後在第四次遠征時經由探勘冰洞發現有齧齒類動物凍結於其中，在牠的腦部也看到了同樣的發炎痕跡……」

「抱歉，過程就算了，可以直接跳到結論嗎？」

察覺到話題可能會變長的奧拉先發制人。少年有些沮喪的講述結論：

「知道了啦……那就只說重點……我們，或許全都被寄生了。」

「咦咦!?那、那麼我們，都會長蘑菇出來嗎!?」

「沒問題的，它的繁殖功能本身已經喪失了。連上回來過的我都沒有長出來，妳就別擔心了。」

說到這裡，少年嘻嘻笑了起來。

「只是，恐怕還有一個功能……干預宿主大腦的力量還留著。所以我的結論是這樣——所謂龍想並不是於地上徬徨的龍之夢，而是被『夢見之大樹』孢子寄生的我們，在腦海中看到的幻覺。」

「不過嘛，這也只是沒有確實證據的假說啦。」少年聳了聳肩這麼說。然而，假設那個說法是正確的，也談不上是本質性的說明。

「可、可是，就算你說的是對的好了，這壁還是很奇怪呀！故意用這種方式疏遠人類，簡直就好像樹有智慧一樣……」

與生俱來的機制有能力干預大腦，這一點她可以理解。可是藉由創造危險樹種的幻影阻塞路線的方式來營造虛擬之壁，不論再怎麼大，她還是很難想像菌類可以做到這麼高等的事情

——

然而就在奧拉想到這裡的時候，她突然想到了一種可能的假設。

「……做這些事情的不是樹，而是樹底下的龍……？」

超越人類智慧的傳說存在……徨龍。相傳只要吃到一口這個迷界之主的肉，就可以長生不老。如果是公認至今依然在地下沉眠的徨龍，牠即使運用「夢見之大樹」顯現幻覺以保護自己也沒什麼好不可思議的。

結果，尤里坦率的點了點頭，說：

「是啊，實際上這麼相信的人也很多……只是，也不能斷言一定是這樣。」

說完這句話，尤里提出了一個奇怪的比喻。

「打個比方說好了，妳的胃有智慧嗎？」

「突、突然說這個是什麼意思呀？」

「妳回答就是了。」

「呃，一般來說有的話才奇怪吧。」

坦白說，雖然她曾經想過要跟會自己咕嚕咕嚕叫的肚子開誠布公地談一談，但這個話題應該不是那個意思。

「這個嘛也是啦。不過，如果妳吞下毒物的話會怎麼樣？就算妳是用自己的意志服毒，胃也會拒絕並將它吐出來。即便想用意識去壓制那種反應，常人也不可能辦得到。」

雖然他這麼說明，不過這點程度的理由，即使是奧拉也明白。這就跟打噴嚏和咳嗽之類的一樣，是身體本來就具有的防衛反應。可是這又有什麼……想到這裡，奧拉察覺到一件事。

「你的意思是，這『三層之壁』也一樣……？」

「是啊，我認為可能就是這樣。畢竟先不管真面目，在大樹的樹根所在一定埋藏某種足以支撐這片樹海的東西，這裡的植物也可以看成是一群擁有共同根系的同種個體。這樣一來，對這些植物而言是會想要保護它們的共同心臟也就是中心部位，做為生物的防衛反應不是理所當然的嗎？」

「原、原來如此……」

經他這麼一說，奧拉覺得可以認同……不過……。

「只不過呢，隊長他們說這其實是龍的意思啦，還說什麼只要每天認真祈禱的話路就會開了之類的。」

「咦？等一下，到底是哪一個才對？」

自己好不容易快要認同了說。這當中有沒有徨龍的意思，希望少年可以說清楚一點。

「哈哈哈，誰知道呢，真正的情況是什麼我也不清楚。所以……我們才要去確認這件事啊？」

少年說完，露出滿臉笑容。

沒錯，自己並不是為了在這邊閒聊才到三層來的。傳說的龍真的存在嗎？牠有自己的意志嗎？還是說有別的什麼東西在等待自己？揭開真相的唯一方法，就是用這雙腳抵達「夢見之大樹」。因為所有的答案都在那裡。

面對接下來要做的事，奧拉又一次咕嘟一聲吞下口水。少年對這樣的她輕聲詢問。

「怎麼了，會害怕嗎？」

「……是的，有一點。」

「哈哈，我也是一樣。前方還有好幾道像剛才那樣的壁，未知的植物也會很多吧，是一條危險的路程。」

少年在坦率承認之後，先是微笑著說了一句「不過……」再說下去：

「即使這樣，也沒問題。四年前……那個時候的隊長其實等同於在賭，畢竟還沒把大氣蜂的舞蹈解析完成啊。但是，現在不一樣了。我們可以好好的向前邁進。我有鑰匙，這把鑰匙是隊長託付給我的。所以……走嘍，奧拉。從這裡開始才是重頭戲……！」

二人就這樣踏上了未知的大地。

為幻影之壁所守護的「克雷提西亞」最後未攻克領域，擁有「夢見之大樹」的絕對不可侵犯聖域——第三層，就在傾聽小蟲低語、解明樹海祕密的人才得以開啟的門扉後方，是真正意義上前人從未踏足的土地。沒人知道有什麼東西在等待他們。

而在這樣的第三層當中……還真的有意想不到的東西在等待他們。

這是在二人意氣風發的開始前進之後不過幾分鐘的事。

「……嗯？喂喂，什麼情況。看樣子好像有客人先到了啊。」

「咦咦!?」

少年出乎意料的自言自語，讓奧拉嚇了一跳。

卡納莉亞先繞過來了？或者是巴倫茨隊的殘存隊員？他們到底是什麼時候……奧拉焦慮了一下，但她很快就知道先到的客人是誰了——從道路對面一步一步跑過來的，是一頭嬌小的親鹿……沒錯，就是那時候的小鹿。

「哇啊啊，你為什麼會在這種地方!?」

小鹿彷彿很高興能夠重逢，在驚訝的奧拉周圍跳來跳去。在小鹿引導奧拉來到卡拉米提隊的營地以後，她就跟牠走散了。本來奧拉還一直擔心牠是不是受到戰鬥波及，不過看來精神很不錯，那就再好也不過了。

只是，她在重新看著小鹿的身影時，察覺到一件自己在意的事。

「……我說你，該不會在四年前也……」

在自己安定下來之後再認真觀察，才發現這頭小鹿，很像她在龍想中看到的那頭照護艾莉森臨終的親鹿。

不過，奧拉很快就搖了搖頭。

「呃，不可能會有那種事吧。」

那已經是四年前的幻影了。如果是同一個體，現在還是小鹿就很奇怪了。而且自己又不像少年那樣精通到能夠一眼就看出鹿懷孕，牠應該就是跟其他人很像……不對，是跟其他鹿很像吧。

正當奧拉想這些事情時，尤里露出了不可思議的表情。

「怎麼啦，你們認識嗎？」

「咦，這麼說來尤里應該是第一次見到牠？你看，我先前不是說過嗎，就是這孩子帶我去找你的。不管在最後營地的時候，還是在我被巴倫茨隊抓住的時候，都是這孩子為我帶路的哦！」

「這樣啊，也就是說，牠也算是我的恩人嗎……」

少年如此低聲說道，同時異常認真的觀察小鹿。這反應簡直就像是第一次看到親鹿一樣。接著少年又思索了些什麼，突然對小鹿伸手過去……不過，小鹿也理所當然的輕輕一躍，躲開了。

「啊！真是的～～這樣不行哦尤里。突然就用那種動作要摸人家，會嚇到牠的。這孩子可是對我很親近的！對不對～～小鹿寶寶？」

奧拉說完，便懷著某種優越感試圖撫摸……不過，小鹿還是躲開了她的手。

「咦，咦咦咦？我們不是萌生羈絆了嗎……」

「呵呵呵……誰說很親近的？」

「嗯唔唔唔……」

想不到牠明明很親近人卻討厭被摸，小小年紀似乎就已經有身為親鹿的自尊。

「算啦，不要那麼在意。人與獸之間是要有適當的距離感，並不是只有親密接觸才算得上感情好。」

少年說完這句話便聳了聳肩開始前進。結果，小鹿以保持一小段距離的方式一步一步的跟在他後面。看樣子尤里說的沒錯，牠喜歡這種距離感。

「好像真的多了一個意外的旅伴呢。」

「嘻嘻，不是很好嗎，熱鬧一點比較好！」

小鹿就這麼加入隊伍，全隊開始正式攻略三層。

只不過，奧拉直率的感想是……。

「怎麼說呢……跟我以為的不太一樣，這裡跟二層以前沒什麼兩樣呢。」

除了隨處可以看到跟「三層之壁」相同的定點龍想外，森林的樣貌與二層以前幾乎沒有兩樣。雖然不至於會說失望，不過的確跟想像不一樣。

然而，這對少年來說似乎是十分明白的事。

「哈哈哈，這裡又不會突然就變成別的世界啊。這片森林是相連在一起的，所謂『三層之壁』的存在也只對看得見龍想的人有意義。對動植物來說，什麼三層二層的區分，還比較像是沒有形體的幻象呢。」

少年笑著說完之後，像是突然想起什麼一般繼續補充：

「不過嘛……要說沒兩樣可能也不太對。」

「咦？哪裡不一樣？」

「這個嘛，想知道的話……就在那邊坐下來休息吧。這樣就一定可以知道了。我去打點水。」

「咦，啊，等一下!?」

少年說完這句話，就真的往某個地方去了。由於小鹿也跟著他走掉，因此奧拉一下子就孤零零一個人了。

休息就可以知道，就算少年這麼說……。

「會有這種事嗎？」

又不是修行僧，不可能透過冥想開悟呀。

無事可做的奧拉，一臉茫然的環顧四周。當然，映入眼簾的還是一成不變的樹海光景。真的有地方不一樣嗎？就算專注凝視這片風景想要找出哪裡不對勁，還是沒有成果……只是，如果要勉強舉例說明自己察覺到的事，總覺得森林的翠綠好像更濃了些、總覺得天空好像更清澈了些、總覺得太陽好像更明亮了些、總覺得舌尖感受到的風好像更甘甜了些。自己感受到的就是這點程度的事，想必這些都只是錯覺吧。可是……怎麼說呢，世界原來有這麼新鮮嗎？

奧拉忘掉了原本尋找變化的目的，靜靜閉上眼睛。她只是深呼吸，用全身感受世界。這感覺無比舒適——

「——唷，讓妳久等了。」

少年突然出聲說話，不知道他是什麼時候回來的。奧拉回過神來，說：

「啊，尤里……」

「怎麼樣，妳知道什麼了嗎？」

少年如此問道，可是奧拉搖了搖頭。

「不，不太清楚……可是，要怎麼說呢……好像世界、稍微有點……變鮮明了……」

奧拉無法用流暢的言語表達剛才的感覺，焦躁之下說得吞吞吐吐。少年聽到這番話之後表情一愣，一臉茫然的眨了眨眼睛。

糟糕，總覺得說了奇怪的話。

「呃，我在說什麼啦。完全說錯了呀。」

就在奧拉笑著打算蒙混過去的時候，少年露出了微笑。

「沒啊，不奇怪喔。只是……妳跟那些傢伙都講一樣的話，讓我有點嚇到而已。」

「咦……？」

「借用隊長的話來說，這裡沒有『人的氣息』。我們至今走過的路，每一條都是先人開拓出來的。所以，那些路會遺留昔日冒險者的氣息。對於人類這種群體生活的動物而言，可以透過最深層的本能感受到那些氣息。不過，這裡並不是那些路，是還沒有人來過的地方，是沒有留下任何足跡的大地；所以才會覺得可怕，所以才會覺得鮮明。」

少年在靜靜的述說這番話之後，又聳了聳肩說：「不過嘛，我是不懂那種感覺啦，再說那太不科學了，我也不太相信。」

這的確是沒有任何根據的感性之談，即使奧拉也是半信半疑……不過在另一個層面，她也覺得自己多少可以理解這番話。

這裡是「克雷提西亞」第三層。曾經踏入這個地方的人，只有艾莉森．葉卡一名女性，而且就連她也沒有能夠攻克這片森林。換句話說這裡還是無人掌握的嶄新領域，「人類」這個物種的遺傳基因首度與這片未開化之地相會。現在的奧拉，可說是生平第一次站在沒有人類歷史存在的場所。

奧拉輕輕的將手放在自己胸前，感受著噗通噗通的脈動聲。在這個沒有人的氣息的地方，高亢的心跳聲聽起來比平常還要響亮得多。

「哈哈，怎麼樣，冒險者的血沸騰了嗎？」

少年可能是看到她的樣子了吧，他以調侃的語氣發問。

不過，奧拉已經不打算偽裝了。

「是的。我的心，跳得非常快。」

「……！這樣啊，那就好。」

於是二人再度開始前進。

不用說，這段路程並不簡單。大迷宮還是一樣錯綜複雜，還有無數危險樹種阻攔，應該比二層還要危險得多。

不過，對於已經破解大氣蜂語言的少年他們來說，這些都已經不是障礙了。這個界相的生物在一天之內就能完成生命週期。也就是說，這些生物受到學習或環境因素的影響很小，而遺傳性質所占的影響比重很大。一旦解開這件事，這些生物的行為也就極度容易預測了。

二人前方再也沒有任何阻礙。

二人一鹿，慎重的、踏實的、一步一腳印的，在未攻克的森林中行走。在這個純淨的世界裡，感覺上就連時間的流逝都變得慢起來了。仔細想想，所謂時間的概念也是人類創造的，所以這裡或許不適用那樣的規則也說不定。真是的，她竟然會亂想這些蠢事，這裡就是如此嶄新的世界。

在這片悠久的樹海中，有兩樣事物呈現時間的經過。一個是日復一日越看越大的「夢見之大樹」，另外一個則是隨著她接近大樹而快速作響的高亢心跳聲。就跟她之前因為迷界瘋而心醉的時候一樣，它們催促著她、驅使她走向旅程的終點。

想要永遠都在這個鮮明的世界中旅行的心願。

即使早一秒也要儘速抵達未知目的地的悸動。

這兩種矛盾的心情，讓她有一種頗為不可思議，卻又令人懷念的感受。

沒錯，這就跟以前她聽母親說睡前故事的時候一樣。故事結束時的寂寞感，以及想要知道結局的興奮感。那個時候寂寞占了上風，她為了不讓故事結束還刻意裝睡過。不過，現在的她已經不是只能等別人說故事的小女孩了，可以用自己的腳走在大地上，可以用自己的眼睛看見世界。所以她選擇相信胸中的高亢心跳聲前進。她要在白紙上書寫的不是某個人的空想，而是自己本身的故事。

不知道就這麼經過多久時間，二人抵達了這個地方。

遙遠的白雲縈繞於身，直通遠方太陽的巨大樹木——「夢見之大樹」。

這個眾多冒險者夢想已久、卻無一人抵達的活傳說，二人現在、就站在它的樹根旁。

……只不過。

「——該、該怎麼說~呢……？」

「——太近的話也沒那麼感動了耶……」

二人確實抵達了終點，本來應該會有感動的最終劇情在等待他們才對……可是，由於「夢見之大樹」實在是太大了，因此在樹根旁邊的他們完全看不見全貌，眼前的模樣就只像一面高聳的巨大牆壁。老實說，這棵樹在遠望的時候要更莊嚴也更帥氣得多。更何況，就算來到這裡徨龍也不會出面迎接，連一件特別的事情都沒發生，只有這棵大到傻眼的樹聳立著而已。

面對意料之外的現實，二人臉上都露出苦澀的表情。

「這麼說來，這個、可以說是『終點』嗎？」

「啊，是啊，這個嘛……樹根是樹根沒錯啊，不過因為大過頭了完全沒有實在的感覺。」

「那麼……要怎麼辦呢？」

「哎呀……要怎麼辦呢？總之先挖個洞吧？徨龍、說不定會出來。」

「咦……可是，要挖這麼寬的東西嗎？」

沒錯，跟樹木的大小成正比，稱得上是「樹根」的部位面積也有小城鎮那麼大。要靠二人去挖掘這個東西，光是想像就……。

「…………」

「…………」

「不要吧。」

「不要好了。」

正當二人就這麼一籌莫展的時候，奧拉忽然察覺到一件事。

這麼說來，看不到小鹿的影子了。明明牠在進入三層以後就一直跟著，直到剛才還在一起的。

「喂～小鹿寶寶～？」

奧拉感到擔憂並試著叫喚牠。結果，對面傳來了簡短的「啾」聲回應。

仔細一看，小鹿正站在大樹樹幹上的某處裂口位置，那裡剛好在樹幹側面形成了一處像樹洞一樣的開口。牠是在什麼時候移動到那種地方去的呢。

「小鹿寶寶，到這邊來——」

奧拉說完便對牠招手。……不過，小鹿並沒有離開那個地方的意思。平常的話只要一出聲，小鹿就會乖乖靠過來；不過現在的牠反倒像在叫二人「來這邊」一樣，一直凝視著這裡。

小鹿接下來突然將視線移開……一步一步的走進裂口裡去。

「啊，等一下！」

「喂，奧拉!?」

奧拉連忙追趕，而尤里則緊跟在她後面走。二人來到了小鹿消失的裂縫前，探頭往裡面張望並站住不動。這個開口很大的樹洞似乎比想像中還要往更深處延伸，從這裡幾乎無法辨認裡面的情況。

面對未知的空洞，奧拉遲疑了一下，不過少年促使她下定決心：

「走嘍，總比像個傻瓜一樣舉頭望樹要好吧。再說……我們也不能丟下救命恩人不管。」

「好、好的……！」

於是二人走進了「夢見之大樹」的內部。

裂口內部的結構複雜程度，是二人在入口時完全無法想像的，簡直就跟他們一路攻克過來的樹海一樣。而且，小鹿似乎已經跑到相當前面的地方去了，他們完全沒辦法追上，只能仰賴偶爾傳來的叫聲，以及臨時做出來的小火把。才開始走三十分鐘，奧拉就已經完全搞不清楚方向了。唯一可以確定的是，他們正在緩緩的一直往下走，恐怕已經進到樹根的部位了吧。

在她就這麼伸手摸索前進時，忽然察覺到一件事。總覺得周圍奇妙的溫暖。這讓她感到不可思議並試著將手貼在壁面上，掌心確實感受到溫度。整棵樹似乎都在微微發熱。這簡直就像在生物的體內一樣——

就在這個時候。

從很近的地方傳來小鹿的「啾啾」叫聲。走在前面的少年才剛過轉角就停住不動，看來總算是追到牠了……可是……。

「——這、這是、什麼情況……!?」

少年低聲碎念。他的聲音流露出明顯的動搖。

有種不祥的預感。

奧拉連忙跟在少年身後走過轉角，位於前方的——只是一條死路。這裡並不是人工的道路，也是有可能會撞上死路的。然而在這個地方，奧拉知道了令少年恐懼的理由。

——在這個空無一物的死路空間中，就只聽得到小鹿的鳴叫聲。明明聽得到彷彿在呼喚二人的「啾啾」聲，但這裡別說親鹿了，連一隻蟲子都沒有。在空蕩蕩的的虛空中只有聲音作響的光景，真的只能用異樣來形容。

這是、怎麼回事？眼前這個脫離常軌的狀況讓奧拉無法理解。不過，少年面對未知的反應很快。

「我們折回去!!」

少年說完就迅速轉身，迅速逃離這個可疑的空間。這個判斷一如往常準確……不過晚了一步。

奧拉一陣暈眩，覺得世界好像在晃動，又突然感受到一股內臟似乎向上漂浮的無重力感，簡直就像是地面消失了一樣……呃，不是「像」。她原本站立的地面真的開始崩塌了。

「抓緊我，奧拉——！」

奧拉被拋到空中之後零點一秒，就緊緊抱住了少年。不過，她也只能做到這樣了。在一陣比瞬間還要短暫的剎那漂浮感過後——就突然開始必然的墜落。奧拉在過程中不時受到撞擊，整個人擠成一團。劇烈的聲響跟衝擊讓她什麼都弄不明白，她唯一可以做的就是咬緊牙關並將身體蜷縮起來。

就這樣在很長很長的幾秒鐘之後——

「——嗚哎！」

她的屁股受到一陣特別大的衝擊，忍不住發出難堪的聲音。同時，這段墜落也終於結束了。

「好痛痛痛痛……」

「沒事吧，奧拉？」

奧拉在大量飛揚的塵土和木屑中咳嗽，並借助少年伸給她的手起身站立。雖然屁股隱隱作痛，不過看樣子彼此都平安無事。

只是……。

「這下子沒辦法回去了……」

少年苦著一張臉，仰望著剛才讓二人掉下來的洞。這個距離地面大約二公尺高的樹洞，內部逐漸形成彎彎曲曲的斜坡狀隧道，二人似乎就是從那個坡道一路滾動滑落下來的，因為不是垂直墜落所以才能像這樣平安無事……只不過在崩塌的衝擊下，坡道的大部分都被泥土和木屑埋沒了，要撥開這些東西爬回上面去應該很困難。

也就是說……。

「只能找別的路了，就是這麼回事。」

二人重新面對現在所處的空間。以面積來看跟稍微大一點的酒館差不多，環繞在上下左右的並非樹木而是土牆，應該是經歷了遠比樹根的成長到枯死過程還要久的漫長歲月之後形成的地下空洞之一。該說是理所當然嗎，空蕩蕩的空間裡什麼都沒有……奧拉才剛如此心想，隨即察覺到一件事。在二人對面的牆上有一處似乎可以通行的隧道口。而且，那裡正微微透出一絲光亮。

「你看尤里，說不定是出口！」

「喂喂，這裡是地下喔……？算了，總之也只能去了吧……」

二人就這麼走進狹窄的隧道口，以光亮為目標前進，不到幾分鐘就抵達出口。不過他們到達的地方並不是地上，而是別的地下空洞。只不過，這邊比剛才的空洞要寬廣很多，而且微光的真相也確實在這裡。

「這個是……苔蘚吧？」

在這裡的地面上隨處散布的，是蓬鬆的苔蘚群落。儘管非常微弱，不過這些苔蘚正在發出淡淡的金色光芒。

「別隨便靠太近，還不知道它的生態是什麼樣呢。」

少年以一如往常的慎重態度遠遠觀察著苔蘚，很快就露出恍然大悟的表情，應該是想到了苔蘚的種類吧……然而，少年在知道這件事之後反倒皺起了眉頭：

「等一下，這個是『日目苔』嗎？可是，這光是怎麼回事……說到底，這些傢伙不是應該在澤爾貝奧特時期就滅絕了……？」

少年伸手抵著下巴喃喃自語。在他身旁的奧拉也注意到了某樣東西。

「啊！尤里，你看那個！」

有幾隻羽蟲，在發光苔蘚的周圍來回飛舞——那熟悉的圓滾滾的身影，不會有錯，是大氣蜂。牠們跟苔蘚一樣，全身也發出淡光。因為這些蜂的形體和平時看習慣的大氣蜂有些微不同，恐怕是其中一個亞種吧。

這些小小朋友的登場，讓奧拉內心放鬆了不少。牠們是洞悉這個界相的真正亞龍，而少年則擁有借用牠們知識的方法。這樣一來也應該可以得到走出洞外的情報。

然而……。

「……怎麼了，這些傢伙……在講什麼……？」

「咦……？」

「看不懂……這些傢伙的語言，根本不是方言程度的不一樣……簡直就是異國語言……」

少年凝視這些蜂的動作，神情狼狽面容扭曲。明明到目前為止不論是哪一個亞種的舞蹈他都成功解析了，這回是相當異質的語言體系嗎？然而就算這樣，少年還是繼續凝神觀察，並察覺到某些事。

「不，不對……文法有受到過去的影響……可是，這與其說是異國語言，反倒……像古代語……？」

就在這個瞬間，少年閉口不言。

這個時代不應該存在的苔蘚和蜂類……少年一直盯著這二者看，整個人僵住不動，想必他正在用頭腦高速思考中。

少年接著低聲自語起來：

「難道，這裡是……」

不過，他還沒說下去就搖了搖頭。他可能是這麼判斷的：不論如何思考，以手上的情報也只能停留在推測的範圍吧。現在還有更應該做的事情。

「前進嘍，奧拉。」

於是二人穿過地下空洞，踏入下一個隧道口。隧道裡面如點點星光一般延伸的苔蘚，是指引他們的路標。不過，這個隧道是一條沒有叉路的完全直線道路；就算沒有苔蘚也不用擔心迷路。

只是，奧拉有點在意的是……。

「這些苔蘚，生長方式很有趣呢。」

發光這件事就先姑且不論，她從未見過苔蘚以如此細長連綿的方式生長。而且，這種苔蘚偶爾會在某一個定點叢生出一大片。如果要比喻的話，這些苔蘚就很像一個沒注意到油漆桶有破洞的笨蛋油漆工人所留下來的腳印，而突如其來的叢生地點則是工人把油漆桶打翻的痕跡。想到這裡，總覺得有點奇怪。

奧拉一個人對自己的想法笑了起來……不過在她身旁的少年眼中所映照出來的，卻是完全不一樣的東西。

「啊啊……這簡直就像負傷的野獸逃跑的痕跡啊。」

「咦！等、等一下，請不要用這種不吉利的比喻啦……！」

奧拉如此抱怨，不過經少年這麼一說也確實沒錯。點點滴滴延伸的血跡，以及偶爾會大量噴濺的血泊。這跟自己在狩獵的時候看到的景象簡直像極了。

就在她察覺到這件事的瞬間……。

「唔……!?」

「好痛……」

突如其來的劇痛襲擊了奧拉的頭。她忍不住蹲下身去，在她身旁的少年也同樣抱著頭。奧拉完全沒有餘裕去思考，到底發生了什麼事。她死命忍受這股突然的頭痛。……結果在幾秒鐘後，疼痛也跟出現的時候一樣忽然消失了。

「剛、剛才那是、什麼……!?」

從神祕的頭痛中解放出來的奧拉，戰戰兢兢的站了起來。

「尤里沒事吧……？」

她擔心地看向旁邊，少年還是一屁股坐在地上，碎碎念著某些事：

「……剛才疼痛的點，是腦下垂體……不對，是下視丘嗎……？」

接下來少年又不知道想到了什麼，突然轉頭往背後望去。受到少年不尋常的神情影響，奧拉跟著回頭……並在瞬間，震驚到無話可說。

二人背後就是剛剛才走過來的道路，這是理所當然的。……可是，這條路的樣子卻完全不一樣了。

隧道口、叉路口、分岔出去的路——回頭一看，這條路上其實還有無數條分岔出去通往別的路線的隧道入口。

「我、我們，是走這裡過來的……!?」

奧拉忍不住說出了疑問。

不對，這裡毫無疑問是自己幾秒鐘以前才走過來的道路，這點無庸置疑。可是，自己在途中一直認為是走一條單純的直線道路過來的。她看著身旁的少年眉頭緊鎖的表情，想必他的想法也一樣——這麼多隧道口跟叉路，我們二人連一個都沒注意就直接通過了？

有什麼地方很要命的奇怪。

這時候，少年在旁邊喃喃自語起來：

「……跟『三層之壁』一樣、嗎……」

奧拉聽到這句話就恍然大悟。

直接對人類大腦產生作用的幻影……如果說這麼多條分岔出去的道路，在認知上是看不見的話，這樣就說得通了。

只不過讓人毛骨悚然的是，就某種意義而言這跟「三層之壁」正好相反。這裡的幻影並不是將去路攔住，反而是遮蔽礙事的叉路。就像是為了不讓人在這座本來像蟻窩一樣的迷宮裡迷路而施以引導一樣。

如果是這樣的話，對方做出這種事的目的就是——

「看樣子，好像有誰招待我們參加茶會了啊。」

二人重新望向前方。

眼前所見，依舊只是一條空蕩蕩的直線道。

在這條連迷路都不被允許的道路盡頭，「不明之物」在呼喚他們。

「該、該不會是……徨龍……？」

「誰知道。不過，我們好像也不能推辭。」

對方可以任意操縱二人的認知，自己也十分清楚即使折返也沒有意義，既然這樣打從一開始就沒有選項可言了。

二人開始在直線道上一路前進。

路上沒有任何阻礙他們的東西。這條彷彿專門為他們而修建的道路一直平靜得令人毛骨悚然，並開始逐漸下坡。應該是要通往「夢見之大樹」的最深處吧？然而從奧拉的角度來看，她只認為這是一條前往地獄的直通路線。

正當他們就這麼一路向下前進的時候……終點突然出現了。

——他們到達的這個地方，只是一處大空洞。

大小應該跟一開始掉下來的地下空洞差不多吧。不過這裡沒有發光的苔蘚，取而代之的是座落於空洞中央的異質物體——一顆大小跟一棟屋子一樣的繭。

「這、這個、是什麼呢……？」

奧拉懷著最大程度的警戒心走到繭的旁邊。她心想這該不會是巨大昆蟲的巢穴吧？不過很快就發現不是那樣。構成繭的物質並非昆蟲紡造出來的絲線，而是由天花板延伸下來的大量樹根。無數細小的根聚集在一起，交織形成了類似繭的東西。而在這些彼此糾纏的樹根縫隙當中，隱約透露微弱的金色光線……。

奧拉堅信，這顆繭裡面，有大樹的主人。

「……哈哈，差、差點腿軟……」

旁邊傳來很遜的低語聲。轉頭一看，少年正在臉色鐵青的顫抖。

因此，奧拉輕輕的握住了他的手。

「沒關係的，有我在。」

於是二人共同撥開了由樹根織成的面紗，走入繭中。

那個東西，確實在這裡……只不過，二人原本預期的是傳承之龍——並不是牠。

「——親、鹿……？」

沒錯，躺在這個地方的是一頭親鹿。牠不是走散的小鹿，是成年的母鹿。這頭母鹿盤踞在繭的中央，對二人沒有任何反應動作。牠折疊四肢、縮著頸子、閉著眼睛，彷彿在沉睡一般。

為什麼親鹿在這裡？徨龍在哪裡？奧拉在腦海中浮現著疑問。然而，她的內心湧上一股巨大的情感，將這些疑問壓抑下去——這是一種陶醉之情。

啊啊，怎麼會這麼美麗啊。面對散發微弱金色光線的母鹿身影，奧拉只是一臉陶醉。散放金黃色光輝的鹿毛，修長端雅的四肢，勻稱到神聖等級的軀體線條……不對，這些細節根本都無所謂。眼前的母鹿的存在本身，就是在完美的和諧下臻於精煉，這正是生命的極致，甚至讓人堅信一切物種的進化都是以那樣的身姿為目標。奧拉深陷於感慨與陶醉的心情中，已經無法移開她的視線。

少年在這樣的她身旁，先是低聲說了句「果然，是這麼一回事……」接著突然伸手過來，遮住了奧拉的視野。結果在這個瞬間，原本包圍全身的異樣陶醉感就這麼簡單消失了。

「撐著點，妳很容易受那東西的影響。」

「謝、謝謝你……」

在少年將母鹿從少女的視野中先行移除之後，奧拉才總算得以動彈。她再度將目光投向引發如此心境的源頭。

「請問，這孩子到底是……？」

母鹿泰然靜處，散放金色光輝。實在無法相信牠是這個世界的生物，這樣的存在象徵什麼樣的意義呢？

然而，少年的回答很曖昧。

「這個嘛……應該算是『代理』。」

少年只說了這些，便重新回頭直視母鹿。

「那傢伙，已經走掉了吧？」

對於這個提問，鹿沒有任何回答。

不過，奧拉在聽到這個問題之後，總算理解到他所說的「代理」指的是什麼。

在這個對於母鹿來說過於開闊的空洞當中，曾經確實存在過，某種更大的生物——相傳還活著的徨龍。然而經歷了漫長歲月之後傷勢痊癒，龍也踏上了新的旅程。而作為代理者並繼承部分龍之力以擔當「克雷提西亞」之根基的，便是這頭母鹿。

沒錯，神話的確是真實存在的。

……可是，就是因為這樣奧拉才不明白。這頭已獲得傳承之力並到達生命極致的母鹿，到底為什麼——

「為什麼，要叫我們……？」

跟那頭龍相比，二人不過是渺小的人類，既沒有特別的力量也不知道迷界的神祕，有必要特別呼召如此矮小的生物過來嗎？母鹿引導二人到這裡，到底想讓他們做什麼呢？

就在少年如此詢問的時候。

原本沉睡中的鹿，靜靜睜開了眼瞼。緩緩舒展蜷縮的身體，這頭以袒露腹部的姿勢側躺著的母鹿，以那對美麗的眼瞳一直凝視著少年，彷彿要傾訴些什麼。

在一旁觀看的奧拉，並不明白牠想表達甚麼樣的意圖。不過，少年似乎領會到了。

「……該不會，是這樣吧……？」

少年察覺到母鹿的意圖，但他的神情卻明顯動搖了。然而即使如此，少年還是緊抿嘴唇，將手伸入懷中……拿出了一把刀子。

「等、等一下，你想做什麼!?」

奧拉預感到會有傷害事件發生，連忙上前阻止。一般人把刀子拿出來之後會做的事情，她只想得到一件……可是，不行，只有這件事絕對不能做。這頭母鹿是絕對不容侵犯的神聖之物。如果對牠動手的話，顯然會發生某些不好的事。

然而在另外一方面，她也一直有疑問。假如拿這把刀的人是卡納莉亞或修拉姆，他們是會把傳說的母鹿殺害之後再帶回去吧。但是，這個少年不是那種人，他應該很清楚眼前這頭母鹿是禁忌的存在。既然這樣，他拿出刀子到底想做什麼呢——？

這個問題的答案，少年是用詢問奧拉的方式回應的：

「我說，先前跟妳提過的『克雷提西亞』徨龍傳說，妳還記得嗎？」

「記、記得。是守護界相的龍，還有幫助這頭受傷的龍的生物們的故事，對吧？」

樹、蟲、鹿——三個獻身侍奉徨龍的生物傳說。

奧拉如此回答之後，少年先是點點頭說了「是啊」，接著說道：

「在傳說中是這麼流傳下來的。不過呢……其實在那個傳說登場的生物並不只有那三個。還有一個，另一個生命也在那個現場。」

「什、什麼意思……？」

這個遙遠古老的傳說，連是否為事實都不知道。少年也不可能在那個現場。既然這樣，少年卻為什麼可以這麼斷言呢？

「這是很簡單的推理。為了治癒受傷的徨龍，妳還記得鹿做了什麼嗎？牠讓龍喝了自己的乳汁。這也就是說……神話的鹿是有孕在身的。」

這個瞬間，奧拉理解到他想要表達的意思了。

在傳說中沒有提到的「另一個生命」就是——

「另外一頭，其實是在的啊。在母鹿的腹中，有一頭尚未出生的小鹿。」

喝下龍血的生物，將成為絕對不會死亡的不變不滅存在——這頭接替遠行之龍繼承維持界相再生任務的鹿，從那一刻起成為不變的存在。然而獲得完全的和諧，也代表那一刻的狀態無法有所變化。這頭母鹿大概一直都在這個地方以孕母的姿態沉睡著吧，牠的腹中還懷著沒能生下來的孩子。

當然這一切都只是推測，不過是以神話之類的不確定事物為前提所進行的空想。然而，假如這是事實，而且如今眼前這頭親鹿正是神話所讚頌的母鹿的話。

親鹿呼喚冒險者……不對，呼喚身為救援者的少年的理由只有一個。

「您的眼光很好啊，夫人。想不到您會指名我呢。」

在這一刻，奧拉直覺的理解了。

曾經在自己面前顯現的各種不尋常龍想。

小鹿有好幾次現身引導。

這些都不是在引導她本人，而是藉由她在引導尤里——他所具備的親鹿相關知識足以一眼就能看出身孕，而且他還是唯一以「救援者」的身分挑戰這個界相的人。

——一切，都只是為了母鹿自太古往昔就一直懷抱的，唯一願望。

為了完成這個使命，少年走近母鹿。他要做什麼，奧拉是知道的。可是……。

「請、請等一下，太危險了……！」

奧拉知道少年沒有惡意。也知道母鹿希望他這麼做。

但是，面對這個超越生命的未知存在，這麼做的風險也未免太大了。

然而，少年靜靜的搖了搖頭。

「我是救援者。如果有生命尋求救助，不論是誰我都會全力以赴。」

沒錯，奧拉早就知道，他就是這樣的人。他並沒有發誓不殺生，也不是博愛主義者。為了生存，如果有必要他不會逃避殺戮，他也是這麼活過來的。不過，如果在這個迷界中有生命尋求自己救助的話……他絕對不會撒手不管。這就是他所走的救援者之路。

因此，少年甩開奧拉的阻止並在母鹿旁邊跪下，接著開始觸摸牠袒露的腹部。一點一點的、進行確認，就跟對人類施行的時候一樣仔細觸診。母鹿也乖乖接受了這樣的診斷。接下來少年再次拿起刀子，將刀刃碰上母鹿的腹部——

就在這個時候。

圍繞四周的藟突然蠕動起來，隨即出現無數樹根發出沙沙聲響並如波浪般大幅擺動。而這些扭動的樹根所對準的目標是……尤里毫無防備的身體。樹根瞬間纏上少年，如同大蛇一般繼續勒緊少年的全身。

「唔……！」

「尤里!?」

恐怕是對刀子產生反應了吧，樹根的主人也就是大樹，似乎判斷少年想要傷害母鹿。這跟母鹿自身的意思不一樣……正是尤里曾經說過的防衛反應。為了保護作為心臟的鹿，大樹本體試圖排除少年。

不過，即使全身被樹根勒得緊緊的，少年依然冷靜。

「……沒關係……這個……是、幻覺……」

這些細樹根應該沒有具備能夠施加如此強大力量的機制，這點事情以少年的洞察力很快就明白了。既然這當中沒有原理，除了幻影以外就沒有別的可能性。他的判斷應該是正確無誤的。

不過……即使是幻覺也不一定就無害。

「……啊嗚……唔……!!」

尤里口中發出痛苦的呻吟聲。綑綁全身的樹根隨處刺透他的皮膚，開始在身體的各個部位來回盤旋。

被無數的針刺穿，而且這些針還穿透身體在體內蠕動——所帶來的劇痛應該比任何刑求都可怕。少年的臉色瞬間刷白，額頭不斷冒汗。為了忍痛而緊咬的嘴唇，不停流出血來。

他說的沒錯，這些樹根脫離常軌的動作確實是幻覺。但也就表示，大樹正直接干預他的大腦。痛覺和觸感直接深入腦髓，所帶來的痛苦就跟現實一樣……不對，由於肉體這個盾牌沒有實際作用的關係，少年承受的劇痛比現實更猛烈。

不過就算這樣，尤里也無意逃跑。

全身被勒緊，身體的各個部位被貫穿，一身承受地獄之苦的少年，仍然握著刀子，慢慢將刀刃刺入這頭不變的母鹿腹部。而在他劃下刀刃的瞬間，從母鹿腹部冒湧出來的並非鮮血，而是耀眼的光芒。

「不要直視……眼睛會瞎的……!」

奧拉受到緊急警告，迅速遮住眼睛。可是比自己更靠近光源的少年打算怎麼辦呢?她感到不安微微睜眼，難以置信的發現尤里正閉著眼睛繼續動手術。剛才觸診的記憶，以及親鹿身體構造的知識，少年單憑這二點就動刀子了。

他在視野全無的狀況下，對動物進行剖腹手術。而且，大樹在侵襲全身之後對他的阻礙也

變得越來越猛烈。心臟被挖掉一大塊、肺部遭到破壞、連腦髓都被切碎……這些在現實中應該早已讓人死亡並得以解脫的痛苦折磨著少年，但就算這樣少年的手依然無意停下來。

這對他來說，某種意義上是一場戰爭。

他曾經在這個界相，沒能拯救二十九條無可取代的生命。事到如今不管怎麼做，這些生命都不會回來。聰明的少年比任何人都明白這一點。留戀、哀傷、後悔，一切都跟龍想一樣只是追憶，不過是再也無法伸手觸及的過去。

然而，如今眼前這個生命不是幻影，是即將為誕生而掙扎的微小脈動，是極力想要存活的脆弱火苗。這生命在如今這個瞬間，確實就在他的手掌前方。這樣一來，即使是身受凌遲的痛苦對他而言反倒是一種喜悅。因為，這不是對早已結束之過去的悼念，而是為了搶通將於今後開始之未來的痛楚。不是為了已死之人，而是為了想要活下去的生命……這正是救援者本該立足的戰場。因此少年絕不逃避。不管受到多麼深刻的痛苦折磨，如今在這裡，面對唯一萌芽的新生命，他要賭上身心靈全力以赴——！

而在不斷冒湧的光芒洪流中，奧拉確實聽到了。

象徵時光已經超越悠久的停滯開始向未來前進的，新生幼獸啼聲。

就這樣——一切都籠罩在金色的光芒下。

※※※※※

「——奧拉，奧拉——」

從某處傳來了少年的聲音。

奧拉被這溫柔的聲音喚醒，迅速張開眼睛。

「尤、尤里!?」

奧拉身子一彈，隨即不斷地環顧四周。映入她視野中的，是空空如也、什麼都沒有的空洞跟……一臉擔心的看著自己的少年。

「你沒事吧!?有、有沒有受傷!?有沒有哪邊痛!?很痛吧!?我、我可以做點什麼……」

少年苦笑著，對驚慌失措的她聳了聳肩：

「冷靜一點啊，妳看，我就這樣，什麼事也沒有。」

儘管少年笑著這麼說，但他嘴唇的兩邊角落卻有深深的裂傷，應該是為了忍受劇痛緊咬下唇而造成的傷痕吧。只是如果反過來說，外傷也就只有這樣而已。雖說什麼事也沒有……是不可能的，不過要說沒事似乎也是沒事。

「真是的，你太亂來了啦！」

「哈哈，抱歉抱歉。」

笑著這麼說的少年完全沒有在反省的樣子。

真是的，這個人。

奧拉不禁傻眼到極點。可是……。

「你還活著，真是太好了……」

重點只有一個。現在，他活下來了。

她還可以感受到，他那羞澀的笑容、遜到不行的困惑聲音、柔和的溫情……光這樣就讓她內心非常感動。老實說，以賭命為代價得到的只有「僅僅活著」，感覺好像有點不太划算。不過……奧拉忽然想起少年曾對她說過的話。

他還活著——嗯，確實，這是很大的成果。

沒錯，如今她總算明白，自己對尤里來說是什麼人了。這個問題的真正答案一定就是它：能夠單純為彼此「僅僅活著」感到喜悅的關係——這就是我們的答案。或許和家人或情人比起來可能有點平凡。不過，這是非常美好的……奧拉認為這才是她夢寐以求的關係。

……所以嘛，細節就別去追究了。

「話說回來……」

奧拉安心下來，又一次環顧周圍。

空蕩蕩的空洞裡沒有繭也沒母鹿，恐怕是被轉移到別的洞穴去了吧。母鹿在那之後怎麼樣了，又到底是誰把牠帶到這裡來的，很多事情她都完全不明白。

應該說，她最不明白的事情是……。

「剛才那個、是現實嗎……？」

奧拉重新回想。

散發金色光輝的那頭母鹿——是得到龍之力的生命極致，以龍之代理身分一直在大樹下沉睡的界相心臟。而牠為了產下自己的孩子，一心一意持續等待能夠成為協助者的人類，是位溫柔的母親。尤里為了實現母鹿的願望，從已經成為不變存在的她身上將新生兒取出來。……然而這麼回想才發現，從頭到尾都太脫離現實了。那真的是曾經發生過的事嗎？

結果，少年很輕鬆的回答了：

「誰知道，也許只是一場夢吧。」

「什麼啊！說得這麼輕鬆……」

「因為就是這樣啊，又沒有什麼確認的方法……算了，假設真的有什麼東西存在好了……至少，對方應該不是以我們所見到的樣子進行互動的吧。」

沒錯，對方是可以隨意操控認知的。雖然在二人的眼中看起來是母鹿，不過實際上可能是完全不一樣的某個東西，或許只是利用二人對「克雷提西亞神話」的共通概念假扮成鹿而已。不對，其實就算現在這樣，二人說不定也不在大樹的樹根，而是在完全不同的地方……。

奧拉才開始思考這一類的事，又猛力搖頭將這些妄想甩開。反正不管怎麼想答案也不可能會出現，畢竟一切只有龍知道。

「不管怎麼樣，這樣應該是結束了吧？」

「啊啊，應該是吧。」

於是二人視線相對，突然相視而笑。如今二人，就像這樣活在這裡。只要坦率的為這個事實感到高興就好了。

……儘管奧拉這麼想。

「好了，總之來找回去的路……」

不過少年起身站立之後，卻突然僵住，並且以僵硬的表情喃喃自語：

「……呃，看來好像還沒有結束的樣子。」

「咦……？」

少年凝視著遙遠的後方。奧拉急忙往後回頭，看到那裡有奇妙的東西。

有四個發光的蹄印在地面上——是親鹿的足跡。

這組帶著微弱光芒的蹄印，無疑是直到剛才都沒有存在過的東西。而且只有足跡，不管在哪裡都看不到本體。

這到底是什麼？就在奧拉歪著頭表達不解的時候，又發生了更奇怪的事。——地面的足跡開始移動了。

新的足跡一個又一個刻在地面上。四個蹄印彷彿正在那裡行走一樣，一步又一步的移動，可是應該存在的本體卻一直看不見。簡直就像是透明的鹿正在散步一樣。而蹄印前進的方向，是位於空洞角落的新道路。

「……意思是，要我們跟著來嗎？」

少年低聲說著，臉上充滿了疑慮和警惕。

沒錯，少年實現了母鹿懷抱的悠久願望。長久以來未完成的克雷提西亞神話應該在他那麼做之後就完結了才對。故事已經結束，也落幕了。——明明應該是這樣沒錯，前方到底還有什麼東西呢？

為了知道這個問題的答案，二人依循引導跟著蹄印前行，然後他們又來到另一個洞穴。原本還以為是回到母鹿所在的位置，不過實際上並不是這樣。

座落於洞穴中央的不是那顆繭也不是母鹿……就某種意義而言，只要是冒險者都很清楚那是什麼東西。

「——這個是……『門』……!?」

在半空中浮動的半透明之光……是穿越空間的裂縫，將不屬於現世的世界與世界連結起來的門。這個宛如水面粼粼的波光，又像遙遠閃爍的銀河，極度脫離現實的異次元境界面，毫無疑問就是一道門。

——原來在冒險故事的結尾，為少年準備的是前往下一段未知的門。

只是……。

「這個……有點怪……?」

漂浮於眼前的這道門，形狀跟二人熟知的橢圓形漩渦有明顯不同。

五道筆直並排的線狀裂痕——雖然這種形狀在門當中相當異質，不過，奧拉卻覺得有一點既視感。它到底像什麼呢？她歪著頭思考，很快就發現到一件事。

沒錯，平行並排的鋒利裂口……這簡直像，一頭非常大的野獸遺留的爪痕——

在奧拉察覺到這件事的瞬間，也聽見來自身旁的低聲自語：

「『龍之異門』……!?」

尤里的聲音透露出一絲敬畏與困惑。

「原來如此，這就是這次的報酬啊。」

如此低聲自言自語的尤里……彷彿受到吸引一般向這道異質的門邁步走去。

「尤、尤里？你想要做什麼？」

奧拉不安的詢問。然而少年依舊沒理會她，直接對靜立於門旁的那隻看不見的母鹿發問：

「一切的起源之地……群龍的失落故鄉──最後的界相．『伊甸』，就在前面沒錯吧？」

不過蹄印沒有任何回答，只是靜靜的留在原處誘導。

可能把這樣的呈現方式理解為回答了吧，少年突然開口說：

「奧拉──妳就在這裡折回去吧。」

「咦……？你、你說什麼……」

「這後面是完全未知的界相，毫無疑問沒有回頭路。所以妳到這裡就好了。沒問題的，這傢伙想必會引導妳回去，畢竟牠欠我們的人情就是有這麼大。」

少年一面看著蹄印一面出言安慰。

可是，她並不想聽這種無聊的事情。

「尤里呢!?你又要做什麼!?我們要一起回去對不對……!?」

奧拉用顫抖的聲音發問。不過，打從一開始她就知道他的回答了。

「不，我要前進。那些傢伙夢想的後續，就在這道門後面。身為葉卡隊的倖存者，我必須要去見證才行……！」

奧拉察覺到，他這段奮勇表白的背後含意。

少年在顫抖。他正在害怕等待自己的未知。比任何人都害怕沒有歸途之旅程的不是別人，正是他自己。

明知道會這樣，他還是要前進。這樣的話，至少——

「至少，至少我也……！」

「不可以，這可不行。這是我的冒險，不是妳該捨命的事。」

這番話是為少女的安危著想。但是，對她來說等同於拒絕。

前方的冒險是葉卡隊一直以來的夢想。前進到門後的權利與義務，只有同樣身為隊員的尤里才能夠背負。「就算會死，也要見證同伴的夢想終點」——奧拉是可以深刻理解少年那純樸願望的。畢竟，已經跟他一起旅行過來了呀。因此不是隊員的她沒有辦法阻止少年。如果說她還有唯一可以做的選擇，那就是默默的為少年送行而已。

所以，這樣就好。如果要為少年的幸福著想，這是最正確的……沒錯，這種事她早就明白了……可是，明白歸明白……。

——啊，真是的，這種事誰管它啦！

「等一下——等一下，不要走！留在我身邊!!」

奧拉明白這是錯誤的行為，還是將少年的手緊緊抓在原處。

「什麼叫『我的冒險』？不要鬧了你！叫我隨自己的喜好活下去的人是你吧？既然這樣還扔下我走掉！我希望你活下去！我還想多跟你說話！我還想吃更多你做的料理！我還想聽更多你的音樂！我就是想要這樣子！因為這就是我『喜歡的生活方式』！所以，這已經不再是只有你一個人的冒險了——是你和我的冒險呀……!!」

奧拉死命喊出的話語怎麼聽都是支離破碎，沒有任何道理。

不過那些事情對她來說已經無所謂了。對不對、聰不聰明，她才不管。如果正確答案是讓顫抖的少年獨自去死，那麼她乾脆去當個白癡的蠢女人算了——！

面對如此把自己的手緊握到疼痛的少女，尤里目瞪口呆。他完全沒有料想到自己會被人用這種近乎惱羞成怒的方式阻攔。

然而在看到她眼睛的這一瞬間，他猛然回神——少女噙著淚水的眼瞳，並沒有看向其他地方……而是真摯的僅僅注視著尤里。

她因為希望我活下去，所以叫我就算拋棄夢想也要活下去……真沒想到啊。尤里又一次傻眼到極點。竟然這麼強硬、還這麼任性，這種邏輯也太自私了吧……可是。

這麼說來——尤里回想起來了。

他最喜歡的「冒險者」，好像就是這樣的生物。

「……喂，手快斷了。妳也稍微差不多一點啊。」

「咦？啊，抱、抱歉，不小心……」

少年靜靜的說完這句話，恢復冷靜的奧拉連忙放開他的手。

少年用重獲自由的手，從懷中取出了某個東西。

那是艾莉森遺留的筆記本……對他來說是視同逝去同伴本尊的遺物。尤里溫柔的撫摸著它，悄聲低語：

「我說你們……雖然我沒能守護好你們，不過就算這樣，我依舊當自己是葉卡隊的副隊長。所以，你們夢想的後續，我一定會去見證。」

少年如此低語時，聲音透露出絕不動搖的決心。即使天翻地覆，他應該也不會打破這份誓言。

奧拉聽到這番話之後心想，想必他就會這麼走掉了。

不過——

「……不過啊……」

少年繼續說下去。

「現在還是、再稍微……繞一點路，也沒問題吧？」

少年就這麼將筆記本慢慢翻開。他翻到的地方是最後一頁、寫在最角落的那一行草書。這段只有少年才看得懂的潦草文字，是相信少年總有一天會發現這本筆記的艾莉森，在四年前的那個時刻寫給他的最後訊息。

——『快樂的閒晃去吧』——

少年以懷念的口氣呵呵一笑，接著將筆記本擺在門前……並用刀子將它釘死在地面上，大聲叫喊：

「——葉卡隊副隊長，尤里·萊因霍爾特在此宣告！艾莉森·葉卡以下，隊員合計三十一名！至此將費米克斯系·亞齊亞索·第99界相『克雷提西亞』——攻略完成!!」

這段鏗鏘有力的話語，並不是對任何人說的。沒有目擊者、也沒有記錄者，應該只是一段毫無意義的宣言。

不過……四個蹄印，確實聽到了這段話。

「好啦……」

於是少年轉過身來，面對站立不動神情不安的少女，以一如往常的臭屁表情笑著這麼說：

「肚子也差不多餓了……回去吧，奧拉！」

「好的……！」

終章　——致冒險者們——

KISEKA
TRAVERS

第一層最大的灰骨地帶——又名最後營地。

這處攻略「克雷提西亞」的前哨基地，如今連一個人影也沒有。

自從遠征隊抵達之後，界相時間已經過了四十五天，距離返回路線關閉只剩下幾天了。時限已到，第六次克雷提西亞攻略遠征迎來終結，冒險隊也已經帶著各自的成果踏上歸途。空蕩蕩的最後營地靜靜入睡，等待下一次遠征的到來。

……本來應該是這樣、才對……。

「——到、到了呀……！」

「——呼，總算回到這裡來了……」

兩個人影滑進了空蕩蕩的營地——尤里和奧拉二人，到現在才終於回到這一層。

「靠神奇的力量秒跳到地上來！……好像沒有這麼好的事呢……」

「是啊……那傢伙在這方面就不怎麼通融了。」

發光的蹄印在那個事件之後，帶領二人走到大樹的出口。之後二人就得要靠自己的力量在迷宮裡走了。諸如運用魔法一般的力量輕鬆跳躍空間……這麼方便的事情，在迷界是不存在的。

「不過嘛，總而言之這樣就來得及回去了吧。」

在稍作休息的時候，奧拉悄悄回頭向後面望去。

深入蒼天高處的巨大樹木，就在她所仰望的天空遠方，一如既往的破壞了她的現實感，就這麼悠然聳立。

在又一次這麼遠觀之後，她不禁覺得二人到達那棵樹的樹根，還在那裡的地下深處跟「不明之物」遭遇的經歷，完全不像是真的。

「那個……是現實、沒有錯吧……？」

「誰知道。不過嘛，如果要我說的話，這個迷界的存在本身就讓人難以置信。」

雖然少年以稍微耍帥的姿態聳肩說道，不過這個動作似乎讓奧拉回想起多餘的事情。

「啊！果然尤里也是迷界幻影論的人……！」

「所、所以說別再提那個啦！」

二人開著對方的玩笑，都笑了起來。

沒錯，是不是夢都沒關係。

現實是如今在這個地方，二人就這麼並肩在一起。光這樣就十分足夠了。

……只不過，迷界可不會寬鬆到讓二人就此擁有可喜可賀的美滿大結局。

「——什麼啊，你們還真的滿慢的耶。」

「呃！這聲音是……」

背後響起了一個曾經聽過的聲音。

二人懷著最不祥的預感轉頭一望，眼前出現了一張他們一直都不想再看到的臉。

「卡、卡納莉亞……!?」

「唷，我正好已經等到不耐煩了哦，尤里？」

從樹海深處現身的人，是率領卡拉米提隊那群勇士的女人——卡納莉亞。活蹦亂跳的她，身上的鉤爪螺旋蟲毒素似乎已經全面排解，就連唯一的臉頰傷疤都完全治癒了。看樣子她一直埋伏在這座最後營地等待尤里。

卡納莉亞就這麼逕自逼近過來，低頭看著少年說了一句：

「所以？」

「什、什麼……？」

「所以？」

「啊，呃，就算妳問『所以？』……也不知道要回答什麼才好……」

完全嚇壞的少年，以委屈的姿態不停低頭鞠躬並先試著道歉：

「這個……真、真對不起……？」

「不是耶，我可沒叫你道歉。我是在問你，攻略成功了沒有。」

「原、原來如此啊，妳是為了這件事……」

這個嘛是也沒錯啦。尤里內心如此想著，並慎重的回答：

「這個，要怎麼說呢……說到底，攻略的定義也有很多種……」

卡拉米提隊的目的是攻略克雷提西亞。如果坦白回答「我搶先辦到了！」的話，不知道會遭遇什麼樣的對待。少年極力想要糊弄過去，但是……。

「嘖！果然你辦到了嗎？啊～啊～明明我已經計畫好要第一個征服的說，不好玩耶～。」

拙劣的糊弄在與生俱來的敏銳直覺面前不可能行得通，卡納莉亞露骨的不高興了。

這下會不會麻煩了？尤里戰戰兢兢的如此心想。但在這個時候，卡納莉亞忽然把一個袋子扔過來。

「這、這個是……？」

「囉嗦，快點打開。」

裡面到底裝了什麼恐怖的東西呢。尤里戒慎恐懼的探頭看向袋中。結果，他看到裡面的東西是……。

「勝者通吃，這就是戰爭吧？」

滿滿裝在袋子裡的，是二十八冊筆記本。

「這是你的戰利品，好好拿著……不過嘛，看你的表情似乎已經不需要就是了。」

卡納莉亞說完，溫和地微笑起來。從她身上感受不到敵意，看來她只是為了把這個交給尤里才一直在這裡等的。

想不到，那個卡納莉亞竟然會有人心。

二人都鬆了口氣……不過，大意失荊州。可能是因為太放鬆的關係吧，二人都不小心把真心話說出來了。

「啊～太好了……我、完全以為妳是為了報仇才埋伏在這裡等的……」

「啊，慢著、白癡啊！聲音都跑出來了！好不容易她都忘了，不要再拿出來講啦！」

「咦？啊，啊哇哇，不、不小心……」

雖然二人連忙將嘴巴摀住，不過覆水難收。

他們戰戰兢兢的打探卡納莉亞。後者彷彿想起了什麼，眼睛重新閃爍起寒光。

「啊啊，說得也是呢，這麼說來是這樣沒錯。我這個卡納莉亞大人好像被你們幹掉了呢。被你們這種小卒看扁，甚至讓你們施捨同情，哈哈！那可真是最糟的屈辱啊。」

「噫咿咿……」

看到她一副極度憤怒的模樣，二人都害怕到將身子縮成一團。但是……。

「不過嘛……人情欠了就是欠了。事到如今我也不想丟臉到還去對你們動手啊。」

卡納莉亞呵呵一笑，表情緩和了下來。

「無法無天的卡納莉亞」——是個不受任何規則束縛，唯一獲許打破一切常識框架的最強女武者。不過，即使是這樣的她也要遵守一個法則，那就是貫徹自己的作風，寧死也不過會讓自己覺得可恥的生活，在自我的霸道上昂首闊步、向外征服。這就是她對自己設定的規則。從某種意義上來說，她也是一個探求自己道路的冒險者。

……只不過，那終究只是她自己的規則而已……。

「雖然話這麼說，不過現在這個瞬間我沒有殺你們，欠的人情就當還清啦。下次見面的時候，要怎麼樣都是我的自由。ＯＫ？」

卡納莉亞漫不在乎的將這套傲慢任性的歪理說了出口……聽到這話的二人不禁感到有點悲傷。畢竟弱者本來就沒有提出異議的權利。

「啊，好的……就這麼拜託妳了……」

「嗯嗯，你們乖乖聽話就好！」

弱肉強食真的很殘酷。

不論如何，這樣一來事情就算真正了結。正當二人要開始安心下來的時候。

「那麼，我就把另外一件事情也搞定吧。」

「咦……？」

隨著不祥的話語，卡納莉亞逕自逼近過來。她與二人的距離已經在近身戰鬥範圍，顯然已經到了死亡界限。

該不會，現在不殺的說法其實是騙人的？尤里焦急後退，但他當然不可能從卡納莉亞的眼前逃掉，轉瞬間就發現背後碰到了大迷樹之壁。

而卡納莉亞在追上少年之後，伸手往壁上一貼發出一聲咚響，並在少年耳邊低聲說：

「我說你，下次來科蒙茲。」

「這、這是代表要叫我去決鬥的意思嗎……？」

「啊啊？不對啦，不是那個意思……」

那麼到底是什麼樣的可怕事情啊？尤里做好了迎擊準備，但對方告訴他的話卻完全出乎意料。

「我是說要上你啦。」

「咦……？」

「你的頭腦、跟我的身體，用這兩樣造出來的小孩一定是最強的吧？」

卡納莉亞說完便以令人大吃一驚的輕率神態笑了起來，隨即突然湊近嘴唇如此低語：

「還是說……你對我不滿意？」

卡納莉亞的豐滿肢體，跟著她的甜美呼氣一同壓了上來。她的胸部好像隨時都會彈出來、臀部強烈凸顯、腰部曲線緊緻纖細，既健康又非常誘人。如此優秀的身材即使是同性也會羨慕到不得了，她卻毫不吝嗇的在迷界中以無視場合的露出服裝公開展示。對於青春期的少年來說，這種毒藥比鉤爪螺旋蟲的毒更有效。更何況她這樣的姿勢，正好讓彈潤飽滿的肉感胸部落在眼睛的高度。少年的視線不由自主的被吸引到那深溝當中……。

「暫、暫停～!!妳是在做什麼啦!?」

就在這個時候，奧拉叫了暫停。

她斷然插進二人之間，隨即勇猛的對卡納莉亞表達敵意。

「想要誘惑尤里，請得到我的許可之後再說！」

「啥？這跟妳沒關係吧？」

「很有關係！因為這是我和尤里的冒險！」

「妳在說什麼啊……？」

卡納莉亞雖然對奧拉意義不明的言行感到有些不悅，不過她很快就笑著說了一句「不過算了也沒差」，並接著說：

「偷偷摸不是我的作風。如果你已經有女人了，那我就把你搶奪過來嘍。重點是……奧拉，我跟妳的戰爭，還沒有分出勝負吧？」

「唔……！」

聽到這句話之後，奧拉瞬間回想起自己在卡拉米提隊營地的公開宣戰。

儘管那個時候是順勢找對方挑戰了，可是冷靜思考過後才發現那其實有點……不對，是滿過頭了。她不可能靠互相肉搏贏過卡納莉亞，沒有殺掉對方的恩情也已經互不相欠。不知道可不可以用猜拳之類的和平方式想辦法蒙混過關呀？

就在奧拉思考這些事的時候，卡納莉亞脫口說出了意外的提案：

「我們就這樣馬上開戰吧。規則很簡單——先得到這小男生的人就贏了。」

「咦……？」

「哈哈！妳那是什麼表情，該不會沒自信吧？不過嘛，對我來說妳馬上投降也沒有關係喔？」

「我、我會戰的！我接受挑戰！」

「抱、抱歉……妳們兩位，是不是忘了我……」

於是戰爭爆發。被擅自當成獎品的少年只能眼淚汪汪手足無措。一般來說，不論何時在戰爭中吃虧的都是無關的周邊國家。

而第一枚流彈馬上就飛過來了。

「那麼，就先用這個代替打招呼吧。」

卡納莉亞低聲說完，突然將嘴唇湊近過來。正當少年心想她要做什麼的時候……她已在他毫無防備的頸子上面咬了下去。

「好痛……!?」

雖然尤里驚嚇的向後一退，不過已經太遲了。他的頸子上面清晰留下了卡納莉亞的咬痕。

「啊~~~!?妳、妳做了什麼!!」

「哈哈哈，先發制人嘍！」

卡納莉亞看著自己刻在少年身上的印記，滿意的點了點頭，隨即俐落轉身。

「再見啦尤里，下次見面不是在床上就是在戰場了。不過嘛，不管在哪裡下次都換我俯視你啦！」

卡納莉亞縱聲大笑並迅速離去。隨心所欲亂鬧一場之後就消失不見……這女人真的就是戰禍本身。

這樣的衝擊讓尤里目瞪口呆了好一會兒，然後才嘆了口氣，說：

「算了……總而言之，勉強算沒事了吧……」

儘管感覺經歷了各式各樣的事情，不過總而言之有命是最重要的，這以外的事情就趕快忘掉吧……不過，少年能鬆口氣的時間很短，又一件災厄逼近他的背後。

「……尤里，請你不要動哦？」

「嗯？奧拉？妳說什麼……」

就在少年想要轉頭的瞬間，他的頸子被奧拉一口咬住。

「什麼……!?」

少年的頸子感受到可愛的疼痛。他驚訝的張大眼睛，少女則低聲說著：

「這、這是，刪掉重寫……」

奧拉一說完就滿臉通紅，尤里也跟著面紅耳赤，用手指搔了搔臉頰：

「笨、笨蛋……有人看到會誤會的啦……」

「沒、沒關係啦……已經沒有人留在這裡了……」

二人陷入奇怪的氣氛當中。這種事情如果被人看到的確會成為黑歷史。……不過，說曹操曹操到。就在這個時候，某個東西從二人背後跳了出來。

「是、是誰!?」

「剛、剛才不是那樣的意思……！」

二人連忙回頭。

難道是卡拉米提隊回來了？還是說有其他隊伍還留在這邊？然而，出現在那裡的是完全料想不到的人物……不對，那甚至不是人。

「——親、親鹿……？」

二人回頭一看，眼前以一對圓滾滾的眼睛一直盯著他們的是……一頭小鹿。

而且，那可愛的容貌讓人感到熟悉。

「難道是……那個時候的!?」

沒錯，就是那頭在「夢見之大樹」中走散的小鹿。看樣子對方也記得自己，鳴叫了一聲

「啾！」一步一步的跑了過來。

「太好了，又跟你見面了呢……！」

奧拉露出微笑，小鹿則來回蹦蹦跳跳回應她，看起來比以前更加精力充沛。而且還不光只有這樣而已，曾經是那麼迴避碰觸的小鹿，主動開始伸出舌頭舔奧拉的手了。

「哇啊～尤里快看！牠終於願意讓我碰了哦～！哇啊啊，軟綿綿的好暖和～！哦～好乖好乖，好乖好乖好乖～！」

奧拉興高采烈的來回撫摸小鹿，小鹿開心的啾啾鳴叫。

尤里一直看著這樣的小鹿，隨後輕聲說道：

「唷，看起來很有精神嘛……所以，覺得怎麼樣？這個你就算在夢中也要用自己的腳行走的世界？」

雖然少年這麼發問，不過小鹿只是一直歪著頭。畢竟言語不可能相通，這種反應也是理所當然。

「是嗎，你還不知道嗎？算了也沒錯啦。你的旅程從現在才要開始嘛！」

少年獨自笑了起來，溫柔地指著森林，說：

「那麼，你就快點走吧。你沒有時間理會我們吧？」

結果，小鹿就乖乖的回去樹海了……不過，牠才消失幾秒鐘，馬上又轉身回來。

「嗯？怎麼了？」

「有東西忘了……嗎？」

仔細一看，回來的小鹿嘴裡叼著一顆小石頭。這就是隱藏在「克雷提西亞」中心的傳說寶石……才怪，其實只是一顆稍微漂亮一點的普通小石子而已。

而小鹿則輕輕將它放在了少年的手掌心。

「哈哈，這就是這次的報酬嗎？」

尤里對這份意外的禮物苦笑起來。小鹿則信心滿滿的鳴叫出「啾～！」。簡直就是在表示「怎麼樣，是最棒的寶物吧！」少年看到牠這身影回想到一件事。這麼說來，好像有個人曾經認真宣示過「說不定一顆微不足道的路邊石子就跟世界的真理有所關連」的樣子。

就這樣，小鹿這次真的頭也不回跑掉了。

「啊～我好想再跟牠多玩一下下呀。」

奧拉遺憾說道。不過這也是沒辦法的事，畢竟小鹿可沒有時間理會人類。牠會觀賞奇妙的花草，跟飛舞的蜜蜂追逐玩耍，用牠的腳在森林各處自由奔馳。現在的牠，正非常忙碌的探索未知的世界。牠那雙眼瞳，只會對著眼前即將開展的永無止境大冒險閃耀光芒……就跟昔日，少年的那些同伴一樣。

尤里目送這名初生之冒險者的背影離去，輕聲笑了出來。

「好了，我們也差不多該走啦。」

「好的！」

於是二人邁開腳步。

在他們前進的路上，搞不好會有二人無法想像的大冒險在守候也說不定。

迷宮的神祕。

徨龍的足跡。

世界的祕密。

或許都在等候他們，並不由分說將二人捲入騷亂當中。

不過，那些事情，現在都還不會發生。

即使有朝一日風暴就在前方迎接，不過現在，總而言之……應該先回家去。

畢竟這個世界，多少還有足以讓人閒晃的餘裕。

「——再見啦你們，我們還會再來的。」

就這樣，二人並肩踏上歸途。

彷彿目送他們的背影離去，一陣克雷提西亞的風吹拂而過，極為輕柔。

（完）

後記

大家好，我是紺野千昭。非常感謝各位這次也願意把《奇世界大縱走》第二集捧在手中閱讀，在此致上最深的感謝！

那麼，來聊聊第二集的創作過程吧。回想起來，這一集幾乎是徹底推翻了最初的構想後重新寫出的內容。從迷界的環境、生態系、角色關係、飲食文化到戰鬥描寫等各個層面，我都抱持著「這個也想寫、那個也想加」的心情，結果一不小心就迷失了方向。最後甚至還陷入了不得不刪減將近八十頁篇幅的困境，可說是歷經重重波折。雖然對作者本人來說，這樣的掙扎某種程度上也是創作樂趣的一部分，但從責任編輯的角度來看，恐怕實在難以接受吧。拖稿、大幅重寫、頁數爆表……真的很對不起讓編輯承擔了這三重地獄般的壓力！

總之，第一集是以迷界為主軸、奧拉的故事，而第二集則在形式上與其對應，是圍繞人類與尤里展開的篇章。我自己也認為第二集的風格與第一集相比有明顯不同，不論喜好與否，都是一副新的面貌。但若能讓這兩集成為奧拉與尤里冒險旅程的起點，那我將無比欣喜。我相信，從這一刻起並肩前行的兩人，將繼續踏上更加精彩的大冒險——像是借助謎語般的手記追尋傳說詩人的足跡，在斷崖垂直降落的同時與古代冒險者於崖邊上刻下的「塗鴉」對話，保護蘊含「先成論」之未來的亞龍，拜訪只有樹、泉水與一隻猿猴的迷界最小界相，在遭到迷界吞噬的第八門之城尋找隱藏圖書館，與擬態成從微生物到獵食者均具有完全相同遺傳基因之生態系本體的亞龍對峙等等……當然，苦難與挑戰也會接踵而來，但結局我保證一定會是快樂的。光是想像這些情節，就已然讓我熱血沸騰！

不過，《奇世界大縱走》的故事，在本集將暫時告一段落。也因此，請允許我再次表達內心的感謝。首先，最要感謝的是從第一集開始便一直支持我的各位讀者——真的，真的非常感謝你們！由於我不太擅長使用社群媒體，沒能直接與各位互動實在很抱歉，但我想將滿滿的感謝傳達給每一位讀者。接著要感謝為本作繪製美麗插圖的大熊まい老師，你的畫作在我創作的過程中帶來了莫大的療癒與鼓舞！還有一直以來支持著我的責任編輯與編輯部全體同仁，感謝各位的幫助與陪伴，讓我得以走到今天。寫到這裡，我再次深刻體會到自己受到多少人的支持與照顧——這是我在那十年孤獨創作的時光裡，難以想像的幸福。

身處這樣的環境中，卻無法用更優秀的成果回報編輯部與讀者的厚愛，讓我深感愧疚。不過，我知道一味自責無法讓人前進。因此，我會繼續努力，誠心誠意地精進筆力，希望有朝一日能寫出更加動人、有趣的故事。懇請大家再多給我一點時間，靜靜地見證我的成長吧！

好了，字數也差不多了，雖然有些不捨，就讓我先在這裡告一段落。如果下次還有機會與您再會，還請不吝指教！

國家圖書館出版品預行編目(CIP)資料

奇世界大縱走 2：救援者尤里的迷界手帳 /
紺野千昭著；K.K. 譯．
-- 初版．-- 臺北市：臺灣東販股份有限
公司，2025.07
340 面；14.7x21 公分
ISBN 978-626-379-985-1(平裝)

861.57　　114007133

奇世界大縱走 2～救援者尤里的迷界手帳～

2025年7月1日初版第一刷發行

作　　者：紺野千昭
繪　　者：大熊まい
譯　　者：K.K.
編　　輯：魏紫庭
發 行 人：若森稔雄
發 行 所：台灣東販股份有限公司
＜地址＞台北市南京東路4段130號2F-1
＜電話＞(02)2577-8878
＜傳真＞(02)2577-8896
＜網址＞https://www.tohan.com.tw
法律顧問：北辰著作權事務所蕭雄淋律師
總 經 銷：聯合發行股份有限公司
＜電話＞(02)2917-8022

「這是第一次也是最後一次的
隊長命令。
——活下去，尤里。」
艾莉森·
葉卡
ALISON

「你把『葉卡報告』交給我吧。」
卡納莉亞·
卡拉米提
CANARY

「這傢伙的名字叫
『澤爾貝奧特』……
就是差點毀滅這個地方的
災厄本身。」
© MAI OKUMA

尤里·
萊因霍爾特
YURI
奧拉·
斯坦普魯格
AURA

KISEKAI
奇世界大縱走
救援者尤里的迷界手帳
2
AUTHOR
紺野千昭
ILLUST.
大熊まい
TRAVERSE

「只有我一個人活下去
根本沒有意義啊……!!」
© MAI OKUMA

CONTENTS

KISEKAI TRAVERSE